KB231726

폴 임 박사와 함께하는
책속의 책 3

폴임 박사와 함께하는 책 속의 책(3권)

폴 임 지음
발 행 일   초판 1쇄 2003년 5월 10일
                2쇄 2005년 1월 20일

발 행 처   평단문화사
발 행 인   최석두
책임편집   이경숙 · 김선희
디 자 인   박지용
마 케 팅   양동귀
관   리   정명남 · 김주원
인   쇄   한영문화사 / 제본 정문제책 / 출력 앤컴
등록번호   제1-765호 / 등록일 1988년 7월 6일
주   소   서울시 마포구 서교동 480-9 에이스빌딩 3층
전화번호   (02)325-8144(ft) 팩시밀리 (02)325-8143
www.pdbook.co.kr e-mail pyongdan@hanmail.net
ISBN 89-7343-193-5-04890
        89-7343-190-0 (전3권)

ⓒ폴 임, 2003
Published by PyongDan Printed in Korea

철학 · 예술 · 문화 이야기

폴 임 박사와 함께하는
책속의 책 3

평 단

100년 후의 세계를 내다보는 책

우리는 한 세기를 넘길 때마다 큰 변화 속에서 무엇인가를 선택해야 하는 갈림길에 놓이게 된다. 세기말에는 역사의 수레바퀴가 보다 빠르게, 보다 불규칙적인 궤도를 돌기 때문에 모든 것을 예측하기 어렵다. 결국 급변하는 국제정세 속에서 우주적인 불안과 초조의 안개가 우리를 혼돈으로 몰고 간다.

우주에는 지구 외에도 생물이 존재하는 혹성이 있을까? 과연 우주인은 존재하는 것인가? 앞으로 100년 후의 세계는 어떠할까? 모든 것이 불투명하게 보여 질문만 있을 뿐 그 답을 찾을 수가 없다.

어제를 생각할 여유도 없이 오늘의 가치가 변하여 우리의 삶을 어제의 가치로는 도저히 이해할 수 없게 만든다. 이런 때일수록 '역사의 소리'에 귀를 기울여야 한다. 가장 불확실한 시대는 바로 오늘이기 때문이다. 이런 때에 21세기를 살아가는 우리들에게 새로운 삶에 관한 정보를 제공해 주는 책, 역사의 소리를 들을 수 있는 책이 바로 21세기를 여는 책, 「폴 임 박사와 함께하는 책 속의책」이다.

「폴 임 박사와 함께하는 책속의책」은 세계 어느 곳에서도 구하기 힘든 진귀한 컬러 삽화들이 덧붙여져 독자들에게 풍부한 상상력을 불러일으킬 것이다. 이 책이 처음 출간되었을 당시 독자들로부터 감사의 우편물이 연일 쇄도했다. 그리고 각 매스컴에서는 '방대한 자료를 독특한 기획으로 정리한 고정관념을 깨는 이색 정보서' (한국일보), '생활 속의 의문을 풀고자 20년간 자료 수집하여 엮은 잡학 백과사전' (조선일보), '손 가는 대로 아무 곳이나 펼쳐도 일상에 관련된 상식 외의 가치 있는 이야기들이 그물처럼 펼쳐지는 아주 재미있는 책' (중앙일보), '기네스 북에 도전한 책' (문화일보)이라고 격찬을 아끼지 않았다. 그리고 수많은 잡지사와 신문사에서 「책 속의 책」을 인용하여 기사를 썼다. 100만 독자들이 이 책을 읽고 나서 이 책은 고정관념을 깨는 놀라운 책이라고 경탄했다.

「폴 임 박사와 함께하 는 책속의책」에 제시된 모든 논리적인 문제들이 이 책을 읽는 독자들에게 달려와서 유혹하리라고 믿는다. 그리고 이 책을 읽다가 자신도 모르는 사이에 새롭고 놀랄 만한 사실들을 알게 되어 불가사의한 지혜의 블랙홀로 빠져 들어가 감동의 폭풍을 만나게 된다면 이 책을 엮은이로서 더 이상 기쁜 일은 없을 것이다.

이 책과의 만남은 우리 인생의 새로운 출발을 의미한다. 이 책을 곁에 두고 있으면 가치관과 라이프 스타일이 변할 것이고 대화의 영웅이 될 것이며, 어느 장소에서 누구를 만나든지 당신은 가장 인기 있는 대화의 주인공이 될 것이다. 또한 일생 동안 무엇을 하든지 많은 도움을 받을 수 있다.

이 책은 한 번 읽고 던져 버리는 책이 아니라 일생 동안 곁에 두고 싶은 좋은 반려자와 같은 역할을 할 것이다.

「폴 임 박사와 함께하는 책속의책」은 '믿거나 말거나'와 같은 황당무계한 내용을 다루는 책이 아니다. 오늘날 우리의 삶에 필요한 지식과 정보를 농축시켜 책 속에 집어넣고 봉한 그런 책은 더욱 아니다. 이 책 속에 제시되어 있는 모든 내용이 우리의 삶에 적용되어 영원으로 가는 길을 가르쳐 주리라고 믿는다. 우리는 이 책을 한장 한장 넘길 때마다 크고 작은 감동의 세계로 인도될 것이다.

이 책을 준비하는 데 거의 30년이란 긴 세월이 흘렀고 지금도 계속해서 새로운 사실들과 정보를 접하고 있다. 확실하고 근거 있는 사실만을 선택해서 엮기 위해 최선을 다했지만 그래도 미진한 내용이나 잘못된 것이 있으면 언제든지 보완할 것이며 그것은 필자의 과문천식(寡聞淺識)으로 돌린다.

부디 무한한 금광이 숨어 있는 광산 같은 이 책 속에서 훌륭한 광부가 되고, 수많은 물고기들이 헤엄치는 황금어장 같은 이 책 속에서 훌륭한 어부가 되기를 기원한다.

캘리포니아에서
폴 임

1장 미술 · 화가

2장 세계의 건축물

3장 언론 · 책 · 문학 · 언어

4장 철학 · 경제 · 사업 · 정치

5장 라이프 스타일 · 대학교

6장 로맨스 · 심리 · 결혼

7장 단어와 그 단어의 낭만적 이야기

"BATTERY"

8장 영어의 바다 속으로

9장 음악 · 스포츠

10장 영화·연예

11장 여성 상위시대

제 1 장
미술 · 화가

반 고흐의 세계

● 320억 원에 팔린 '해바라기'
1888년 반 고흐가 프랑스의 아를즈(Arles) 지방에 머물 때 그렸던
'해바라기'는 1987년 3월 30일 한 경매를 통해 3,990만 달러(약
320억 원)라는 사상 최고의 가격으로 팔렸다.

반 고흐의 작품인 '화가의 침실'.

● 천재의 고뇌
불타는 듯한 필치와 무겁고 강렬한 색으로 고뇌에 몸부림치는
인간의 영혼을 표현한 반 고흐의 그림들은 그의 사생활과 관계
가 깊다. 그는 살 집도, 먹을 빵도, 입을 옷도 없는 가난뱅이로서
아무도 그의 그림을 거들떠보지 않았다. 사랑하던 소녀가 고흐

의 가난 때문에 암스테르담으로 도망가버리자 타오르는 화로에 왼손을 집어넣고 왼쪽 귀를 잘라 창녀에게 주었다.

●불타는 예술혼

19세기 네덜란드의 대표적인 화가 반 고흐는 살아 생전에는 그림으로 돈을 벌지 못한 가난뱅이였다. 그러나 이와 상관없이 계속 그림을 그려, 1888년부터 1889년까지 프랑스 남동 지역의 아를즈라는 마을에서 15개월을 머무는 동안 200여 점 이상을 그렸다. 그뿐 아니라 숨을 거두기 전 70일 동안 불타는 열정과 샘솟는 창의력으로 하루에 한 점씩 그림을 그려냈다.

●광산촌의 선교사였던 반 고흐

본격적으로 그림을 그리기 전에 반 고흐는 선교사였다.

목사였던 부친의 뒤를 이어 광산촌에서 선교 활동을 하다가 화가가 되었지만 불행히도 화가로서의 그의 천재적 재질은 사후에도 인정받지 못하였다. 더욱이 거의 전 생애 동안 지독한 정신질환으로 시달렸는데, 결국 정도가 심해져서 정신이상 상태에까지 이르게 되었다. 그의 정신 질환 증세는 우울증, 간헐적인 발작, 천재적인 예리함 등이 뒤섞인 심리적 불안 및 현실 공포에 기인한 것이었다.

가난한 예술가들

인상주의를 대표하는 프랑스의 화가 모네(1840~1926)는 '짚 쌓기', '루앙의 성당', '수련(睡蓮)' 등의 대표작품으로 유명하지만 그 자신은 정작 가난한 일생을 살았다.

1891년에 잠시 10만 프랑이라는 거금을 만져보기도 했지만 말년에는 프랑스의 시골을 방황하면서 어렵게 살았다. 또한 당시 무명이었던 로댕의 '생각하는 사람'과 '연인'은 모두 세 번씩이나 거절당했던 작품이다.

빈센트 반 고흐의 경우, 그의 생전에 팔린 그림은 84달러어치 밖에 되지 않았다. 하지만 1985년에는 그의 '일출과 풍경'이 990만 달러에 팔렸고 1999년에는 그의 '자화상'이 7,150만 달러에 팔렸다.

로댕의 명품이 소중한 까닭

● '생각하는 사람'의 주인공은 단테였다

감상자들에게 생생한 생명력을 느끼게 하는 로댕의 조각작품은 현대인들에게 가장 많은 사랑을 받고 있다.

1917년 겨울, 로댕은 어느 골방에서 동상으로 사망하였다. 하지만 그의 조각 작품들은 알맞은 온도의 호화스러운 박물관에 잘 보관되어 있다.

아마도 로댕에게 있어서 가장 소중했던 것은 자신의 목숨도, 가족도 아닌 바로 자신의 작품이었던 모양이다. 또한 로댕의 '생각

오귀스트 로댕
(1840~1917년)
카미유 끌로델과의 로맨스로도 유명한 로댕은 날카로운 사실적 기법을 구사하여 미묘한 감정과 인간의 내면에 깃들인 생명의 약동을 표현하여 조각이 근대 예술의 한 분야로서 확고한 자리를 차지하는데 크게 기여했다. '지옥의 문', '입맞춤', '발자크 상(像)' 등이 대표작.

로댕의
'The Eternal Idol' (좌)과
'생각하는 사람' (우).

하는 사람'은 원래 깊이 생각에 빠져 있는 사람을 나타내려 한 것이 아니고 시인 단테를 조각한 것이다.

● 전 재산을 나라에
로댕은 자기의 모든 재산을 나라에 환원했다. 이에 대해 프랑스는 그 재산에 대한 사례비로 로댕의 아들에게 소정의 연금을 지급했다.

폴 고갱의 세계

로댕, 자신의 작업실에서(1894년).

● 화가가 되기 전, 막일꾼에 증권 브로커로
폴 고갱은 한때 파나마 운하를 건설하던 당시 거기서 노동자로 일했다. 그는 하루 13시간씩 열대의 태양이 내리쬐고 비가 내리며 모기가 들끓는 늪지에서 막일을 했다. 그후 전 세계를 항해하는 선원이 되었으며 증권 브로커로 생계를 꾸려나가다가 35세에 이르러서야 화가가 될 결심을 하였다.

고갱이 즐겨 그린 폴리네시아 여인들(좌)과 고갱의 작품(우). 폴 고갱은 이 여인에게 자기 그림을 모델료로 주었다.

• 정글 속에서의 자살 기도

고갱은 가족을 버리고 남은 생애 동안 이곳저곳을 떠돌아다니면서 보냈다. 자연적인 삶을 찾기 위해 남태평양에 있는 타히티 섬에 머물면서 폴리네시아인들과 섬의 자연이 그의 화폭에 담겨졌는데 불행하게도 그의 그림은 팔리지 않았다. 이것에 심한 타격을 받고 1897년 마지막 날 타히티의 정글 속으로 들어가 '비소'를 다량 복용함으로써 자살을 기도했지만 실패했다.

• 고갱을 악마로 몰아붙인 주교

폴 고갱의 말년은 참으로 참담했다. 가난과 병으로 찌들다 결국 마르케자 섬에서 1903년 그의 생을 마감했을 때 그 섬의 프랑스 주교는 그를 두고 이런 글을 썼다. "오늘 이 섬에서 큰 사건이 일어났는데, 바로 경멸의 대상인 고갱의 갑작스런 죽음이다. 존경받는 화가일지는 모르지만 그는 신의 적이며 불경스런 모든 것을 지닌 악마이다."

그런데 1892년 타히티에서 고갱이 그린 유화 '기타 치는 사람'은 1980년 런던에서 38만 프랑에 경매되었다.

• 그림에 뱀이 없는 사연

1889년 파리에서 세계 박람회가 열리고 있을 때 고갱이 출품한 타히티판 이브의 모습에서는 뱀이 출현하지 않고 있다. 그 이유는 타이티 섬에는 뱀이 전혀 살고 있지 않기 때문이다. 따라서 고갱은 그의 작품에서 뱀 대신 도마뱀을 출현시켰다.

사무엘 F.B. 모스

우리는 사무엘 F.B. 모스(Morse, 1791~1872) 하면 모스 부호와 전기 전보의 창시자를 떠올릴 것이다. 그러나 그가 예술 분야에서도 뛰어난 재원이었음을 알고 있는 사람은 드물다. 미국과 프랑스에 은판 사진법을 소개한 장본인이 바로 사무엘 F.B. 모스이다. 또한 그의 초상화 작품들은 이미 미술 애호가들에게 사랑받고 있을 뿐만 아니라, 그는 '국제디자인아카데미'의 창업주로서 초대 학장을 역임했다. 그리고 뉴욕 대학의 전신인 뉴욕 시립대학에서 40년간 조각과, 회화과의 교수로 재직했다.

Tip
모스 부호
점과 선을 배합하여 문자·기호를 나타내는 전신 부호. 모스 부호를 써서 통신하는 전신기계, 즉 모스기(Morse 機)가 따로 있어야 한다.

고야
에스파냐(스페인)의 화가. 궁정화가로 활동하면서 밝은 색채의 초상화나 풍속화, 종교화를 주로 그렸으며 동판화에도 뛰어났다.

고야의 천재성

그림 물감의 납성분이 중추신경계를 자극해 더욱 천재성을 발휘할 수 있었던 화가는 고야(Goya, 1746~1828)였다. 그의 천재성이 발휘되어 유명해진 대표작으로는 '카를로스 4세의 일가', '나체의 마하', '5월 3일의 처형' 등이 있다.

고야의 작품.

천재적인 그림 모사가

클로드 라토르 부인은 아주 솜씨가 뛰어난 모사가(模寫家)였다. 그녀는 당시 유명한 화가 마리스 우트릴로의 스타일을 그대로 모방해서 그림을 그렸는데, 파리의 교회 지역이나 거리에 즐비하게 놓여진 마리스 우트릴로의 그림들을 그대로 본딴 클로드 라토르의 그림을 보고, 우트릴로조차도 혀를 내두를 정도였다고 한다. 우트릴로는 솔직히 자신의 진짜 그림과 그녀가 그린 가짜 그림을 구별하지 못하겠다고 말한 적이 있었다.

세계에서 가장 큰 그림

세계에서 가장 큰 그림은 1883년 폴 필리모테욱스와 그의 16명 조수들이 함께 그린 그림, 일명 '게티즈버그의 전쟁' 이었다.

게티즈버그 전쟁

그 그림을 완성하는데 2년 반이 걸렸다고 한다. 길이가 125m에 높이가 21m, 무게가 5,349kg인 이 그림은 1964년 노스캐롤나 주에 살고 있던 조에 킹에게 팔렸다.

길이가 5km나 되는 캔버스

1840년 뉴욕에 사는 25세의 존 반바르드라는 화가는 소형 보트를 타고 미시시피 강을 출발하였다. 그 후 400일 동안 강의 경치를 그려가면서 강줄기를 따라 보트를 저어갔다. 그림을 위하여 역사상 가장 기념비적인 항해를 시작한 것이다.

그 후 5년 동안 반바르드는 '미시시피의 파노라마' 라고 이름 붙인 작품에 열의를 쏟았다. 거대한 강어귀에서부터 뉴올리언즈에 이르는 1,920km의 전망을 묘사하면서 반바르드는 커다란 캔버스에 작업을 하였다. 캔

존 반바르드가 배를 타고 가면서 미시시피 강을 그리고 있다.

버스의 길이가 약 5km이고 폭이 4m나 되었다.

거대한 작품은 2개의 수직 회전원통에 전시되었다. 그림 전체를 감상하기 위해서는 2시간이 걸렸지만, 수 천명의 사람이 이 작품을 감상하기 위해 관람료를 아끼지 않았다. 반바르드는 미국과 유럽의 주요 도시를 순회하면서 20만 달러를 벌어들였다. 그 후 한 영국인에게 팔렸으나 사라지고 말았다.

세계에서 제일 큰 미술전시관

세계에서 제일 큰 미술전시관은 러시아의 레닌그라드에 소재한 윈터 펠리스이다. 그 안에 있는 322개의 갤러리들을 전부 둘러보는데는 약 25km를 걸어야 될 정도이다.

이 미술전시관은 약 300만 점의 미술품과 고고학적 자료들을 소장하고 있다.

23년 동안 잠자던 명화, '구월의 아침'

지금은 뉴욕의 메트로폴리탄 미술박물관에 소장되어 있는 폴 에밀리 차바의 유명한 누드 작품인 '구월의 아침'은 거의 20년 동안 세상의 빛을 보지 못한 예술품이다. 그 그림은 1912년 첫 전시 후 러시아인에게 팔렸는데 홀연히 사라졌다가 파리의 한 예술품 수집가에 의해 1935년 재발견되었다.

실수로 태어난 '왼손잡이 투우사'

피카소는 약관 18세에 첫 번째 구리 판화를 만드는데 성공했다. 그러나 투우사를 묘사한 그 판화는 피카소에게 실망감을 안겨주었다. 피카소는 판화를 찍으면 반대로 그림이 찍힌다는 사실을 몰라 찍혀 나온 판화 속에서 투우사가 원래 본인이 그린 것과는 달리 왼손으로 창을 들고 있는 모습을 본 후 좌절감에 빠졌기 때문이다.

그러나 판화를 없애버리려던 찰나, 그에게 반짝이는 아이디어가 떠올랐다. 그 판화의 제목을 '왼손잡이'라고 이름 짓기로 한 것이다.

모네의 명작은 복권당첨 덕분

만약 복권에 당첨된다면, 어쩌면 여러분도 모네 같은 화가가 될 수 있을지 모른다. 1891년 모네는 10만 프랑 짜리 복권에 당첨되었기 때문에 경제적으로 독립하여 자기가 원하는 대로 어디에서나 마음놓고 그림을 그릴 수 있었다. 그 훌륭한 전원풍경의 명작들을 만들어 내게 한 원동력은 바로 복권이었다.

56세에 첫 개인전을 연 세잔느

폴 세잔느(Paul Cezanne, 1839~1906)는 1895년 파리의 라피트 가에 있는 볼라드 갤러리에서 그의 첫 개인전을 열었다. 그때 그의 나이는 56세였다. 세잔느의 그림은 그가 죽은 뒤에야 평가받

세잔느
프랑스 화가. 처음에는 인상파에 속해 있었으나 뒤에 그로부터 벗어나 자연의 대상을 기하학적 형태로 환원하는 독자적 화풍을 개척했다. 대표 작품에는 '빨간 조끼를 입은 소년', '사과와 오렌지', '목욕하는 여인들' 등이 있다.

폴 세잔느의 자화상(좌)과 세잔느의 6,050만 달러짜리 '과일 그릇이 있는 정물'(우).

기 시작했다. 세잔느가 살아 있었을 때는 아무도 그의 그림을 알아주지 않았기 때문에 그는 앵무새에게 "세잔느는 대가이다"라는 말을 훈련시켜 두었다가 손님이 오면 그 말을 계속하게 했다. 1999년 뉴욕 소더비 경매장에서 세잔느의 '과일 그릇이 있는 정물'이 세잔느 작품으로는 최고가인 6,050만 달러에 낙찰되었다.

피카소의 세계

● 장작으로 버려졌던 초기 작품들
젊은 화가 피카소(Pablo Picaso, 1881~1973)는 그가 그린 그림이 팔리지 않자 언 몸을 녹이기 위해 그림들을 쌓아놓고 불을 때는 장작으로 써버렸다. 하지만 1988년, 피카소의 그림 중 하나인 '곡예사와 어릿광대'는 3,800만 달러에 팔렸고 1989년에는 피카소의 다른 그림 하나가 4,785만 달러에 팔렸다.

피카소.

● 가정부의 횡재?
명성을 얻은 후에도 피카소는 평소 마음에 들지 않았던 작품들을 붓으로 휙휙 갈겨 못쓰게 만든 후 "나는 10만 프랑을 단 한번에 써버릴 수 있을 만큼 부자야"라는 말을 자주 했다고 한다. 피카소가 이렇게 버린 작품들을 피카소의 가정부가 모았는데 이 그림들이 1998년 서울에서 전시된 적이 있었다.

● 명작으로 가득찬 피카소의 개인창고
1973년 피카소는 프랑스 남쪽 지방의 어느 마을에 있는 4개의 개

Tip

피카소의 애정편력

피카소는 정력적인 작품활동 못지 않게 수많은 여인들과 사랑을 나누며 끊임없이 새로운 사랑을 찾아다닌 애정편력자였다. 일부 미술 비평가들은 피카소의 연인이 바뀌면 놀라운 새 작품이 나오곤 했다면서 여인들과의 사랑이 그의 영감의 원천이라고 했다.

인 창고에 다음과 같은 유품을 남기고 죽었다. 그림 1,876점, 조각 1,355점, 도자기 2,880점, 스케치와 데생 11,000점, 부식 동판화 27,000점, 판화, 석판, 인화 등이었다. 또한 그의 재산도 엄청나서 1,251,673,200프랑이었다. 이것을 달러로 환산해 보면 2억 5천만 달러, 한화로 3천억 원에 해당한다.

● 담배연기가 위대한 화가를 살렸다

파블로 피카소는 태어나자마나 죽을 뻔하였다. 그를 사산아라고 여겼던 그의 어머니가 피카소를 그 자리에서 버리려 했기 때문이다. 그러나 뻐끔뻐끔 담배를 피우고 있던 그의 삼촌(물리학자)이 피카소의 폐 속으로 담배 연기가 가득한 입김을 불어넣자 피카소가 앙앙 울기 시작한 것이다. 삼촌의 담배연기가 위대한 천재를 살린 셈이다.

● 청색시대 그리고 로트레크의 영향

피카소는 그의 나이 19세 되던 1900년, 전세계 천재 예술가들의 집합소인 프랑스의 몽마르트로 떠났다. 그의 조국 스페인에서는 더 이상 배울 것이 없었던 것이다.

그는 거기에서 폴 고갱, 반 고흐, 로트레크, 드가 등 대가들의 작품들을 박물관을 누비며 정열적으로 탐구하였다.

특히 몽마르트 빈민가의 화가였던 툴루즈 로트레크에게 관심을 기울였으며 그의 영향을 많이 받아 가난한 사람들과 그들의 생활을 푸른 색조로 그리기 시작했는데 이것이 이른바 그의 '청색시대' 이다.

피카소의 그림 중 가장 널리 알려지고 사랑 받는 시기에 속하는 때가 바로 청색시대(1901~1904년)이다. 피카소가 무명이었던 이 시기의 작품들은 그림으로 표현된 내용과 실제의 모습이 너무 닮아 감상하기 쉽다. 이 청색시대의 유명한 작품 '인생'에서

피카소의 청색시대 작품, '인생'.

보듯 그 당시의 그림은 차가운 느낌을 주는 청색으로 뒤범벅이 되어 있으며 온통 비참함과 절망이 하나로 이어져 깊고 어두운 뒷골목의 삶을 잘 보여 주고 있다.

큐비즘

입체파로 번역되는 이 화
풍은 피카소와 브라크에
의해 프랑스에서 일어난
예술운동이다. 대상을 기
본적인 구성요소로 분해
하고 그것을 재구성함으
로써 형태의 새로운 결합,
이지적인 공간 형성을 목
표로 했다. 추상미술의 모
태가 되었으며 조형의 각
분야에 큰 영향을 미쳤다.

피카소의 복숭아빛 시대
작품인 '창녀와 손님들'.

●큐비즘과 아비뇽의 딸들

그후 1905년 네덜란드를 여행한 후에 피카소는 '복숭아 빛의 시
대'로 화풍을 옮겼다. 흑인 조각의 특이한 조형에 흥미를 가지고
브라크와 함께 큐비즘을 창시하였는데 1907년에 그가 그린 '아
비뇽의 딸들'이 그 효시가 되었다.

1920년 전후에 한때 고전적 사실주의로 돌아갔으나, 1925년경
쉬르레알리즘의 영향을 받고 특이한 데포르메에 의한 조소적(彫
塑的) 표현을 시도하여 '메타모르포즈의 시대'로 들어갔다.

이후 각종의 표현 방법을 받아들여서 자유로운 조형에 정진하였
다. 1937년에는 반전적(反戰的) 대작인 '게르니카'를 발표하면

서 평화운동에도 관심을 보
였으며 파리의 레지스탕스
운동의 투사와 교제하다가
전후 공산당에 입당하였다.

●안티프시대

그후 니스에서 가까운 안티
프에서 가벼운 필치에 의하
여 '피리를 부는 목신(木
神)' 등을 그리면서 '안티프
시대'를 맞이하였다. 파블로
피카소는 오랜 세월을 거치
는 회화작업 도중에 석판화,
조각, 도기 등도 제작하였다.
피카소야말로 명실공히 20
세기 현대 미술의 최고봉으
로서 미술계뿐만 아니라 세
계인의 정신문화에 기여한

바가 매우 크다고 하겠다. 1974년 서울에서 그의 특별전이 열린
바 있다.

루브르 박물관의 예외

루브르 박물관에 전시되는 작품
은 그 작가가 죽은 지 60년이 지
나야 한다. 단 한 사람은 예외가
있었는데 그것은 프랑스의 화가
게오르게 브라크(Georges Bra-
que, 1887~1963)이다.

게오르게 브라크의 작품 'Still Life : Le Jour' (1929)

휠체어 위의 인상파 르느와르

● 르느와르와 관절염

르느와르의 자화상.

1912년 프랑스의 인상파 화가 르느와르
는 다시 걷느냐, 아니면 그림을 그리느
냐의 둘 중에서 하나만을 선택해야 했
다. 르느와르는 6년간 류머티스성 관절
염 때문에 절뚝거리며 걸어다녔는데, 증
상이 심각해져 꼼짝없이 휠체어에 앉아
있어야만 할 상황이 벌어졌기 때문이다.
그래서 일단 르느와르는 남부 프랑스 자택에서 휠체어에 앉아
병을 치료하기 시작했다. 유명한 의사는 특별 식이요법을 통해
그의 양쪽 다리에 힘을 키우게 하였다.

Tip
브라크와 피카소
그의 대표작은 '바이올
린과 물병'인데 인상파,
야수파를 거친 후 피카
소와 함께 큐비즘, 즉 입
체파라는 화풍을 창시
하고 그 대표적인 화가
가 되었다. 나중에는 구
상성(具象性)이 강한 독
자적인 화풍을 지향하
였다.

● 휠체어에 앉아 그린 명화
71세의 르느와르는 4주일 만에 식이요법으로 효험을 거두어, 휠
체어에서 일어나 몇 발짝 걸음을 옮길 수 있게 되었다. 휠체어에

서 일어난 르느와르는 의사에게 말했다. "의사 양반! 난 포기하겠소! 지금 난 온 몸의 힘을 다해 서 있는 거요. 그렇게 되면 난 그림을 그릴 힘이 남아 있지 않을 거요. 따라서 걷는 것과 그림을 그리는 일 중 한 가지를 선택해야 한다면 난 그림을 택하겠소!" 그리고 나서 앉은 후에 르느와르는 두 번 다시 걷지 않았다. 그 대신 그림을 계속 그렸다.

그러나 그림을 그리는 것도 쉬운 일은 아니었다. 제대로 움직이지도 않는 손가락으로 붓을 꼭 쥔 채 르느와르는 대작 '파리의 판결', '모자 쓴 여인'을 완성하였다.

조수의 손으로 빚은 작품, '비너스'.

● 조수의 손을 빌려 완성된 작품

한편 르느와르는 조각 작품에도 심혈을 기울였다. 거동이 불편하여 조수에게 직접 작업을 시키면서 자신은 지팡이를 들고 어느 부분에 진흙을 붙여야 하고 혹은 떼어내야 하는지를 지시했다.

1919년 그가 죽을 때까지 르느와르는 유럽에서 가장 잘 알려지고 인정받는 조각품 두 점을 완성했다. 이것은 모두 조수의 손을 빌려 완성한 그때의 작품들인데 바로 '비너스'와 '아이에게 젖을 물리고 있는 여인'이 그것이다.

● 풍만한 여인을 그리게 된 동기

인상파 화가로서 발랄한 감각과 표현으로 색채감이 선명한 그림들을 많이 남긴 르느와르는 70세가 지나면서부터 누드 여인들을 그리기 시작했다.

그의 그림에서는 여인의 하체가 풍만하게 표

현되어 있는데, 그것은 다름 아닌 그의 관절염 때문이었다.

그가 '목욕하는 여인' 이란 시리즈 그림을 시작했을 때 그의 손은 거의 마비되어 있었다. 그래서 붓을 손에 매달아 그렸기 때문에 자연히 몸 구석구석을 그리는 붓의 터치가 두꺼울 수밖에 없었던 것이다.

장례비조차 없었던 렘브란트

렘브란트는 500점의 유화, 300점의 동판화 등 1,500점의 작품을 남겼고 오늘날 그의 작품은 한 점에 5백만 달러 이상을 호가한다. 하지만 그가 죽었을 때는 빈털터리로 장례비조차 없어서 친구가 대신 지불해야 했다.

르느와르 作, '목욕하는 여인' (시리즈)

렘브란트의 '자화상' (1659)과 '정사'.

찰스 슐츠의 작품세계

전 세계 72개국에 21개 언어로 번역돼 세계인들의 사랑을 받아온 찰스 슐츠는 찰리 브라운, 애완견 스누피, 루시, 라이너스 등의 독창적인 캐릭터를 창조해 품격과 유머를 동시에 지닌 만화를 선사해 왔다.

파리의 '자유의 여신상'

뉴욕 항 입구를 압도하는 자유의 여신상은 파리의 세느 강 둑에 아직도 서 있는 동상의 확대판이다.

조각가인 프레데릭 오거스트 바르톨디(1834～1904)에 의해 조각된 파리의 오리지널 동상의 높이는 3m밖에 되지 않지만, 에펠탑의 건축가 구스타브 에펠에 의해 건축된 뉴욕의 '자유의 여신상'은 철과 금속 골조물 위에 동을 입혀 완성된 것으로, 화강암과 콘크리트로 된 받침돌을 합치면 땅에서부터 가장 높은 불꽃의 끝까지 93m나 된다.

원래 그 동상은 미국의 탄생을 기념하기 위해 프랑스가 선물로 준 것인데, 공식적으로는 1884년 7월 4일 독립 기념일에 인도되었고, 그 후 2년 뒤 뉴욕에서 재조립되었다. 그리고 1986년 7월 4일, 뉴욕 시에서 개최된 '자유의 여신상 100주년 기념식'에 맞추어 장기간에 걸친 보수작업은 끝을 맺게 되었다.

누가 모나리자를 훔쳤나?

프랑스의 루브르 박물관에 소장되어 있던 '모나리자'가 미국의 뉴욕 박물관으로 이송될 때 그 보험금이 2억 달러나 되었다. 그리고 지금도 이 그림만은 방탄 유리로 덮여 전시되고 있는데 1911년 8월 21일 '모나리자'가 루브르 박물관에서 도난당한 적이 있었다.

이 그림을 도난당한 후 다시 찾을 때까지 2년 반 동안 약 2만 명

레오나르도 다빈치의 '모나리자' (1503).

의 용의자를 심문했는데 그 중에는 화가 피카소도 포함되어 있었다. 그런데 도둑을 잡고 보니 범인은 루브르 박물관에서 근무하던 페인트 공이었다.

명성과 신부를 함께 가져다준 어떤 행운

● 어이없는 미술계 등단

미국에서 가장 찬사를 받는 화가 중의 한 명인 조지아 오키프(1887~1986)는 아주 어이없이 미술계에 등단한 화가였다.

1916년 오키프는 29세의 나이에 텍사스 캐년에 있는 웨스트 텍사스 주립대학 미술대학장으로 재직하고 있던 중, 오랜 친구이자 전 룸메이트였던 친구에게 자신이 자랑스럽게 생각하며 간직해온 작품을 보낸 적이 있었다. 그리고 아무에게도 보여서는 안 된다고 부탁까지 했었다.

조지아 오키프의 작품, 'Jack-in-the-Pulpit No. Ⅳ' (1930).

●그림을 통해 만난 반려자

하지만 그 친구는 여류 사진작가이자 사진을 창조적 예술로 승격시킨 개척자로서 현대 미술에 적지 않은 영향력을 행사했던 알프레드 스티글리츠(1864~1946)에게 오키프의 작품을 보였다. 그리고 스티글리츠는 오키프의 허락도 구하지 않고 그 작품들을 유명한 화랑에 걸도록 했다.

이 소식을 알게 된 오키프는 스티글리츠와 친구의 행동에 몹시 격분하였다. 하지만 1918년경, 오키프는 긍정적으로 그들의 행동을 이해하게 되었고, 곧 뉴욕으로 이주해서 그림에만 전념하였다.

그러다가 스티글리츠와 오키프 사이에서 사랑이 싹터 마침내 결혼하게 되었다. 1946년, 스티글리츠가 죽은 후 오키프는 뉴멕시코에서 남은 여생을 보냈다.

꼬마 앉은뱅이의 열정

브라질의 조각가이자 건축가인 '안토니오 리즈보다'는 팔 아래쪽과 손을 잃은 후에도 작업을 계속하였다.

원인도 모른 채 30세 후반에 앉은뱅이 병에 걸린 후, 리즈보다는 팔 위쪽에 망치와 지젤을 묶고서 작업을 했다. 그는 '알레우아디노'라는 별명을 가지고 있었는데 이는 꼬마 앉은뱅이라는 뜻이었다. 그리고 로코코 건축물의 화강암 형식을 갖춘 공법 '알레자디노'도 그의 이름을 따라 명명된 것이다.

꼬마 앉은뱅이, 그는 1738년에 태어나 12개의 거대한 돌로 만들어진 인물상인 대작 '예언자들'을 완성(1800~1805, 6년간 작업)했으며 그 동상은 오늘날에도 브라질의 한 도시인 콩고나스드 캄포에 아직도 서 있다.

최후의 만찬에 얽힌 수난

● 식당 벽에 그려진 그림

레오나르도 다빈치(1452~1519)의 '최후의 만찬'은 아마 르네상스 스타일 가운데 가장 뛰어난 작품일 것이다. 이 미술작품은 가장 귀중한 보배 중 하나로 여겨지기도 하는데, 이 작품을 원작이라 하기에는 좀 문제가 있다.

레오나르도는 1495년부터 1497년 사이에 이탈리아 밀라노의 산타마리 델 그라지에 수도원의 식당 벽에 이 그림을 그렸다. 그

레오나르도 다빈치의 초상(위)과 그의 작품 '최후의 만찬'(아래).

Tip

르네상스 화풍의 대표 주자

이탈리아 태생의 다빈치는 미술가 겸 과학자, 건축가로 밀라노와 프랑스에서 활동했다. 회화에서는 엄격한 관찰을 바탕으로 한 인체, 공간의 표현과 깊은 정신성으로 르네상스 회화의 정점을 차지했다.

는 가끔 생각나는 대로 그렸으나 결국은 끝내지 못했다(이 그림은 그때 별로 환영받지 못했던 것이다).

● '최후의 만찬' 은 마구간에서?

1517년, 레오나르도의 이 작품은 습기 때문에 몹시 손상되었고, 몇 해 뒤에는 유명한 미술 역사가였던 바사리의 말대로 단순한 '점들 투성이' 로 보일 만큼 형편없이 손상되었다. 그래서 그 수도원에 기거하던 수도사들은 그 그림에 대한 존경심을 모두 상실해 버렸고 마침내 예수의 다리가 그려진 부분에 출입구를 만들기에 이르렀다.

그 후에도 이 그림은 계속 훼손되면서 1796년에는 프랑스 주둔군이 이 수도원을 점령하여 마구간으로 사용하기까지 했다. 또한 어떤 군인들은 예수의 머리에다 총을 쏘는 연습을 하며 지내기도 했다.

● 레오나르도의 손길은 어디에

2차 세계대전 중에는 '최후의 만찬' 을 보호하기 위하여 모래주머니들을 쌓아 두었으나 폭탄이 떨어져서 수도원은 파괴되고 다행히 '최후의 만찬' 이 그려진 벽만 남아 있게 되었다.

이러한 모든 학대와 훼손으로 그림들이 매우 손상되었기에 오늘날 사람들이 보는 '최후의 만찬' 은 다른 작가들에 의해 복구된 것이고 다빈치의 손길이 남아 있는 것은 희미한 윤곽과 매우 적은 붓 자국뿐이다.

천사가 그린 그림

마르크 샤갈(Marc Chagall)은 1887년 러시아에서 태어나 1985년 프랑스에서 사망했다. 그는 4차원 세계를 연상시키는 머리 없는 몸체, 날아다니는 황소, 무중력 상태를 연상시키는 '생일' 을 그

샤갈의 작품, '바이올리니스트' (1912/13)(좌)와 '생일' (우).

린 초현실주의 거장으로 피카소가 그의 작품을 보고 감탄하여
'천사가 그린 그림'이라고 격찬을 했다.

1944년 아내 벨라가 타계하고 난 후 65세에 재혼을 했으며 93세
에 유명한 '대행진'을 그렸다.

인생을 그려낸 그랜드 마모스

비록 대부분의 비평가들은 미국의 최고령 예술가인 그랜드 마모
스(1860~1961)를 낮게 평가했지만, 그녀의 그림에 스며 있는 인
생의 열정에 매료되지 않는 사람은 거의 없다.

그녀는 12살 때인 1887년, 가정의 불화로 집을 나와 토마스 새먼
모스와 결혼할 때까지 가정부로 일했다. 10명의 아이를 출산했
지만 5명만 살아남았으며 남편의 농장 수입을 돕기 위해 감자 스
낵과 버터를 만들어야 했다.

그러나 그랜드 마 모스는 76세에 팔 관절염으로 더 이상 일을 못하게 되자, 그때부터 뉴욕의 그리니치로부터 40km 정도 떨어져 있는 후식폭스라는 마을에서 101세로 죽기 전까지 1천여 점의 그림을 남겼다.

인생이란 거꾸로 걸린 '르 바또' 같은 것

1961년 10월 18일 미국 뉴욕에 있는 현대미술박물관에는 이중섭이 모방했다는 헨리 마티스의 추상화 '르 바또'가 전시되었다. 37일 동안 약 10만 명이 이 그림을 보고 칭찬을 아끼지 않았는데, 그 '르 바또'는 전시 기간 내내 거꾸로 걸려 있었다.

마티스의 추상화, '르 바또'.

가장 유명한 에로 조각

세상에서 가장 유명한 에로 조각품들은 인도 각처에 있는 힌두 사원에 있다. 주로 북쪽에 있는 사원의 조각품들은 9세기경부터

인도 힌두 사원에 있는 에로 조각들.

13세기 사이에 만들어졌고 남쪽 사원의 조각품들은 주로 7세기 경부터 17세기 사이에 만들어졌다.

여기에 있는 수많은 조각품들은 각각 구강 성교, 자위 행위, 강간, 수간을 비롯하여 인간이 상상할 수 있는 갖가지 성교 장면들이 표현되어 있다.

빛과 색의 3원색

예술가들은 빨강, 노랑, 파랑을 모든 색의 기초라고 하고, 과학자들은 빨강, 초록, 파랑을 기초 색이라고 말하는데 빨강과 초록의 물감을 아무리 섞어도 노랑색을 만들어내지는 못한다.

하지만 빨강과 초록색의 빛이 겹쳐지면 노란빛이 된다. 이 수수께끼 같은 사실은 물감을 통해 얻는 색과 빛을 통해 얻는 색이 서로 다르다는 것을 가르쳐 준다.

끊임없이 일하는 사람들

· 100세 때, 그랜드마 모세는 그림 그리기를 멈추지 않았다.
· 98세 때, 티헨은 '테판도의 권투'를 그렸다.
· 94세 때, 버트런트 러셀은 국제 평화 운동에 적극 참여했다.
· 93세 때, 버나드 쇼는 희곡 〈억지 우화〉를 저술했다.
· 93세 때, 마르크 샤갈은 명작 〈대행진〉을 그렸다.
· 91세 때, 이모 데 발레라는 아일랜드 공화국의 대통령으로 재직했다.

샤갈의 대행진(Grand Parade)

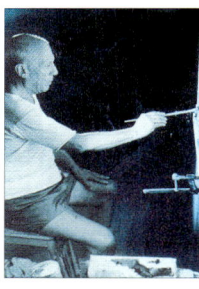

피카소

· 90세 때, 피카소는 그림, 조각 등 왕성한 작품활동을 하였다.
· 89세 때, 메리 베이커 에디는 크리스천 사이언스 교회를 감독하였다
· 89세 때, 아서 루비스타인은 뉴욕의 카네기 홀에서 그의 일생 중 가장 성공적인 독주회를 가졌다.
· 89세 때, 알베르트 슈바이처 박사는 아프리카에 있는 한 병원으로 봉사활동을 떠났다.
· 88세 때, 아데나워는 서독의 수상이 되었다.
· 88세 때, 파블로 카살스는 첼로 독주회를 가졌다.
· 88세 때, 미켈란젤로는 성마리아 데글리 엔젤 교회의 건축 설계를 하고 있었다.
· 85세 때, 코코 샤넬은 패션 디자인 공장의 사장으로 일했다.
· 85세 때, 베르디는 〈아베 마리아〉를 작곡했다.
· 84세 때, 서머셋 몸은 「관점들 (Points of View)」을 저술했다.
· 83세 때, 알렉산드로 카렌스키는 「러시아 역사의 전환점 (Russia and History's Tunning Point)」을 저술했다.
· 82세 때, 윈스턴 처칠은 「영어권 민족들의 역사(A History of the English-speaking People」를 저술했다.
· 82세 때, 일본의 구로사와 아키라 감독은 30번째 영화에 착수했다.
· 82세 때, 톨스토이는 「나는 침묵할 수 없다(I cannot be silent」를 완성했다.
· 81세 때, 벤자민 프랭클린은 미국 헌법의 채택을 위한 협상안을 유효화시켰다.
· 81세 때, 괴테는 「파우스트」를 완성했다.
· 80세 때, 조지 번스는 〈Sunshine Boy〉라는 영화로 아카데미상을 받았다.
· 80세 때, 데니슨은 그의 최고의 시 〈Crossing the Bar〉를 썼다.
· 74세 때, 임마누엘 칸트는 그의 최고의 철학 저서를 썼다.
· 1786년 태어나 1889년 103세에 죽은 프랑스의 화학자 유진 슈브릴은 죽는 날까지 활동적인 삶을 살면서 자신을 모델로 하여 노인학을 연구한 최초의 과학자이다.

칸트

제 2 장
세계의 건축물

콜로세움

콜로세움은 BC 59년에 공사를 시작하여 AD 80년경에 완공한 최초의 노천극장이다. 전체가 돌로 만들어진 콜로세움은 관람석이 50,000석이나 된다.

콜로세움

전 시민이 다 들어갈 수 있는 노트르담 성당

프랑스 파리의 아미앵에 있는 노트르담 성당의 대지 면적은 7,107m²이다. 중세 시대 이 성당이 완공되었을 때 당시 도시의 전체 인구인 10,000명이 동시에 예배에 참석할 수 있었다.

노트르담 성당은 프랑스의 고딕 건축을 대표하는 대성당으로 1163년에 착공하여 1245년에 완공되었다.

비잔틴 양식의 대표적인 건물인 성 소피아 성당은 현재 국립 박물관으로 사용되고 있다.

1,600년 동안 지진을 이긴 성 소피아 성당

이스탄불에 있는 성 소피아 성당은 이 세상에서 제일 큰 원형천
장을 1,600년 동안 지탱해 왔다. 그러나 더욱 놀라운 것은 이 성
당이 위치한 곳이 지진이 빈번한 지역이었다는 점이다.

바다 위의 초호화 아파트

세계에서 가장 비싼 호화 크루즈인 더 월드 오브 레지던스(The
world of Residence)호가 2000년에 출항했다.

이 배 안에 설치되어 있는 250개의 아파트는 현재 약 130만 달러
에서 580만 달러의 가격으로 판매되고 있으며 그중 가장 인기가
있는 것은 645m²의 면적에 침실 3개와 3개의 욕실을 두고 있는
초 호화판 팬트하우스이다.

529,700,000달러의 제작비가 든 이 함선은 세계에서 가장 호화로
운 선박이다. 그 안에는 레스토랑, 바, 영화관, 카지노, 나이트 클
럽, 교회, 도서관, 박물관, 비즈니스 서비스센터, 증권거래소 등
이 갖추어져 있다.

Tip
세계 무역센터
뉴욕 중심부에 있는 110
층 높이의 쌍둥이 빌딩
인 세계 무역센터에는
약 35,000명이 일을 하
고 있으며 그곳의 하루
방문객 수는 약 80,000
명이나 된다.

승객들의 서비스 기관 운영을 위해 500명의 승무원이 탑승하여 꼭대기에는 슈퍼마켓, 수영장, 해상스포츠를 위한 정박지, 골프장과 골프학교, 테니스 코트와 헬리콥터 착륙장 등이 세워졌다. 그리고 이 배는 태양의 흐름을 따라 움직이기 때문에 늘 햇빛이 비치는 곳으로만 운항하고 있다.

하루 숙박료 10만 달러인 호텔

바라마에 있는 크리스탈 펠리스 카지노와 나소 메리오트 리조트의 일명 갈라틱 환타지 방의 하루 숙박료는 25,000달러이다. 그 방에는 아름다운 선율과 영상을 동시에 만들어내는 환상의 피아노(완구), 회전식 소파와 침대, 그리고 천둥 번개 치는 음향과 영상을 만들어내는 최첨단 장난감이 구비되어 있다.

캘리포니아 라구나 니구엘에 위치한 리츠 칼튼 호텔에는 1999년 12월 31일부터 2000년 1월 1일 하루 동안의 숙박료가 100,000달러나 되는 특실이 있었다.

최첨단 완구가 구비되어 있는 메리오트 리조트 호텔.

지름 17m, 높이 55m인 세계의 불가사의, 피사의 사탑

피사의 사탑

그 유명한 피사의 사탑은 원래 지금처럼 '기울어진 모습'으로 설계 된 것이 아니다. 1174년 건축가 보나노 피사가 이 탑을 건설할 때 탑의 받침을 3m밖에 파지 않았기 때문에 공사하던 중 지표가 움직여 탑이 기울어진 것이다. 그 후 공사가 중단된 지 수백 년 후인 1935년에 피사의 사탑 재 공사가 재개되었을 때 당시 건축가는 중심을 맞추기 위해 8층 가운데 3층부터 기둥을 수직으로 세울 계획을 세웠지만 역시 실패로 끝났다. 그 결과 직각선상에서 약 5m 정도 기울어진 현재의 사탑이 완성된 것이다. 지금도 피사의 사탑은 매해 6mm씩 기울고 있다.

무용지물이 된 100억 달러 댐

터키 정부는 100억 달러를 투자해서 콘야 강 근처에 엄청난 물을 저장할 수 있는 메이 댐을 완공했다. 그러나 불행히도 건축공학가들이 주변의 지형 상태를 제대로 파악하지 못해 그 댐은 침식된 석회암 지대 위에 세워졌다. 그 결과 물 밑바닥에 30개 이상의

구멍이 생겨 물은 저수지에 고이는 대신 구멍으로 다 빠져나가
댐으로서 쓸모가 없게 되었다.

4억 달러의 궁전을 철거한 브루나이 국왕

브루나이 하사날 볼키아 국왕의 궁전은 한마디로 엄청난 궁전이
었다. 왕의 알현실에는 2톤짜리 샹들리에가 무려 12개나 달려 있
고, 알현실에 들어간 전구의 개수만 해도 무려 51,490개에 이른
다. 연회실은 4,000명을 수용할 수 있을 만큼 넓고, 내부 장식을
위해 28가지 종류의 대리석이 사용됐으며, 두 동의 지붕에는 순
금박을 입혔다. 1,788개의 방과 257개의 화장실, 44개의 계단을
자랑하는 이 거대한 빌딩은 대지가 17,000여 평에 건평이 61,210
평이었다. 1984년 당시 총 공사비만 4억 달러가 들었다.

그러나 이토록 어마어마한 규모와 실내 장식을 자랑하는 궁전임
에도 불구하고 치명적인 약점이 있었다. 그것은 바로 주인의 마
음에 들지 않았다는 것이다. 건물을 다 완성하고 보니 왕의 눈에
는 시원치 않아 보였고 일부에서는 "꼭 대형 주차장 건물 같다"
고 진언을 올렸다. 그래서 브루나이의 하사날 볼키아 국왕은 이
궁전을 부수고 다시 짓도록 했다.

브루나이의
하사날 볼키아 국왕

보루네오 북서 해안에 있는
브루나이 왕국은 석유, 천연
가스를 주요 산업으로 하고
있으며, 1984년에 영국으로
부터 독립하자마자 궁전을 지
었다.

유럽에서 가장 큰 요새, 크렘린

비상할 정도의 아름다움과 웅장한 규모, 복잡한 구조를 지닌 크렘린은 전 유럽을 통틀어 가장 큰 요새라고 할 수 있다. 크렘린에는 궁전, 성당, 병영, 상점, 시장들이 갖춰져 있는 작은 도시라고 할 수 있다. 6세기 동안 지어진 크렘린은 1365년에 주춧돌이 놓였고 1세기 후에 차르 이반 3세가 전체적으로 재건하였는데, 1812년 나폴레옹 점령 당시 거의 모든 도시가 불타는 악조건 속에서도 굳건히 버텼다.

크렘린은 모스크바 강이 내려다보이는 작은 언덕 위에 있으며, 2km의 삼각형 벽으로 둘러싸인 다양하고도 복잡한 건물들을 포함하고 있는데, 그 전체 면적은 360,000㎡에 이른다. 크렘린을 구성하고 있는 많은 건축물들은 그 자체로도 매우 유명하다. 15세기 후반 이탈리아의 건축가에 의해 지어진 파셋 궁전은 유백색의 매력적인 궁전으로, 정면은 다이아몬드 형상의 다면체로 꾸며졌으며, 19세기에 건축된 그랜드 궁전은 크렘린 내에서 가장 큰 건물로 요즘은 최고 회의의 장소로도 쓰인다.

6세기 동안 지어진 유럽 최대의 요새 크렘린.

Tip
울지 않는 종

크렘린의 벨 타워 안에는 1733년에 주조된 무게 216톤, 높이 6m의 세계에서 가장 큰 종이 전시되어 있다. 이 종의 추를 흔들리게 하는데만 장정 24명의 힘이 필요하다고 한다. 그런데 불행하게도 이 종은 사용되기 시작한 지 3년 만에 땅으로 떨어진 후 다시는 울리지 못했다.

20개의 게이트 타워 중 가장 유명한 스파스카야 타워는 높이가 82m이며, 크렘린에서 가장 큰 벨 타워는 황금색 양파 모양의 돔 형식으로 세워졌다.

또한 크렘린은 세계에서 가장 큰 대포를 소유하고 있는데, 그 대포는 너무 거대해서 발포된 적이 없다. 크렘린 동쪽에 있는 붉은 광장에는 아름다운 바실리 대성당이 있는데, 16세기 후반에 세워진 이 화려한 대성당은 아름다운 다채색에 붉은 돔 형식을 취하고 있다. 붉은 광장에서 또 특기할 만한 것은 레닌의 검은 대리석 무덤이다.

세계에서 가장 화려한 궁전, 베르사유

· 베르사유 궁전은 1661년부터 50년이나 걸려서 완공되었다. 루이 14세는 이 궁전을 짓는데 1,000만 달러(1700년 당시) 이상을 들였는데, 한때 국고가 바닥나 인부들 22,000명의 급료마저 지급할 수 없을 정도였다. 이 궁전 안에는 하인이 4,000명, 정

호화롭고 웅장하기로 유명한 바로크 양식의 베르사유 궁전 내부 모습.

식 궁신들이 1,000명이 넘었고, 1,011,700m²나 되는 정원에 1,400개의 분수들이 있어 파리 시민 전체가 쓰는 물과 맞먹는 양을 소모하였다. 베르사유 궁전은 그 규모나 장식으로 볼 때 세계에서 가장 화려한 궁전일 것이다.

· 1743년 베르사유 궁전에는 엘리베이터가 설치되었다. 추와 톱니바퀴, 도르래를 이용하여 수동식으로 움직이던 이 엘리베이터는 루이 14세가 자신의 거처에서 애첩들의 침실을 방문할 때 사용하였는데 그의 침소 바로 위층에 그가 가장 사랑하던 여인의 침소가 있었다.

Tip
화장실 없는 궁전
베르사유 궁전에는 화장실이 없었다. 그래서 사람들은 성에 들어오기 전에 볼일을 미리 보도록 되어 있었다. 그럼에도 불구하고 급할 때는 정원에 늘어서 있던 수많은 조각들이 소변을 보는데 적합한 곳으로 사용되었다.

에펠탑 이야기

에펠탑은 세느 강변의 전망 좋은 산책길을 따라 321m 높이로 우뚝 솟아 있다. 탑의 바닥에는 4개의 거대한 돌기둥이 4개의 강철 기둥을 받치고 있으며, 강철 기둥은 189m높이에서 하나의 가느다란 뾰족탑을 만들기 위하여 합쳐진다. 기둥 사이에는 축구장이 들어서고도 공간이 남을 정도의 간격이 있다.

1889년 만국박람회 개최 때 프랑스의 건축기사 에펠(Eiffel)의 설계로 건설되었다.

세계의 건축물

Tip

비난받던 에펠탑

처음 설계 도면이 나오
자 너무 거대하여 쓸모
없다는 비난까지 받은
에펠탑이었지만 1925~
1936년에는 25만 개의
램프로 구성된 전기 '시
트레온'의 광고가 에펠
탑에 설치되었는데, 이
것은 역사적으로 가장
큰 광고물로서 38km나
떨어진 곳에서도 볼 수
있었다고 한다.

1889년에 공사가 시작되어 국제 박람회에 맞추어 17개월 만에
완공되었다. 아치와 오벨리스크 모양을 혼합한 설계는 12,000개
의 구성 부품을 필요로 하였으며, 총 무게는 7,500톤이었다. 현대
적인 안전 대책이 없었음에도 불구하고 전 공사 기간 동안 치명
적인 사고는 발생하지 않았다. 또한 놀라운 사실은 관광객들로
부터 1백만 달러 이상(1890년 당시) 되는 건축비용을 1년 만에
회수했다고 한다.

오늘날 에펠탑은 세계에서 가장 인기 있는 관광지 중의 하나이
다. 엘리베이터가 기둥을 따라 비스듬히 기울어져 3개층의 전망
대로 운영되며, 이들 전망대에서는 파리의 경치는 물론 144km
떨어진 시골 경관을 만끽할 수 있다.

오늘날 에펠탑은 라디오 및 TV 방송탑, 기상대 등의 역할을 톡톡
히 해내고 있다.

피라미드보다 더 무거운 70층 높이의 후버 댐

Tip

후버 댐

미국의 애리조나 주와
네바다 주에 걸쳐 있는
다목적 댐이다. 1936년
에 완성된 이 댐의 원래
명칭은 볼더 댐(boulder
dam)이었으나 당시 대
통령이었던 후버의 이
름을 따서 개칭했다.

후버댐은 아직도 세계적인 건축물의 신비 가운데 하나로 남아
있으며 1931년 공사가 시작된 이래 현대적인 댐 건설 기법을 선
도하고 있다.

후버 댐이 건설된 이 메드호는 원래 강변의 거대한 사막 지대를
헤치고 나가는 협곡으로, 물이 곧 들어올 것에 대비하여 500평방
마일 이상의 면적이 소거되었다. 후버 댐 부지의 상류에는 강물
의 흐름을 일시적으로 막기 위해 임시 토양 댐이 설치되었으며,
공사 현장으로부터 물줄기를 돌리기 위하여 지하에 지름이 15m
나 되는 터널을 4개나 팠다. 1936년, 5년에 걸친 공사로 콘크리
트 벽이 완공되고 4개의 터널을 막았다. 댐 뒤로 물이 고이기 시
작하면서, 차츰차츰 협곡을 채워나가 184km 길이의 메드호를 탄
생시켰으며, 1955년까지 메드호는 세계 최대의 인공호수로 군림
하였다.

후버 댐의 바닥 두께는 183m, 윗 부분의 두께는 14m이며 총 396m나 뻗어 있어 협곡의 한쪽과 다른 한쪽이 연결되고, 골짜기 바닥으로부터 221m 정도 솟아 있다. 총 7천만 톤의 시멘트가 사용되었으며, 이는 이집트의 거대한 피라미드보다도 더 무거운 것으로써 약 70층 건물 높이와 맞먹는 규모이다.

협곡을 가로막아 건설된 세계 건축의 신비, 후버 댐.

자살 충동을 일으키는 금문교

세계에서 가장 유명한 사진은 샌프란시스코의 금문교에서 자살하는 사람을 구하려고 내민 손이 끝내 그 자살자의 손을 놓치는 순간을 포착한 것이다. 이 다리는 1937년에 완공되었는데 그때

'자살의 다리' 로 불리는 캘리포니아의 금문교.

부터 2000년까지 다리에서 떨어져 자살한 사람이 800명이나 되고, 이처럼 자살 충동을 강하게 불러일으키는 다리를 보기 위해 몰려드는 관광객이 1년에 1,000만 명이나 된다.

페트라의 무덤
페트라에는 BC 4세기부터 사람이 거주하고 있었으며, 로마의 전진 기지, 이주민의 무역 중심지, 회교도의 종교 중심지, 그리고 십자군 시대에는 기독교의 거점으로 사용되었다.

계곡을 둘러싼 가파른 벼랑으로 인해 페트라는 난공 불락의 요새였으며, 특히 벼랑 사이를 굽이치는 협곡만이 유일하게 들어올 수 있는 통로였다. 이 통로는 매우 협소하여 사람이 양팔을 뻗으면 양쪽 벽면에 손이 닿을 수 있을 정도였다.

천혜의 지리적인 여건을 갖춘 페트라는 5~6명의 병사만으로도 대규모 군대에 맞서 도시를 방어할 수 있었다.

난공불락의 요새 페트라. 5~6명의 병사만으로도 적군을 막을 수 있는 천혜의 요새였다.

세월이 흘러 페트라에 자리잡은 부유한 이주민 상인들은 다른 고대 도시와 경쟁하기 위해 거대한 무덤과 사원을 건축하기 시작하였다. 좁은 입구로 인해 자재 수송이 방해를 받자, 상인들과 페트라의 왕은 벼랑의 벽을 깎아 자신의 무덤을 만들었는데, 이것이 대단한 걸작품이었다.

가장 커다란 무덤은 15층 건물 높이로 단단한 바위에서 한 조각으로 깎아 내린 것이다. 무덤의 정문은 높이가 12m를 넘으며, 바닥의 문턱은 너무 높아서 사람이 오르기조차 힘들 정도였다. 사실 무덤이 대규모이고 디자인과 건축술이 너무 뛰어나, 인근 지역에서 거주했던 아랍인들은 회교도의 신들이 무덤 건축을 가능하게 했을 것이라고 말한다.

305m가 넘는 협곡의 벽을 깎아 거대한 무덤과 사원을 만들었으니, 이 자체만으로도 장관을 이루어 하나의 건축물이라기보다는 거대한 조각 작품에 가깝다. 페트라의 무덤은 세계에서 가장 기이하고 가장 인상적인 광경을 자아내고 있다.

파나마 운하를 건설케 한 우표

미국 국회는 애초에 파나마 운하를 니카라과에 건설하려고 했었다. 그러나 프랑스의 건설 기술자였던 필립 장 부노바리야가 미국 국회로 보낸 니카라과 우표 한 장 때문에 계획이 바뀌었다.

부노바리야는 프랑스 - 파나마 운하 건설 계획을 추진하다가 1889년에 그 계획이 수포로 돌아가자 운하 건설 권리를 미국에 팔 수 없을까 고심하였다. 루즈벨트 대통령은 수염을 기르고 우쭐대는 듯한 외모의 이 조그만 사나이를 '결투자의 외관'을 가진 사나이라고 말했다.

그때 당시 미국은 한시라도 빨리 북남미 대륙을 가로지르는 운하를 만드는 것이 급선무였다. 왜냐하면 전함 '오래곤' 호가 스페인 - 미국 전쟁터로 긴급히 보내져야 했는데 샌프란시스코를 떠

파나마 운하는 태평양과 대서양을 잇는 갑문식(閘門式) 운하로 두 개의 인공 호수를 이용하였다. 해수면과 호수면의 표고 차이를 해결하기 위해 여섯 개의 갑문을 설치했다. 1914년 완공, 길이 64km.

나 남미를 돌아서 카리브해까지 도달하는데는 장장 68일이 소요되었기 때문이다. 미국 의회에서는 1899년경까지도 이 운하 건설에 대한 결정을 보류하고 있었다. 그것도 파나마가 아니라 니카라과에 건설하려는 계획안이었다. 이러한 상황이 부노바리야를 안절부절 못하게 만들었던 것이다.

그런데 갑자기 천재지변이 일어났다. 1902년 5월 8일 마르티크 섬의 펠레 산이 폭발하여 3만 명이 목숨을 잃은 것이다. 설상가상으로 약 1개월 후 니카라과의 모모톰보가 또 폭발하였다. 그런데 이런 불행한 일이 부노바리야에게는 행운을 가져왔다. 그는 화산 연기를 내뿜는 모모톰보의 모습이 담긴 1900년도 니카라과 우표 600장을 찾아내어 미국 의회에 보냈다. 의미있는 질문을 슬쩍 던진 것이었다. 화산이 없는 파나마 같은 곳에 운하를 건설하면 안전하지 않겠는가?

그리하여 1904년 미국 의회에서는 파나마를 운하 건설지로 선택하게 되었다.

이집트를 파산시킬 뻔한 수에즈 운하

수에즈 운하는 1억 달러의 공사비를 들여 1850년 4월 25일 착공하여 1869년 11월 17일에 완성되었다. 이집트 정부는 이 역사적인 날을 기념하기 위하여 사상 최대의 파티를 열고 유럽 각국의 명사들 6,000명을 초대했다.

지중해와 홍해를 연결하여 아시아와 유럽을 이어준 163km의 수에즈 운하는 프랑스 외교관 레셉스(F. M. Lesseps)가 설계했다. 영국의 지배 하에 있다가 1956년 이집트가 국유화했다.

베르디가 기념 오페라 〈아이다〉를 작곡하고 세계에서 가장 좋은 포도주를 배로 공수해 왔으며 가장 화려한 불꽃놀이를 했다. 뿐만 아니라 500명의 특수 요리사와 3,000명의 웨이터가 고용되기도 했는데, 이처럼 어마어마한 파티를 여느라 이집트는 거의 파산할 뻔했다.

세계 최대의 종교 건축물, 앙코르 와트

9~14세기에 앙코르는 오늘날 캄보디아 자리에 위치했던 크메르 제국의 수도였다. 약 200만 명의 주민이 살던 앙코르는 정글 한가운데 40평방마일에 걸쳐서 퍼져 있다. 부귀영화를 누리던 크메르의 왕들은 앙코르가 동양권에서 가장 크고 장엄한 도시로 손꼽힐 때까지 웅장한 사원과 왕궁, 각종 기념물 등을 건축하였

크메르의 미술을 대표하는 캄보디아 북부의 석조사원 앙코르 와트(Angkor Wat)

다. 그러나 14세기에 크메르인들은 참패를 당했고 수도는 약탈 당했다. 그후 500년 동안 앙코르는 황량하게 버려져서, 무성한 정글림이 길과 건물을 뒤덮었으며 원숭이, 박쥐, 표범 등이 텅 빈 복도를 휘젓고 다녔다. 앙코르는 그렇게 전설로 파묻혔다.

그러나 1861년 프랑스의 자연학자인 헨리 모호트는 나비를 찾던 중 우연히 이 정글 도시를 발견하였다. 그후 여행객들과 학자들은 이 웅대한 앙코르 와트의 장관을 보기 위해 몰려들기 시작했다. 앙코르 와트로 알려진 앙코르의 주 사원은 아시아 전체에서 가장 커다란 건축물이고 전 세계에서 가장 높은 종교 건축물이었다. 커다란 화랑, 연주 정원, 복도 등은 5개의 도토리 모양의 탑으로 덮여 있으며, 가장 높은 것은 76m나 되었다. 정교한 석조 조각이 수천 미터에 이르는 거대한 사원 전체의 벽을 장식하고 있고, 신과 코브라, 크메르 무희들의 모습이 방과 복도에 줄지어 서 있다.

앙코르 와트는 사원을 둘러싸는 호수 위를 가로지른 366m 길이의 석조 둑길을 통해 들어갈 수 있다. 둑의 양편에는 2m 길이의 석조 귀신상 54개가 있는데 이 귀신상은 크메르의 성스러운 뱀인 머리 7개의 석조 코브라상을 지탱하고 있으며, 둑의 끝에는 20m높이의 입구 탑이 사원으로 이어져 있다.

중앙 사원은 거대한 정글 도시에 있는 여러 웅장한 건축물 중의 하나에 불과하다. 도서관, 욕탕, 문, 왕궁, 사원이 워낙 광대한 지역에 퍼져 있어서 앙코르의 모든 것을 보려면 1주일도 부족하다. 고대 수도를 에워싸고 있는 정글을 밀어내는 작업 또한 매우 어려운 것이어서 아직도 완료되지 않은 상태이다.

규모만으로도 앙코르는 숨막히는 장관이고, 사원은 건축과 예술의 감탄을 자아낸다. 이토록 장엄한 도시가 오랫동안 잊혀져 있었던 것은 세계 불가사의 중의 하나라고 할 만하다.

세계에서 가장 아름다운 건축물

세계에서 가장 아름다운 건축물은 인도 아그라에 있는 타지마할이다. 이 건물은 무굴 제국의 황제 샤 자한이 사랑한 황비 무무타지 마할을 위해 만든 회교식 무덤이다. 20,000명의 장정들이 18년 동안 노동하여 1648년에 완공하였다.

세계에서 가장 큰 교회, 성 베드로 성당

세계에서 가장 잘 알려진 건축물 중 하나인 성 베드로 성당은 르네상스 시대의 뛰어난 예술가들에 의해 이루어진 그림이나 조각들이 자랑거리이다.

성 베드로 성당은 로마 카톨릭 교회의

1632년 착공한 인도 이슬람 건축의 대표작인 타지마할. 샤 자한 황제도 여기에 묻혔다.

로마 카톨릭 교회의 중심을 이루며 바티칸의 교황 직속인 성 베드로 성당.

구심점으로 오늘날까지 남아 있으며, 자리잡은 장소 역시 역사적으로 의미가 깊다. 이 성당은 티버 강 왼쪽에 있는데 로마 황제 네로가 잔인한 구경거리를 즐기기 위해 큰 원형 경기장을 만들었던 곳으로, 수많은 기독교인들이 로마 군중들의 구경거리가 되면서 학살당하였던 곳이다. 그 희생자들 중 성 베드로는 이곳에서 십자가에 못박힌 후 군중 무덤에 함께 묻혔다. 4세기에 로마의 첫 기독교도 황제인 콘스탄틴은 이 옛 원형 경기장 자리에 작은 교회를 짓고 제단을 성 베드로가 묻힌 장소라고 여겨지는 곳에 정하였다. 여기에서 많은 교황들과 황제들이 취임식을 가졌다.

이 교회는 15세기에 무너졌고 일부분이 교황 니콜라스 5세에 의해 다시 건립되었다. 1506년 르네상스의 절정기에 교황 줄리앙 2세는 이곳에 당시 로마 시의 전 인구 80,000명을 모두 수용할 수 있는 권위 있는 큰 교회를 짓기로 결심하였다. 건축가 브라망의 기념비적인 설계가 받아들여졌고 세계 교회에서 가장 큰 건축 역사가 시작되었다. 브라망의 설계는 굉장히 크고 정교해서 12명의 건축가들이 이 계획에 평생을 바쳤다. 라파엘도 당시 이 건축 역사를 담당하였으며, 미켈란젤로도 그 거대한 원형 지붕을 짓는 지휘자로 참가했는데 다른 예술가들과 같이 그도 완성을 보지 못하고 죽었다.

이 교회가 봉헌된 것은 시작한 지 120년이 지나서였다. 그리고 그 거대한 성당 앞부분의 기둥들과 광장은 40년이 더 걸려서야 끝났다. 네로의 원형 경기장에서 죽음을 당한 수천의 순교자들을 기리기 위하여 이집트의 방첨탑이 광장의 한 가운데에 세워졌다. 지붕만 해도 보통 건물 15층 정도의 높이가 되는 이 성당 안에는 44개의 제단이 있고 청동으로 된 가장 큰 제단은 교황만이 예배를 집도할 수 있으며, 거대한 390개의 동상들이 안팎을 장식하고 있다.

그 중에서 가장 손꼽히는 장관은 아마 미켈란젤로가 만든 원형 지붕일 것이다. 수백 년 동안 이 성 베드로 성당의 원형 지붕이 세계에서 가장 큰 것이었다. 이것은 너무 커서 워싱턴 시에 있는 국회의사당을 집어넣고도 18m가 남을 정도라고 한다.

Tip
베드로 성당의 규모
성 베드로 성당의 주된 부분은 213m 길이에 137m의 넓이로 28,328m²가 넘는 부지에는 세계 대부분 성당이 이 안에 쉽게 들어앉을 수 있을 만한 넓이이다.

천만 달러의 은을 바닥에 깐 루완 웰리탑

세계에서 가장 웅장하고 오래 된 사리탑은 스리랑카 세이론 섬의 아누라다프라에 있다. 그 섬에서 가장 신비스러운 것은 루완 웰리탑이다. BC 144년에 세워진 이 탑은 면적이 500평방피트를 넘고, 두께가 18cm나 되는 은 덩어리를 바닥에 깔아 건축하였다. 바닥에 사용된 은의 가격만도 1000만 달러 가까이 되는 것으로 추정되고 있다.

성 페트릭 성당은 천주교 성당이 아니다

아일랜드의 더블린에 위치한 가장 크고 유서 깊은 성당은 13세기에 지어진 성 페트릭 대성당이다. 그러나 이 성당은 프로테스탄트(신교도)들을 위한 장소였다. 모든 것이 철저하게 프로테스탄트들에 의해서 움직여지는 신교도들의 조직이었다. 성 페트릭 성당은 1869년까지 아일랜드의 공식 국교회로써 아일랜드의 교구에 속했고 지금은 당연히 프로테스탄트 교회이다.

세계에서 제일 빠른 승강기
헹콕 센터의 94층에 위치한 기상대까지 올라가는 3대의 승강기는 세계에서 제일 빠르다. 지상에서 94층까지 올라가는데 걸리는 시간은 약 34초이며 그 속도는 시속 30km이다. 해마다 50만명의 관광객들은 이 장면을 보려고 헹콕 센터를 찾고 있다.

흔들리는 고층 건물
뉴욕에 있는 엠파이어 스테이트 빌딩은 항상 13cm 정도 흔들거리며 파리에 있는 에펠탑은 기온에 따라 15cm 정도 흔들거린다. 또한 한국의 63빌딩은 10cm정도 흔들거린다고 한다.

엠파이어 스테이트 빌딩. 엠파이어 스테이트 빌딩은 지상높이 381m, 6천400개의 창에 67개의 엘리베이터가 있고, 2천500개의 화장실이 있다. 현대문명의 상징인 동시에 자연에 도전하는 미국인의 희망과 야심의 산물이었다.

웨이터가 롤러 스케이트를 타고 다니는 식당

1991년 10월에 문을 연 타이의 방콕에 있는 '망 곤 루망 식당'은 한꺼번에 5,000명의 손님을 맞이할 수 있는 세계 최대 규모의 식당이며 3.4헥타르의 실내에 손님을 모시기 위해 1,200명의 종업원들이 롤러 스케이트를 타고 바삐 돌아다니고 있다.

고속도로를 녹이는데 들어가는 소금의 양

매년 전 세계에서 생산되는 소금의 10% 이상인 900만 톤의 소금이 꽁꽁 얼어붙은 미국의 고속도로를 녹이는데 사용된다. 이 소금을 사는데 들어가는 비용은 3억 달러에 달한다.

중국의 운하 건설

서기 600년대에 중국을 다스렸던 수이는 집권기간 대부분을 대운하 건설에만 전념했다. 양쪽에 길과 나무가 늘어서 있는 대운하는 길이 1,500km에 넓이 30m의 수로였다. 그러나 25년 동안 대운하가 완공되기까지 약 55만 명이 운하 건설 작업에 참여했

1,500km에 달하는 중국의 대운하

는데 열악한 작업 환경 탓에 수많은 사람들이 목숨을 잃어야 했다. 하지만 완공된 그 당시나 1,400년이 지난 지금이나 변함없이 베이징에서 항조우까지 뻗어 있는 이 거대한 운하에 배가 운항되고 있다.

고속도로 공사비용

1970년 후반, 뉴욕 변두리에 건설된 고속도로의 공사비가 1.6km당 2억 5천만 달러나 들었으며, 1980년에 건설된 지하철 공사비는 1.6km당 5억 달러가 쓰여졌다. 그런데 1993년, 30년 만에 완공된 LA공항으로 진입해 들어가는 105 프리웨이를 완공시키는 데에는 1.6km당 3억 달러가 투자되었다.

러시아의 이반 뇌제

뇌제(雷帝)로 불리는 러시아의 이반 4세는 1555년 모스크바에 성 바실리 교회를 세웠는데, 그 아름다움에 반한 나머지 더 아름다운 건물이 세워질까봐 설계자 포스트닉과 바르마의 눈을 멀게 만들었다.

모스크바의 '붉은 광장'에 있는 그리스 정교회의 성당인 성 바실리 대성당은 러시아의 목조 건축과 비잔틴 건축의 혼합 양식으로 아홉 개의 돔을 가지고 있다.

제 3 장

언론·책·문학·언어

"남편을 살려주시면 당신의 가정부가 되겠습니다."

1962년 5월 2일, 특이한 신문광고가 샌프란시스코 〈크로니클〉지에 실린 적이 있다.

"내 남편은 지금 살인혐의로 기소당했지만 그는 결백합니다. 나는 그를 사랑하는 부인으로서 남편이 가스실에서 사형당하는 것을 볼 수 없어 다음과 같은 광고를 띄웁니다. 내 남편의 무죄를 입증해 줄 수 있는 변호인에게 10년 동안 가정부 역할을 하겠으니 부디 관심 있는 분은 연락바랍니다."

이 광고를 본 샌프란시스코의 가장 유명한 변호사 가운데 한 명이었던 빈센트 할리난은 그 광고를 낸 글래디스 키드에게 연락을 했다. 골동품 상점의 늙은 주인을 죽인 살인혐의로 수감 중이던 그녀의 남편 로버트 리 키드의 재판 날짜가 얼마 남지 않은 상태였다.

그가 살인혐의를 받을 수밖에 없었던 결정적인 증거는 그 노인이 죽은 장소에서 발견된 칼에서 그의 지문이 발견되었기 때문이다.

그러나 재판이 진행되는 동안 할리난 변호사는 첫째, 그 노인이 칼에 의해 살해된 것이 아님을 증명했고 둘째, 그 지문은 골동품 상점의 노인이 죽기 직전 가게에서 로버트 리 키드가 그 칼을 가지고 장난을 하다 생긴 것임을 밝혀냈다.

결국 11시간의 긴 회의 끝에 배심원들은 무죄를 선고했다. 재판에 승소하자 키드 부인이 할리난에게 수임료 대신 10년간 가정부로 일하겠다고 제의했지만 그는 정중히 거절했다.

〈뉴욕타임즈〉의 사과

미국의 주요 일간지 중의 하나인 〈뉴욕 타임즈〉는 진공상태에서도 로켓이 제대로 기능을 다할 수 있다고 주장했던 우주비행의 선구자 로버트 고

다드 교수의 주장에 비판적인 기사를 실은 적이 있다.

〈뉴욕타임즈〉는 1920년 1월 13일자 지면에서 그를 '고등학교 과학 수준의 상식도 없는 사람'이라고 비난했던 것이다. 그러나 1969년 아폴로 11호의 비행 성공으로 고다드 교수의 주장이 사실로 증명되자 〈뉴욕타임즈〉는 "이제는 로켓이 진공상태에서도 움직일 수 있다는 것이 밝혀졌으므로 지난번 기사의 잘못을 인정하고 로버트 고다드 교수에게도 공식적으로 사과한다"라는 정정기사를 실었다.

〈시카고타임즈〉의 독설

링컨 대통령의 게티즈버그 연설에 대한 신문들의 반응은 실로 냉담했다. 〈시카고타임즈〉는 "전 미국인들은 링컨 대통령의 입에 발린 연설에 분명 당황했을 것"이라고 독설을 퍼부었다.

링컨 대통령의
게티즈버그 연설

> Of the people, by the people, for the people — 이 유명한 말은 미국의 제16대 대통령이었던 아브라함 링컨이 게티즈버그 연설 중에 한 말이다. 이 말은 데오도르 파커 (그 당시 유니테리안 교회의 목사)의 "Go-vernment becomes mo-re and more of all, by all, and for all"의 영향을 받아 인용된 것으로 추측되고 있다. "

마르크스와 엥겔스

공산주의 창시자인 칼 마르크스와 프리드리히 엥겔스는 1851년부터 1862년까지 〈뉴욕타임즈〉에 500편 가량의 글을 기고했다.

사악한 신문 보도

첫 신문은 터키에서 1831년에 발간되었다. 그리고 1850년경까지 많은 신문들이 만들어지기 시작했지만 모든 신문들은 공개적으로 검열당하였으며, 논란을 일으키거나 문제가 될 수 있는 기사들은 편집되었다.

19세기에도 이미 언론에 대한 공개적인 검열이 있어 왔다.

대통령의 살해 같은 중대 사실들은 신문에 전혀 실리지 못했다. 미국 대통령 윌리엄 매킨리가 1901년 자객에 의해 암살당했을 때 터키 신문은 그가 탄저병으로 숨졌다고 보도했으며, 터키인들은 세비아 왕과 왕비가 1903년에 살해되었을 때도 그들이 소화불량으로 죽은 줄로 알고 있었다.

큰소리로 읽어서 판매한다

1874년에 창간된 일본의 일간지 〈요미우리〉는 세계 최대의 발행 부수(1,450만 부)를 자랑하고 있다. 〈요미우리〉는 "큰소리로 읽어서 판매한다"라는 뜻으로, 이것은 17세기 일본의 길거리에서, 신문이 만들어지던 초창기에 단면 인쇄된 신문을 파는 방법이었다.

일요일판 〈뉴욕타임즈〉를 위하여

314ha에 달하는 숲 속의 나무들이 〈뉴욕타임즈〉의 일요일판 간행을 위해 인쇄용지 재목으로 벌채된 적이 있다. 그 안에는 63,000그루의 나무들이 있었다.

나무 그 자체가 글이며 철학이며 문학인데 왜 사람들은…

책

캬라멜 폭탄

1978년 요리 역사상 가장 어이없는 사건이 벌어졌다. 미국의 대형 출판사인 랜덤하우스사는 10,000부나 발행된 「여성의 도자기 요리」(실비아 본 톰슨 著)라는 책을 수거해야만 했다.

그 책은 '부드러운 캬라멜 조각을 만드는 요리법'에서 제일 중요한 원료인 물을 넣는 것을 기술하지 않았다. 물이 없으면 도자기 그릇 속에 있는 우유 덩어리가 폭발해 도자기는 물론 요리하는 사람에게 치명적인 상처를 입힐 수 있기 때문이다.

그러나 랜덤하우스는 훗날 간행된 수정판에 "만일 이대로 요리를 한다면 도자기와 뚜껑이 깨져 치명적인 상처를 입힐 수도 있습니다"라는 주의사항을 삽입해 간신히 위기를 모면했지만 그로 인해 한동안 미국 주부들의 질타를 받았다.

금서 이야기

· 호머와 소크라테스, 공자, 성경, 탈무드, 로저 베이컨, 단테, 보카치오, 에라스무스, 버질, 마틴 루터, 미켈란젤로, 칼뱅, 베이컨, 세르반테스, 세익스피어 그리고 그 외에도 많은 작가들이 무서운 비난을 받았다.

· 프랑스의 위대한 작가 아나톨 프랑스의 작품이 1922년 교황에 의하여 금서로 판정되었으며 조지 버나드 쇼의 작품들이 뉴욕 공공 도서관의 서고에서 치워졌다.

· 테오도르 드레이저의 「한 미국인의 비극」이 1930년대에 보스턴 고등법원에서 금서로 판결되기도

조지 버나드 쇼

세르반테스의 「돈키호테」 중의 한 장면

하였다.

· 1927년 보스턴에서는 버트
란트 러셀의 저서들과 업튼
싱클레어의 「오일(oil)」이
금서로 판정되었고, 1930
년 셔우드 앤더슨의 「검은
미소」 또한 보스턴에서 판
금 명령을 받았다.

· 제임스 조이스의 「율리시즈」도 1918년 미국 체신청에서 금서로 취급당
했으며, 노먼 메일의 「벌거벗은 사람들과 죽은 사람들」이 캐나다로의
유입이 금지됐다.

· 1964년 뉴질랜드에서는 제임스 볼드윈의 「또 다른 나라」가 외설이란 선
언을 받았다. 그리고 1954년 제임스 존슨의 「지상에서 영원으로」 역시
미국 체신청으로부터 우송할 수 없는 책이라는 선언을 받았다.

· 아서 밀러의 「교각에서의 조망」이 뉴욕 드라마 비평가협회상의 퓰리처
상을 수상했음에도 불구하고 1956년 런던 공연을 허가받지 못했다.

· 헨리 밀러의 「북회귀선」과 「남회귀선」은 1930년대 작품이지만 외설이라
는 이유로 30년 동안 금서로 되어 있다가 1961년 빛을 보게 되었다.

· 교황 그레고리 9세는 1229년 톨루스 공회에서 성경을 금서로 규정했
다. 성경만으로는 불충분하며 전통을 더해야 한다는 것이 그들의 입장
이었다.

· 어린이들의 가장 친근한 벗 「안데르센 동화(Wonder Stories)」도 1954년
미국 일리노이주에서는 금서였다. 또 미국이 자랑하는 작가 마크 트웨
인의 「톰소여의 모험」조차도 1876년 뉴욕 브룩클린 도서관에서는 어린
이들이 읽지 못하게 했다.

가장 많이 도둑맞은 책

미국 서점에서 가장 도난을 많이 당하는 책은 단연 '성경'이라고 한다.

가장 큰 서점

가장 큰 면적을 자랑하고 있는 서점은 미국 뉴욕 18번가에 있는 '반스 앤 드 노블(Barnes & Nobles)' 서점으로 13,882평방미터의 면적에 선반의 총 길이는 2,059km에 이른다.

> **미국의 국회 도서관** — 미국 국회 도서관(1800년 4월 24일)에는 총 107,824,509 권의 서적이 소장되어 있으며 선반의 총 길이는 851km, 그리고 도서관을 관리하는 고용인만도 4,700명이 넘는다.

독일과 영국의 군사력

제1차 세계대전이 일어나기 전 1년 동안 영국에서 출간된 책들 중 군사학에 관한 책들은 20권도 채 못 되었다. 그러나 당시 독일에서는 1년 동안 군사학에 관한 책들이 700권이나 출판되었다.

조작된 자서전

조지 워싱턴에 관한 전기 중에 「아버지의 벚나무를 자르고 고백한 이야기」는 누구나 다 사실로 알고 있다. 그러나 이것은 워싱턴 전기작가인 파즌 윔스가 워싱턴 대통령의 정직성을 강조하기 위해서 조작해 낸 이야기이다. 윔스는 워싱턴뿐 아니라 벤자민 프랭클린, 윌리엄 펜 등의 전기도 날조하였다.

초상화를 그리기 위해 포즈를 취하고 있는 조지 워싱턴

"공산주의는 잠꼬대야"

칼 마르크스가 18년 동안 집필한 공산주의의 이론서인 「자본론」을 완성하여 출판사에 넘겨준 뒤에 한 유명한 말이 있다. 마르크스는 출판사에 원고를 넘긴 뒤 엥겔스와 술 한 잔을 나누면서 다음과 같이 실토하였다. "공산주의는 완전한 잠꼬대야. 나는 그놈의 저주받은 책을 썼어."

엥겔스

찰스 다윈

완전 매진
찰스 다윈은 「종의 기원」의 초판 발행 부수가 너무 많다고 생각했다. 그러나 발행된 1,250부는 판매 첫날 완전히 매진되었다.

나폴레옹의 이동 도서관(bookmobile)
이동 도서관을 최초로 생각해 낸 사람은 나폴레옹이다. 그는 독서광이었기 때문에 전쟁에 나갈 때에도 약 50,000권의 책을 싣고 다녔다.

하나의 저작을 완성하는 데 얼마나 걸렸나?
마가렛 미첼은 「바람과 함께 사라지다」를 쓰기 위해 자료수집에만 20년을 바쳤다. 기본(Gibon)도 「로마제국의 흥망사」를 쓰는 데 20년을 소비했고, 웹스터가 그 유명한 〈웹스터 사전〉을 만드는 데는 36년이나 걸렸다.

'바람과 함께 사라지다' 영화의 장면들

섹스 북

어떻게 하면 인간이 섹스를 보다 아름답게, 보다 예술적으로, 보다 기술적으로, 보다 만족스럽게 할 수 있는가에 대한 수많은 책들이 있다. 그 중에서 가장 많이 애용되고 있는 고서는 AD 500년경에 씌어진 것으로 보이는 「카마수트라」이다.

이 책의 저자는 인도의 한 불교 종파의 학생이자 시인이었던 말란아가로 인도 산스크리스트 문학에서 수백 년 동안 취급되었던 것을 재정리하여 책으로 만든 것이었다. 그 다음으로는 20세기에 와서 가장 대중적으로 애용된 벨데 박사의 「이상적 결혼」이다.

「카마수트라」의 한 장면

남북전쟁을 일으킨 「엉클 톰스 캐빈」

스토우 부인의 소설 「엉클 톰스 캐빈」은 미국에서만 50만 부 이상 판매되어 베스트 셀러에 올랐을 뿐만 아니라, 노예제도 폐지에 관한 획기적인 사상을 불러일으켰다. 사학자들은 세계 23개국으로 번역되어 여러 나라에 영향을 준 이 소설이 남북전쟁을 일으킨 가장 핵심적 요소였다는 견해를 밝혔다. 남북전쟁은 총 617,528명의 사상자를 냈다.

출판계의 마술사

할데만 줄리우스는 책표지로 책을 팔 수 있다고 믿는 사람이었다. 1920년 그는 고전 명작들에 새 이름을 붙이거나 깨끗하고 값싼 표지로 다시 출판함으로써 백만장자가 되었다.

그는 또 1919년 자신이 쓴 「작고 푸른 책」을 판매하기 시작하였다. 1951년 그가 죽기까지 캔자스주 지라드에 있는 그의 인쇄소에서는 5억 권에 달하는 책이 2,000개 이상의 새로운 이름으로 다시 출판되었다. 그 책들은 한 권에 5~25센트에 팔렸다.

1년에 10,000권 이하밖에 팔리지 않은 책들은 병원으로 보내졌는데, 그 병원은 편집인들로 이루어진 단체로서 이 책을 판매 중지할 것인가, 아니면 새 이름을 달아서 다시 출판할 것인가를 결정하는 곳이었다.

데오 필 고티에르의 소설 「황금 양털」이 「금발머리를 찾아서」라는 제목으로 바뀐 후 연간 판매량이 600권에서 50,000권으로 올랐다고 한다. 또한 빅토르 위고의 희곡 「즐거운 왕」을 「쾌락에 빠진 왕」으로 제목을 바꾸자 무려 4배나 더 매상고가 올라갔다.

그러나 성적인 것만이 그런 것은 아니었다. 쇼펜하우어의 「논쟁술」이라는 책은 「합리적인 논쟁의 수단」이라는 제목으로 바뀐 후 베스트 셀러가 되었다. 또 토머스 드 퀸시의 「대화에 관한 글」도 「당신의 대화를 다듬는 법」으로 재발간되었다.

할데만 줄리우스는 이렇게 제목을 바꿈으로써 문학서적의 대량 생산을 이룩한 것이다. 그러나 한 가지 특이한 일은 책표지에 한해서만 수정을 하고, 목차나 본문의 내용에는 전혀 수정을 가하지 않았다는 사실이다.

캐롤의 도박

이상한 나라의 엘리스

1882년 8월 2일자의 일기에 루이스 캐롤(작가이자 출판업자)은 「이상한 나라의 엘리스」의 초판 2,000부가 팔린다 해도 자신이 200파운드 손해볼 것이라고 적어 놓았다. 그리고 2,000부를 더 팔아야 200파운드의 이익을 얻을 것이고, 그 다음부터는 찍는 만큼 이득을 얻을 수 있지만 불가능한 일이라고도 기록했다.

그러나 그의 사후인 1898년 「이상한 나라의 엘리스」는 180,000권이나 팔렸다.

구텐베르크 성경

구텐베르크가 인쇄한 「구텐베르크 성경」은 세계에서 가장 많이 팔리고 읽히는 성경이다. 하지만 구텐베르크가 그것을 인쇄할 당시에는 자금이 모자라 빚을 지고 고소당하여 모든 기계와 도구를 다른 사람에게 넘겨줄 수밖에 없었다. 이 책은 1970년 세계에서 가장 비싼 가격인 2,500,000달러에 경매됐다.

구텐베르크

성경을 인쇄하는 모습 ▶

세계 최다 책 발간국

세계에서 책을 가장 많이 생산하는 나라는 구 소련이었다. 1년에 54,569권의 새 책을 냈다. 한국은 2000년 현재, 약 1만 2천여 곳의 크고 작은 출판사에서 한 해, 약 33,156권의 새 책을 간행하여 세계 7위이다.
한국에서는 새로운 책이 하루에 90권 발간되는 셈이다.

세계 최다 종이 생산국

세계에서 종이를 가장 많이 생산하는 나라는 미국으로 59,336,000톤이고, 한국의 경우는 250만 톤이다.
인도는 한국보다 인구가 20배가 더 많은데도 종이 생산량은 155만 톤밖에 되지 않는다.

문 학

고통의 늪에 빠졌던 소설가, 모파상

41세에 최고의 명성을 날렸던 모파상은 당시에 성병으로 고생하고 있었다. 육체적으로나 정신적으로 나약해져만 가고 있었던 그는 심한 정신착란 증세도 보였다. 때로는 유령을 보았다고 울부짖고, 자신의 몸 속에 소금이 가득 차 있다고도 했으며 뇌가 코를 통해 빠져 나온다고 헛소리를 했다. 그러던 어느 날 새벽 2시, 외마디 비명소리에 놀라 잠이 깬 하인이 그의 방으로 달려갔을 때 그는 자신의 목을 칼로 찔러 피범벅이 된 채 스스로 미친놈이라고 외치며 울부짖고 있었다고 한다. 결국 그는 파리에 있는 요양소로 들어간 지 일년 후, 쓸쓸한 죽음을 맞았다.

역사를 왜곡한 존 키르의 시

「채프만 호머의 첫 번째 시선」을 지은 시인 존 키트는 훗날 "그 시는 역사를 왜곡했다"는 고백을 했다. 그의 시에는 "하늘에서 한 구경꾼이 보고 있는 것을 느꼈을 때 나는 새로운 별 하나가 코르테에게 떨어지는 것을 보았고 그 후 코르테의 눈은 독수리처럼 날카로워지더니 그는 곧 태평양을 발견했다"라는 시구(詩句)가 있다. 그러나 실제 태평양을 발견한 것은 코르테가 아닌 발보아이다.

토마스 칼라일

" 분실된 원고들
- 아이작 뉴턴이 케임브리지대학에서 4~5년에 걸쳐 색과 빛에 대해 연구했던 원고를 분실했다.
- 영국의 유명한 사학자인 토머스 칼라일도 1835년 프랑스 혁명의 역사에 관한 원고를 분실했다. 원고를 완성한 뒤 교열을 받기 위해서 존 스튜어트 밀에게 주었는데 밀의 하녀가 167장의 원고 뭉치를 불쏘시개로 써버린 것이다.
- 유명한 탐정소설 「설록 홈즈」의 작가, 코난 도일은 그가 창작한 첫 「설록 홈즈」의 원고를 우편으로 출판사에 보냈는데 분실되고 말았다. **"**

헤밍웨이

헤밍웨이의 원고가 가져온 이혼

1922년 헤밍웨이가 스위스에서 특파원으로 재직 중일 때 그녀의 첫 번째 아내였던 해들리는 당시 크리스마스 휴일에 그를 방문하기로 되어 있었다. 그녀는 헤밍웨이의 초기 작품들과 복사본을 모두 정리해서 그것을 크리스마스 선물로 줄 계획이었다. 그러나 여행용 가방에 그 원고들을 넣고 파리 공항에서 짐꾼에게 준 후 가방을 영영 찾지 못했다. 가방을 도둑맞은 것이다. 결국 헤밍웨이가 23세에 쓴 첫 번째 소설과 여러 단편들은 사라지게 되었다. 해들리는 헤밍웨이에게 자신의 실수를 고백하고 용서를 구했지만 그 후, 헤밍웨이는 해들리와 이혼하고 다른 여자와 결혼했다.

강아지가 다시 쓰게 한 원고

1936년 스타인벡의 소설 「생쥐와 사람들」은 그의 강아지가 작품 원고의 절반을 찢어버리는 바람에 예정보다 출판이 늦어졌다.

당시에는 복사본이 없던 때라 존 스타인벡은 두 달에 걸쳐 잃어버린 부분을 기억에 의존하여 다시 집필해야 했다. 그러나 우여곡절 끝에 나온 스타인벡의 소설이 비평가들로부터 혹독한 비평을 받자 스타인벡은 "나의 애견은 작품을 보는 능력을 가진 총명한 개였다"고 칭찬했다.

타자기로 쓴 최초의 소설

마크 트웨인은 1875년에 「톰소여의 모험」을 직접 타자기로 쳤다.

마크 트웨인 ▶

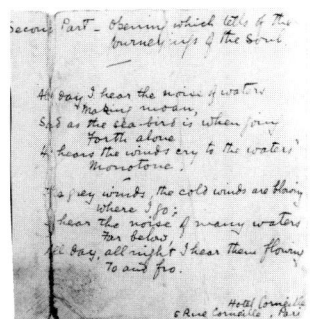

제임스 조이스의 친필

악필 중의 악필

유명 인사 중 그 필적을 알아보기가 거의 불가능한 사람은 「율리시즈」의 작가 제임스 조이스였다. 제1차 세계대전 중 영국의 검열관이 그의 원고를 보고는 혹시 스파이들이 쓰는 암호가 아닌가 하고 의심했을 정도로 그의 악필은 유명했다.

줄리어스 시저의 자명종

윌리엄 셰익스피어의 「줄리어스 시저」 2장 2막 114행을 보면 시저가 브루투스에게 "정시란 무엇인가?"라고 질문하는 대목이 나온다. 그때 브루투스는 "정시에는 시계가 8번 울립니다"라고 대답했다. 셰익스피어는 자명종이 시저가 죽은 지 훨씬 뒤인 14세기에야 발명되었다는 사실을 몰랐던 것이다.

가장 돈을 많이 번 다산 작가

· 세계적으로 가장 많이 팔린 소설을 쓴 작가는 영국의 아가사 크리스티(1890~1976)이다.

· 그녀가 생전에 쓴 76권의 소설책은 모두 44개의 언어로 출판되어 총 20억 권이라는 엄청난 판매고를 기록했다. 한때 메리 웨스트 메콧이라는 가명으로 6

아가사 크리스티

권의 애정 소설과 19권의 시나리오도 발표한 적이 있던 그녀가 생전에 벌어들인 인세만 해도 매년 425만 달러가 넘는다.

· 브라질의 작가 호제 아마도의 경우 32권의 소설책이 48개의 언어로 번역되어 60개국에서 베스트 셀러가 되면서 가장 많이 팔렸던 책의 저자

가운데 한 사람으로 기록되고 있다. 그가 처음으로 발표한 책은 1931년도에 출간되었던 「카니발에서」이며 가장 최근의 작품으로는 1994년에 출간된 「아 데스코베르타 다 아메리카 펠로스 투르코스」로 60년 이상, 왕성한 창작력을 자랑하고 있다.

정약용

· 우리 나라의 경우에는 조선 정조 때 정약용이 「목민심서」, 「경세유표」, 「시경 강의」를 포함해 508권의 책을 저술해 다산 작가로 손꼽히고 있다.

바바라 카트랜드

· 가장 유명한 베스트 셀러 작가는 영국의 **바바라 카트랜드** 여사이다. 그녀는 지금까지 500권의 소설을 집필했으며 오늘날까지 인쇄된 발행 부수만도 5억 권이 넘는다. 또한 1976년 이후로 그녀는 일년에 가장 많은 소설을 쓰는 다산 작가로 알려져 있다. 일년에 그녀는 23권의 책을 썼다.

· 여류 소설가인 **패트리샤 콘웰**은 책 3권의 판권을 미국 푸트남 사에 2,000만 달러(약 160억원)에 넘겨주었다. 그녀의 최근 작품 「사인」이 발표되자마자 〈뉴욕타임즈〉 북 리뷰 베스트 셀러 1위로 뛰어오르는 기염을 토했다.

존 그리샴의 소설
「A Time to kill」

· 미국에서 가장 많은 계약금을 받은 작가로 알려진 사람은 「펠리칸 브리프」, 「레인 메이커」 등으로 유명한 **존 그리샴**이다. 정확한 금액은 저자 쪽에서 밝히길 거부하고 있지만, 2위인 톰 클랜시가 테크노 스릴러 3권 집필에 6,000만 달러(약 480억원)로 계약했으니 그리샴의 수익은 천문학적 수치임에 틀림없다.

· 애정소설로 많은 독자를 확보하고 있는 **다니엘 스틸**이 작품 5권에 6,000만 달러의 수익을, 범죄소설의 대가인 **스티븐 킹**이 4권에 4,000만 달러라는 엄청난 액수의 돈을 벌어들이고 있고, **딘쿤츠**는 3권 집필에 2,500만 달러, 「뱀파이어와의 인터뷰」 등 귀신 시리즈로 유명한 앤 라이스가 딘쿤츠와 비슷한 수준의 수입을 올리고 있다.

작가들의 트리비어(신변잡기)

· 프랑스의 여류 작가 **사강**은 1952년 소르본대학 입학시험에 떨어지면서 세계적인 베스트 셀러가 된 「슬픔이여 안녕」을 쓰기 시작했다.

「단테의 신곡」 중 '지옥편'

· 「신곡」의 저자 **단테**는 중세 최고의 시인이었지만 노상에서 노래하는 가수를 위해 작곡을 해주었다.

· **에밀 졸라**는 불문학 과목에서 빵점을 받은 적이 있으며, 독일어와 수사학에서도 낙제한 경력을 가지고 있다.

· **밀턴**의 「실락원」은 첫 출판에서 40부밖에 팔리지 않았다. 543권의 소설을 쓴 탐정소설 작가 **존 그레시**는 743명의 편집장에게 거절당했다.

「죄와 벌」의 작가 **도스토예프스키**는 빚을 갚기 위해 소설을 썼고, 빚 때문에 스위스로 도망가야만 했다.

· **윌리엄 포크너**는 1949년 노벨 문학상을 수상했지만 고등학교도 제대로 마치지 못했고 영어 점수도 'D'였다고 한다. 니체나 에머슨 모두 자신이 쓴 책을 알아보지 못했다. 이미 나이를 많이 먹은 때였다.

윌리엄 포크너

부전자전

헤밍웨이의 부친은 자살했다. 부친의 성격을 많이 닮은 헤밍웨이도 좋은 작품이 기대되지 않자 자살했다.

세익스피어 작품

「맥베드」는 '맥베드'라는 어휘 자체에 악마의 저주가 담긴 뜻을 가지고 있다고 해서 세상에서 가장 불행한 연극으로 불려진다. 심지어 맥베드에 출연하는 연기자들도 '맥베드'를 '스코틀랜드의 연극'이라고 호칭했으며 그들은 분장실에서도 '맥베드'라는 용어를 전혀 쓰지 않았다.
세익스피어의 37개의 희곡 중에서 「햄릿」은 29,551 단어로 구성된 것으로 그의 작품 중 가장 긴 희곡이다.

> " 세익스피어의 마지막 두 희곡 — 「헨리 8세」와 「Two Noble Kinsman(두 명의 귀족 친척들)」은 그 시대의 영국인 드라마 작가 존 프렛처와 공동으로 쓴 작품이라고 한다. "

거절당한 명작들

만약 모든 작가들이 부정적인 비평을 듣고 작품 출판을 포기했더라면 우리는 다음의 베스트 셀러들을 보지 못했을 것이다.

● 「수학의 역사(History of Mathmatics)」
제임스 뉴먼이 쓴 이 책은 한때 하이퍼 브라더스 출판사로부터 거절당했으나 나중에 10만 부 이상 팔렸다.

● 「보통 사람들(Ordinary People)」
이 책은 한때 랜덤하우스로부터 냉정히 거절당했다. 그러나 주디스 게스트는 그 책을 바이킹 출판사에서 출간하여 1,500만 달러 이상 팔리는 대성공을 거두었다. 또 영화로 만들어져 아카데미상을 받기도 하였다.

● 「갈매기의 꿈」
「갈매기의 꿈」, 「러브 스토리」, 「밝고 아름다운 모든 것들(All Things Bright and Beautiful)」도 12번 이상 거절당했다.

● 「로빈슨 크루소」
20개의 출판사에서 모두 거절당한 다니엘 데포의 「로빈슨 크루소」는 250년 동안 세계적인 베스트 셀러가 되었다.

무기여 잘 있거라
헤밍웨이는 「무기여 잘 있거라」의 마지막 페이지를 39번이나 고쳐 썼다.

맹인 저술가

호 머

「일라아드」와 「오딧세이」를 쓴 고대 최고의 시인 호머는 맹인이었고, '퓰리처 상'으로 유명한 조셉 퓰리처는 저널리스트이자 저술가, 국회의원으로 활동하였지만 40세에 맹인이 되었다. 그러나 이에 굴하지 않고 그 후, 24년 동안 다양한 활동을 하면서 많은 업적을 남겼다.

관속의 시
미국 최고의 여류시인, 에밀리 디킨스의 시 가운데 단 7편만이 그녀의 생전에 출간되었다. 1886년 그녀가 죽었을 때 1,000편 이상의 시들이 그녀의 관 안에서 발견되었다. 물론 출판업자들이 다투어 몰려들었고, 곧 그녀의 시는 활자화되었다.

에밀리 디킨스

그러나 대중을 너무 의식한 나머지 출판사의 편집자들은 원문에 충실하지 않고 대중의 기호에 맞게 편집하여 출간했다. 1950년 이후에야 비로소 에밀리 디킨스의 작품 세계를 정확하게 그린 책이 등장하기 시작했다.

> **'자살'을 유행(?)시킨 괴테** — 작가라면 누구나 사람의 심금을 움직일 수 있는 작품을 쓰고 싶어하지만, 요한 볼프강 폰 괴테처럼 경이적인 성공을 이룰 수 있었던 작가는 그리 많지 않다. 젊은 시인이었던 괴테는 그 자신의 자전적 소설인 「젊은 베르테르의 슬픔」을 통하여 유럽 전역에 걸쳐서 자살 풍조를 불러일으켰다.

거장의 외도

요한 볼프강 폰 괴테는 문학의 거장이면서 외무부 장관, 연극 배우, 연출가, 변호사, 화가, 과학자 및 채굴 사무장을 지내기도 하였다. 그러나 항상 명예스러운 직함만이 붙은 것은 아니었다. 괴테는 한때 여성편력으로 세인의 비난을 받기도 했다.

1784년 그는 인간의 상악골 사이에 발육부진의 뼈가 있다는 사실을 밝혀냈는데, 이 주장은 후에 다윈의 진화설에 중요한 영향을 미쳤다.

「지킬박사와 하이드」는 꿈이었다

로버트 루이스 스티븐슨은 어느 날 밤 매우 이상한 꿈을 꾸었는데, 그 꿈대로 이야기를 쓰기 시작한 소설이 저 유명한 「지킬박사와 하이드」였다.

로버트 루이스 스티븐슨의 꿈

단 하루의 기록 「율리시즈」

제임스 조이스는 자서전적인 소설 「Stephen Hero」가 출판사에서 거절당하자 모든 원고를 불태워버리고 「율리시즈」를 쓰기 시작했다. 1914년에 시작하여 1922년에 완성될 때까지 8년이 걸려 900페이지의 분량으로 완성된 이 소설은 1904년 6월 16일 단 하루에 일어난 사건을 기록한 것이다.

그야말로 20세기 최대의 소설이라 할 만하지만 1933년까지 10년 동안 더러운 책이라고 판매 금지되어 불태워졌다.

제임스 조이스

> **꿈결의 마지막 문장** – 제임스 조이스는 1922년 「율리시즈」를 완성하고 1928년에 새로운 소설 「휘네간스 웨이크」를 쓰기 시작하여 11년이 지난 1939년에 탈고할 수 있었다. 그런데 이 소설의 마지막 문장은 완전히 문법을 무시한 채 씌어졌다. "A Way a lone a last a long the." 이 소설에 쓰여진 맨 마지막 단어는 정관사 'the' 이다.

안데르센의 안타까움

안데르센

가장 유명한 동화작가인 한스 크리스천 안데르센은 1805년 덴마크에 있는 오덴스의 슬럼가에서 태어났다.

그는 스무 살이 되어서야 겨우 초등학교 문턱에 발을 들여놓았으며, 그 이전에는 어떤 형태의 학교 교육도 받은 적이 없다.

만학도였던 안데르센은 코펜하겐 대학교에 다니면서 어린이들을 위한 시, 연극 대본, 소설 등을 쓰기 시작했다.

그의 유명한 동화에는 「미운 오리 새끼」, 「벌거벗은 임금님」, 「인어 공주」 등이 있다.

안데르센은 1875년에 사망했는데, 이 위대한 동화작가는 일생 동안 독신으로 지냈기 때문에 자신의 훌륭한 동화를 자식에게 물려줄 기회를 갖지 못하고 세상을 떠났다.

브론테 자매의 공통점

영국의 자매 소설가로 알려
진 3명의 브론테 가운데 샤
로테(1816~1855)는 「제인
에어」를 썼고, 에밀리(1818
~1848)는 「폭풍의 언덕」
을, 앤(1820~1890)은 「아그
네스 그레이」를 썼다.

브론테 세 자매와 오빠

이들의 어머니는 세 자매가 어렸을 때 돌아가셨기 때문에 숙모가 맡아서
양육했는데, 세 자매가 쓴 공통점을 찾아보면 어렸을 때 자기들이 처했던
어렵고 고통스런 생활로부터 떠난 현실 도피의 환상적인 세계를 그렸다.

요절한 작가들의 사인

「물레방아」, 「벙어리 삼용이」의 작가 나도향은 25세에, 자신이 쓴 시를 비
단 망태기에 넣고 짊어지고 다닌 이하(李賀)는 26세에, 천재 시인 이상은
27세에 모두 결핵으로 죽었다.

흑인 작가들

● 알렉산더 세르게비치 푸시킨(1799~1837)

러시아에서 가장 뛰어난 시인으로 손꼽히는 푸시킨은 흑인 혼혈아(흑인
의 피를 1/8 이어받았다)였다. 그의 조부인 흑인 러시아 장군 아브라함 패
토로비히 한니발은 그의 나이 8세 때 출생지인 아
프리카에서 생포되어 러시아 황제 피터 대제의 선
물로 바쳐졌다.

알렉산더 뒤마

● 알렉산더 뒤마 페르(1802~1870)

「몽테크리스토 백작」의 저자인 뒤마 페르는 '마르

퀴 드 라파이레테리' 와 '마리에 카세트 뒤마' 라고 불리는 산토 도밍고인 노예의 손자이다. 백인과 흑인의 1대 혼혈아인 그의 아버지는 군대에 입대했을 때 뒤마라는 이름을 받았다.

미국 최초의 시인
아프리카에서 태어난 검둥이 노예 소녀가 미국의 최초 시인이었다. 그녀의 이름은 필리스 위틀리로 조지 워싱턴은 이 흑인 소녀의 시를 좋아해서 매일 아침마다 읽었다고 한다.

위틀리

그리스의 시인들은 왜 장님이 되었을까?
고대 그리스의 초기 시인들은 대부분 장님이었다. 그 첫 번째 사람은, 제우스의 딸들인 뮤즈보다 노래를 더 잘 한다고 뽐내던 타미리스라고 전해진다. 뮤즈는 그의 거만한 자랑에 화가 나서 분풀이로 타미리스를 장님으로 만들었다.

그 다음 시인은 데모도커스로서 호머가 우리에게 이야기하는 바에 따르면 그 역시 "뮤즈 때문에 장님이 되었다. 그의 시력을 빼앗아갔지만 그 대신 아름다운 노래를 부를 수 있도록 선물을 주었다"고 전해진다.

춤추는 뮤즈들

이런 식으로 다프니스, 테이레시아스, 스테시코러스와 호머 자신도 장님이 되었다.

그러나 그들을 장님으로 만든 것은 뮤즈가 아니라 그리스의 왕들이었다. 그 왕들은 적국의 시인이었을 뿐만 아니라 적국의 왕을 칭송하는 시를 지었기 때문이다. 왕들은 이 시인들을 자기를 위하여 잡아놓고 싶어했다. 그래서 시인들의 눈을 빼앗아감으로써 그들을 자기 곁에 묶어두었다.

소포클래스의 노익장

고대 그리스 비극의 대표작 「오이디푸스 왕」은 소포클래스의 123편의 방대한 작품 가운데 하나이다. 소포클래스는 90세가 넘은 후에도 창작력이 왕성하여 마침내 걸작 「오이디푸스 왕」을 쓰게 된 것이다.

가와바타 야스나리와 유키오 미시마

그들은 둘 다 일본 최고의 소설가였다. 야스나리는 1899년, 미시마는 1925년에 태어났다. 1968년 야스나리의 「설국(雪國)」이 노벨 문학상을 받았을 때 미시마는 나체 사진이 잡지에 실려 곤욕을 치르고 있었다.

1972년 야스나리는 미시마에게 가야 할 노벨상을 자신이 받았다는 죄책감과 열등감으로 자살했고, 미시마는 1970년 군국주의의 꿈이 이루어지지 않자 할복 자살을 했다. 야스나리는 평범했지만 미시마는 천재였고, 야스나리가 도덕가인 데 비해 미시마는 동성연애자였다. 야스나리는 미시마의 스승이었다.

가와바타 야스나리

조지 바이런의 시

1814년, 조지 바이런의 시집 「The Corsair」가 출간되었을 때 단 하루에 3만 권이 팔렸다.

「태엽 감긴 오렌지」

안소니 버기스는 1년밖에 살 수 없다는 진단을 받고 「태엽 감긴 오렌지」 등 9개의 작품을 썼다.

필로 반스 탐정을 만들어 낸 다인은 읽을 것이라고는 탐정소설밖에 없는 요양소에 가게 되었는데, 거기서 그는 뛰어난 탐정소설을 더 많이 쓰게 되었다.

" **제자를 사랑한 스승** ― '문명의 이야기'를 쓴 미국 사학자 윌 듀란트는 27세 때 14세의 제자를, 20세기 최고의 첼리스트 파블로 카잘은 60년 연하의 제자를 사랑했다. "

◀ 파블로 카잘(81세)과 젊은 아내 마르타(21세)

54권짜리 소설

일본의 여류 소설가 무라사키 (제비 부인)는 세계에서 첫 소설이자 가장 긴 소설을 썼다. 그녀가 「겐지의 소문」을 쓴 목적은 (그녀의 표현을 빌리자면) "소설이 진리보다 더 진실에 가깝기 때문이다"는 사실을 보여주기 위해서였다.

이 소설은 옛날 일본의 궁중 생활이 사실적이고도 환상적으로 잘 묘사되어 있는 작품이다.

끝없는 유희는 있지만 보살핌이 없는, 열정은 있지만 사랑이 없

제비 부인

는, '공허함으로 가득 찬' 겐지의 인생을 그리고 있다. 그의 인생의 제1목적은 일본의 모든 예쁜 처녀들을 정복한 다음 그들과의 관계가 끝나면 시든 꽃을 내버리듯 그녀들을 버리는 것이었다.

작가가 드러내는 겐지의 궁극적인 철학적 신념은 '여자가 없는 인생은 황무지'라는 것이다.

죽기 전에 모든 빚을

월터 스캇 경은 왕성한 집필 활동으로 명성과 부를 얻었다. 그러나 불행하게도 그는 1826년 경제공황기에 팔리지도 않을 책을 너무 많이 발행해 오히려 130,000프랑크의 빚을 지게 되었다.

그후 그는 빚을 갚기 위해 남은 일생 동안 집필활동만 했다. 시간이 흘러 그의 부인과 자식, 그리고 손자가 죽고 여러 번의 뇌일혈을 일으키면서도 그는 집필활동을 계속하여 죽기 전에 모든 빚을 갚았다.

100년의 기다림

허먼 멜빌은 1840년대에 첫 소설을 완성했다. 그러나 1891년 죽을 때까지도 그는 문학비평가들에게조차 알려지지 않은 무명작가에 불과했다.

허먼 멜빌의 작품 「모비딕」의 한 장면

1901년 미국 문학사에 그에 관한 내용은 단 한 줄로 간략하게 기록되었으며 10년 후에는 부록에서나마 간신히 그의 이름을 찾아볼 수 있었다. 그리고 그 후부터 그가 비로소 명성을 되찾게 된 1921년까지 그의 흔적은 미 문학사 어느 곳에서도 남아 있지 않았다.

그러나 오늘날 그는 나타니엘 호손과 마크 트웨인 같은 세계적인 대문호들과 비견되는 문학계의 거장으로 대접받고 있다. 몇몇 비평가들은 오히려 그를 마크 트웨인이나 나타니엘 호손보다 한 차원 높은 문인으로 평가하기도 한다.

비평가인 레위스 넘포드는 '허먼 멜빌은 월트 휘트먼과 더불어 미국이 낳은 가장 위대한 작가'라고 극찬했으며 그의 작품인 「모비딕」을 세익스피어의 햄릿, 그리고 단테의 신곡과 같은 수준의 문학작품으로 평했다.

모비딕에 나타난 멜빌의 문체는 흔히 세익스피어의 스타일처럼 귀족적이고 섬세하다는 평을 받고 있다. 러셀 브랭큰십은 저서인 「미국의 문학」에서 모비딕은 단순히 한 권의 책이라고 말하기에는 너무나도 생생한 리얼리티, 즉 문학이 소화해 낼 수 있는 최대한의 리얼리티를 보여준 작품이라고 칭송했다.

그러나 정작 모비딕의 저자로서 당시 무명작가 신세를 벗지 못했던 멜빌은 생계를 위해 문학을 청산하고 사무직원으로 일하다 초라하게 죽었다. 생전에는 아무도 거들떠보지도 않던 한 무명작가가 세계의 문호로 화려하게 등장했던 허먼 멜빌의 인생사는 명성이란 한치 앞도 볼 수 없는 부질없는 뜬구름임을 보여주는 실례인 듯하다.

언어

언어의 이모저모

- 구약성경은 히브리어로 씌어졌다. 히브리어는 유태인들에 의해서 다시 사용될 때까지 2,300년 동안 사장되었던 언어였다. 이 세상에서 죽었다가 다시 살아난 언어는 히브리어밖에 없다.

히브리어

- 러시아어에는 'H'가 없기 때문에 'H-bomb'(수소 폭탄)이란 말을 할 수가 없다.

인도어

- 인도에서는 인구 10억 명에 1,652가지의 언어와 사투리가 쓰이고 표준어인 힌두어는 단지 35%의 인구가 사용할 뿐이다.

- 현재 세계에서는 3,950종의 언어와 사투리가 사용되고 있는데 그 가운데 뉴기니의 파푸아 지방은 외떨어진 계곡이 많은 지형적인 조건 때문에 가장 많은 사투리가 형성된 곳으로서 4,000여 명의 원주민들이 869종의 서로 다른 언어와 방언을 사용하고 있다. 그래서 8km만 떨어져도 통역이 필요하다.

- 일반적으로 인간의 목소리를 가장 멀리서 알아들을 수 있는 거리는 180m이다. 하지만 카나리아 제도의 고메라 섬에 살고 있는 주민들이 사용하는 휘파람식의 언어는 계곡을 건너 8km까지 정확히 전달되며, 바람이 비교적 잔잔한 밤에는 17km까지 떨어진 곳에까지 들린 적도 있다고 한다.

- 에스키모 성경은 1744년에 코펜하겐에서 에스키모어로 번역되어 출간되었다.

· 의사인 피터 마크 로제트 박사는 73세부터 그 유명한 「동의어·반의어 사전」을 편찬하기 시작하여 90세에 28판이나 출판되는 베스트 셀러 작가가 되었다. 로제트의 「동의어·반의어 사전」에 의하면 '사랑'의 동의어는 404개이지만 '미움'의 동의어는 107개밖에 없다고 한다.

· 히브리어에는 총각(bachelor)이란 단어가 없고 에스키모어에는 '안녕하십니까?', '잘 가세요'라는 말이 없다.

· 에스키모어로 눈이라는 단어를 묘사하는 데에는 20단어 이상이 동원된다.

· 독일어로 '부인'을 뜻하는 'Frau'는 기쁨과 근심이란 뜻을 가진 'froh' 와 'weh'란 단어로부터 형성된 어휘이다.

· Intoxicated(술 취한)는 실제로 '독이 든 화살에 맞은(shot with a poisoned arrow)'이란 뜻을 가지고 있다.

· 앗시리아 학자인 네도메프(Nedomeff) 교수는 고대 바빌론의 왕인 네부카드네자르(Nebuchadnezzar, 성경에 나오는 느부갓네살 왕)에 관한 글을 쓴 죄목으로 시베리아로 쫓겨나게 되었다. 이유인즉 네부카드네자르는 러시아어로 '하나님도 없고 황제도 없다'는 의미의 '네 부카 드 네 쟈르(ne buch ad ne tzae)'와 발음이 같다는 것이었다.

· 알파벳 Q는 프랑스어로 'Queue'이다. Queue는 꼬리라는 뜻을 가지고 있다. 알파벳 Q는 O에 꼬리가 달린 문자인 것이다.

'다소 흐리다'와 '다소 맑다'의 차이
'다소 맑다'라는 표현은 공중 변소와 위생 기사라는 표현을 만들어낸 사람들이 지어낸 말이다. 기술적인 기상학상의 용어로 '다소 맑다'라는 표현은 존재하지 않는다. 다소 맑은 하늘은 다소 흐린 하늘보다 더 맑게 갠 하늘이라고 생각하지만, 이 두 용어는 같은 상태를 의미한다.

단어, 단어, 단어들

● 가장 긴 단어

자주 인용되는 단어들 가운데 길이가 가장 긴 단어는 'honorifi-cabilitudinitatibus' 인데 이 용어는 세익스피어의 작품 「Love's labor lost」, 5막 5장 44행에서 발견된다.

● 'O' 의 의미

다음은 'O' 이란 의미를 가진 'cipher for(無)' 가 'sigh for(탄식하다, 한숨쉬다)' 와 발음이 같다는 이유로 'sigh for' 대신 'O' 로 치환하여 쓴 시이다.

U O A O but I O thee(You sigh for a cipher but I sigh for thee)

O O no O but O O me(O sigh for no cipher but O sigh for me)

Let not my O a mere O(Let not my sigh for, a mere cipher)

But O my O O thee go(but sigh for my sigh for, sigh for thee so)

당신은 공허 때문에 한숨쉬지만 난 당신 때문에 한숨쉽니다

오! 공허가 없음에 한숨쉬지 말고 나를 위해 탄식하십시오

단순히 아무것도 없는 것에 탄식하지 않게 하소서

그러나 당신은 내 한숨에 한숨쉬지만 난 그런 당신 때문에 한숨쉽니다.

● 다음 문장은 어디에 쉼표가 있어야 할까요?

That that is is that that is not is not but that that is not is not that that is nor
is that that is that that is not.

다음은 그 정답입니다.

That, that is, is ; that, that is not, is not ; but that, that is not, is not that that
is ; nor is that, that is, that that is not.

● 7번 연속으로 that이 쓰인 문장

It is true for all that,that that that that that that signifies, is not the one to
which I refer.

그것은 내가 언급하고자 하는 것이 아니다.

● 세계에서 가장 오래된 성(surname)

세계에서 가장 오래된 성(性)은 'KATZ' 이다. 기원전 1300년, 모세의 동생
인 아론에서부터 지금까지 케츠 성을 가진 사람은 모두 성직자였다.

● 25개의 알파벳을 모두 포함한 단문

A quick brown fox jumps over the lazy dog.

브라운색 여우는 재빨리 게으른 개를 뛰어넘는다.

Pack my box with five dozen liquor jugs.

60개의 술병을 내 상자 안에 넣고 쌓아라.

● RAAAAAAL

연속으로 6개의 A를 가진 이 단어는 덴마크어로 바다뱀장어를 뜻하는 뱀
장어의 이름이다.

● BA BA BA BA

안남어로 위의 문장은 '세 명의 아가씨가 제일 좋아하는 왕자에게 상자를

주었다' 라는 뜻을 가지고 있다.

● BUGS BLACK BLOOD
BUGS BLACK BLOOD를 빠르게 두 번 연이어 발음하기는 어렵다. 믿기
어려우면 한번 시험을 해보세요.

신성모독
누가복음이 한때 쉼표 때문에 완전히 잘못 번역된 적이 있었다. 제임스 왕
시절에 일어났던 이 헤프닝은 일명 '쉼표 일화' 로 통한다.
예수 그리스도를 십자가에 못박히게 했던 사람들을 묘사하는 부문이 "그
리고 다른 두 명의 악인들도 있었다(And there were also two other
malefactors)"라고 잘못 편집되어 예수를 악인으로 표현했기 때문이다.
따라서 그 부분은 "그리고 악인인 다른 두 명이 있었다(And there were
also two other, malefactors)"로 재편집되어야 했다.

"
위대한 콤마(,) — 마리아 훼오도레우나(Maris Feodorewna)는 우연히 남편인 알렉산더
3세의 필적이 담긴 사형집행서를 발견하였다. 그 마지막 부분은 다음과 같이 쓰여 있
었다. '사면 불가능, 시베리아로 보내야 함' (Pardon impossible, to be sent to Siberia)
그러나 마리아는 다음과 같이 콤마의 위치를 바꿔 한 사형수의 운명을 바꾸었다.
'사면, 시베리아로 보내는 것 불가능' (Pardon, impossible to be sent to Siberia)
"

정말일까?
· 론 오크 공원에는 단 한 그루의 나무가 있다.
· 상어는 세상에서 가장 큰 알을 낳는다.
· 못바늘로 만들어진 튜브 라이오가 있다.
· 식명이 '자살 떡갈나무' (Suiside Oak)인 나무가 있다.
· 어떤 원숭이는 담배를 핀 죄로 잡힌 적이 있다.
· 세상에서 가장 작은 우체국은 물 위로 떠다니는 작은 나무통이다.

· H.버트는 인조다리를 가진 풋볼선수였다.

· 머리 부분에 주의 기도문이 새겨진 못이 있다.

· 웨일지방에는 굴뚝에서도 자라는 나무가 있었다.

· 비늘 대신에 털을 가진 물고기가 있었다.

· 구멍난 허파를 가지고 10년을 산 남자가 있다.

· 바위를 뚫고 자라는 나무가 있다고 한다.

· 플래트(Flat : 타이어가 터진)란 브랜드를 가진 타이어가 있다.

· 쥐새끼들을 기른 고양이도 있었다.

· 추운 시베리아에서 단돈 5센트를 받고 5년 동안 일한 두 명의 젊은이가 있었다.

· 20피트 길이의 통나무를 들어올리는 남자가 있었다.

· 카나리 아일랜드(Canary Island)는 어떤 개의 이름을 따서 명명되었다.

스퀘어 팔린드롬

```
ROTAS
OPERA
TENET
AREPO
SATOR
```

옆에 적힌 퍼즐이 바로 수백 년 동안 많은 학자들을 신비의 세계로 빠지게 한 '스퀘어 팔린드롬' 이다.

트레모나의 피에브 타르자르니 교회의 성기실(聖器室) 바닥에서 원문이 처음으로 발견된 이 스퀘어 팔린드롬은 카페스트라노 근처의 성 피터 교회, 마그리아노에 소재한 교회, 베로나에 소재한 아우구스티누스 교회 그리고 영국과 프랑스의 고대 교회에도 새겨져 왔다.

그러나 이것이 무엇을 의미하는지는 아직까지도 미스테리로 남아 있다. 중세학자인 이탈리아의 판자(Fanza)는 성서 독자들에게 영원과 무한한 세계를 알려주는 의미를 가지고 있다고 추측했지만 그것이 가능성 있는 해답인지는 의문의 여지가 있다.

몇 년 전 영국의 윌리암 씨는 '스퀘어 팔린드롬' 에 쓰여진 문자들을 규칙적으로 나열함으로써 그 의미를 전달하는 데 성공했는데 그의 해답은 다음과 같다.

'ORO TE PATER ORO TE PATER SANAS'

우리는 당신 하나님께 기도합니다.

우리는 당신 하나님께 기도합니다.

당신은 모든 사람의 아픔을 고쳐주는 분이십니다.

서로 모순이 되는 속담들

위대한 생각은 강바닥에서 흐른다.

바보들도 생각한다.

한 인간에게는 이득이 되는 것이 다른 사람에게는 독이 될 수 있다.

암거위용 소스는 수거위용 소스도 될 수 있다.

구르는 돌에는 이끼가 끼지 않는다.

가만히 있는 암탉은 알을 낳지 않는다.

인간은 나이가 들면서 지혜를 얻는다.

모든 지혜로운 말은 풋내기들의 입에서 나온다.

사공이 많으면 배가 산으로 오른다.

백지장도 맞들면 가볍다.

하늘은 스스로 돕는 자를 돕는다.

남에게 도움을 바라지 마라.

당신은 다른 사람의 짐을 가지고 살고 있습니다.

모든 인간은 스스로의 짐을 가지고 산다.

Passion의 변천사

이 단어는 예수 그리스도의 십자가 고난을 나타내는 뜻으로 쓰이고, 성적 사랑의 강렬한 감정을 나타낼 때도 쓰인다.

예수의 수난을 의미하는 the passion은 suffering을 뜻하는 라틴어 passio

에서 왔으나 영국 최초의 시인 초서는 정열이라는 뜻으로 이 단어를 사용하기 시작하였으며 오늘날은 성적 사랑을 의미하기도 한다.

> **레 미제라블** - 이 소설 속에는 823개의 단어, 93개의 콤마(,)와 51개의 세미콜론(;) 그리고 3개의 대시(-)로 이루어진 하나의 문장이 거의 3페이지를 차지하고 있다.

I am who I am
구약에서 하나님의 이름은 7,000번 이상 나온다. 출애굽기 3:14~15에서 하나님 스스로 "I am who I am"이라고 말씀하셨다. 이것은 "I am that I am"으로 표현되는데 즉 하나님이 스스로 존재하심을 의미한다.

조지 1세의 고민
1339년 헨리 4세가 모국어를 부활시킬 때까지 영국에서는 프랑스어가 공식 언어로 사용되고 있었다. 그로부터 3세기 후 영국을 통치했던 조지 1세(1660~1727)는 독일 태생이었기 때문에 영어를 한 마디도 못했던 인물이다.

> **1,850만 달러의 하이픈** - 1962년 7월 22일, 미국의 금성 탐사 로켓 마리너 1호는 발사되자마자 폭파되었다. 컴퓨터에 노선을 잘못 입력하는 바람에 마리너 1호는 궤도와 전혀 다른 방향으로 발사된 것이다. 훗날 미국 로켓 연구원들은 조사 결과 노선 중간에 있어야 할 '하이픈'을 빼먹고 노선을 입력했다는 사실을 밝혀냈다. 어쨌든 미국은 '하이픈' 하나 때문에 1,850만 달러를 손해본 것이다.

우리는 햇빛을 태운다
"빛은 보이지 않고 암흑만이 보이는 것 같다."　　　　　　　- 밀턴
"나는 검은 빛을 보고 있다."　　　　　　　　　　　- 빅토르 위고
"암흑이 정오에 가득하리라."　　　　　　- 이사야(구약성서의 선지자)
"우리는 햇빛을 태운다."　　　　　　　　　　　-세익스피어

"나는 곧 망각해버리는 훌륭한 기억력을 갖고 있다."　　　- 로버트 L. 스티븐슨

"참 지식이란 자기의 무지를 아는 것."　　　　　　　　　　　- 공자

네 개의 문자로 된 '하나님'

LORD	영어	THOR	그리스 신학용어
JAVH	히브리어	AMIR	바이킹어
DEUS	라틴어	AMON	아랍어
DIEU	프랑스어	PARA	이집트어
ADAT	앗시리아어	ATON	잉카
GODT	네덜란드어	BAAL	히브리 신비철학
GODH	독일어	ISTA	케추아
GOTH	덴마크어	DEUS	포네키아어
SORU	스웨덴어	ILLU	페르시아어
ALLA	페르시아어	DEUS	포르투갈어
RAMA	이슬람교어	ILLU	시리안어
DEVA	힌두어	KAMI	일본어
DIOS	산스크리트어	SHIN	일본어
ODIN	스페인어	HAKK	일본어
TEOS	스칸디나비아어	ILAH	힌두스탄어
ZEUS	그리스어	EZID	힌두스탄어

갑골문자

귀신 鬼(귀)는 얼굴에 가면을 쓴 이방 민족의 모습이다. 고대 부족들은 토기를 잘 만드는 부족, 마차를 잘 만드는 부족 등, 사회적으로 분업화된 역할을 맡고 있었다. 가면을 쓴 귀 부족은 장례를 전문적으로 치러주는 종족이었다. 때문에 사람의 혼백을 뜻하는 鬼자가 된 것이다.

또 오나라 吳(오)자는 질그릇을 어깨에 멘 채 고개를 삐딱하게 하고 걷는

모습의 상형 문이다. 밑의 大(대)형은 사람의 정면형이고, 위의 口(구)형은 사실 어깨에 멘 질그릇의 모습이다. 오나라는 지금 중국의 상하이 일대를 차지했던 나라로서 예부터 비단과 도자기 공업이 성행한 곳이었다.

또 가장 오해가 많은 글자로 文(문)이 있다. 모두들 잘못 알고 있는 이 문자는 사람의 몸에 심장을 그려 넣은 모습이다. 즉 文(문)은 사람의 몸에 주술적 그림을 그려 넣었던 문화를 알게 하는 중요한 단서이다. 좀더 자세히 말하면, 죽은 사람의 가슴에 심장을 그려 넣음으로써 부활을 기원하는 의식의 한 과정이었다.

즉 우리가 지금 말하는 글자로서의 기록이 아닌 주술적 그림이라는 뜻이다. 당사자들의 모든 감정과 애원과 느낌이 듬뿍 담긴 그림으로 후일 인간의 모든 기록을 상징하게 된 것이다. 그 기록 중에서도 감성이 담긴 기록을 말하는 학문이 바로 文學(문학)인 것이다.

옥스퍼드 사전에 등장한 새로운 단어들

'road rage' (교통체증으로 인한 공격성향), 'full month' (홀딱 벗음), 'mouse potato' (컴퓨터 광), 'millennium bug' (21세기 컴퓨터 인식장애)를 비롯해 alcopop(알코올이 함유된 음료).

왕의 이름은 포도주병의 크기

고대 왕들의 이름인 르호보암, 느부갓네살은 포도주병의 크기를 나타내기도 한다. 즉 15kg짜리의 가장 큰 병은 느부갓네살, 3kg짜리 가장 작은 병은 르호보암이라 부른다.

'바카야로' = 마록야랑

일본어로 '바카야로'가 욕인 것은 사실이다. 그러나 이 말을 한자로 쓰면 '마록야랑'(馬鹿夜郎)인데 '말과 사슴도 구분할 줄 모르는 바보 같은 녀석'이라는 뜻이다. 더군다나 어른이 어린아이 머리를 쓰다듬으며 '바카야로' 할 때에는 욕이 아니라 '귀여운 녀석'이라는 뜻으로 쓰인다.

바카야로 /

고환과 난초

사랑스럽고 값비싼 난초(Orchid)는 고환(testicle)을 뜻하는 그리스어 orchis를 이름 속에 담고 있다. 2,000년 전에 로마의 저술가이자 박물학자인 Elder는 두 개의 뿌리를 가진 orchid의 모습이 고환과 비슷해 보인다고 말했다. 오늘날 결혼식장에서 신랑 신부의 어머니가 앞가슴에 남성의 냄새가 나는 값비싼 난초를 달고 앉아 있는 모습을 볼 수 있는데 그들은 과연 난초의 의미를 알고 있을까?

시저는 대머리

Caesar가 이란어로는 원래 털이 많은 것을 의미한다. 그러나 줄리어스 시저는 대머리였다.

매력적인 여성?

프랑스에서는 아름답고 매력적인 여성을 elle a du chien이라고 하는데 사실 이 말은 '개 같은 여자'라는 뜻이다. 셰익스피어의 「멕베드(Macbeth)」 앞부분에는 마녀들이 주문을 외우는 장면이 나온다.

그들은 "fair is foul and foul is fair(깨끗한 것이 더럽고 더러운 것이 깨끗

맥베드

하다)"고 지껄여댄다. 조금 후에는 맥베드가 나와 "So foul and fair day I not seen(그렇게 흐리고 또 맑은 날은 지금껏 보지 못했다)"라고 말한다.

L.A의 원뜻

로스앤젤레스의 원래 이름은 'El Pueblo de Nuestra Senora la Reina de los Angeles de Porciuncula' 였다. 이것은 '작은 공간 속에 존재하는 천사들의 여왕인 우리의 여신이 사는 마을'이라는 뜻을 가진다.

통역가 치 차오추

중국 외무부 직원인 치 차오추는 하버드대학 출신으로 중국에서 촉망받는 젊은 인재였다.
한번은 등소평이 1979년 워싱턴에서 미국 대통령 지미 카터와 회담할 때 미국은 영어를 중국말로 정확하게 통역해줄 만한 인재가 없다며 자신의 통역관인 치 차오추를 소개했다. 그는 영어와 중국어를 동시통역할 수 있었다. 닉슨 대통령도 중국을 방문하면서 통역관을 두지 않아 치 차오추가 통역을 맡았다.

등소평

단두대 위의 미소

죽음의 순간에 우리들은 태연자약하게 죽음을 맞이할 수가 있을까? 편안한 마음으로 유언을 남길 수 있을까? 개중에는 죽음 앞에서 초연하다 못해 아예 죽음을 조롱하며 생을 마감하는 사람도 있다.

네로의 동전

"자 내 머리를 폭도들에게 보여주어라. 그리고 알려주어라. 그들도 머지않아 곧 자신들의 머리를 다른 어디선가 보게 될 것이라는 것을!"

  - 프랑스의 혁명가인 조지 자크 당통이 교수대 아래에서

"아 이 세상은 고매한 예술가 한 명을 잃는구나!"

  - 네로는 확실히 죽는 순간에도 정신을 못차렸다.

"도끼는 날카롭지만 내 목은 더욱 가늘다."

  - 앤 보린이 자신을 향해 날아오는 도끼를 냉담한 미소로 대하며

"내 피 한 방울이 너의 울분을 달래주기를 원한다."

  - 루이 16세가 교수대에서

"철학으로 향하는 모든 첫 단계는 의심."

  - 철학자 데니스 디레도트가 숨을 거두며

루이 16세와 그의 가족

트래스트베레의 방언

로마 근처의 트래스트베레(trastevere)라고 불리는 슬럼가의 거주민들은 그 마을에서만 통하는 방언으로 말한다. 그들 방언에서는 인간의 생식기를 2,000개가 넘는 외설적인 단어로 표현이 가능하다.

요한복음 18장 38절의 신비

빌라도가 예수를 심문하던 중 "Quid est veritas?(진리가 무엇이냐?)"라고 물었다.

이 구절의 철자를 다시 풀어쓰면 "Est vir qui adest", 즉 "당신 앞에 서 있는 이 사람이 바로 그것이다"가 된다.

안 팔리는 차 Nova

GM사는 소형차 Chevy nova를 개발하여 남미 시장에 내놓았다. 그러나 그 차는 전혀 팔리지 않았다. 그 이유는 스페인어로 nova가 it doesn't go 라는 뜻이었기 때문이다. 움직이지 않는 자동차를 살 사람은 아무도 없다.

Veri, Vidi, Vici

이 말은 "I came, I saw, I overcome," 즉 "왔노라, 보았노라, 승리했노라" 라는 줄리어스 시저의 유명한 말이다.

엄마의 'ㅁ'

지구상의 거의 모든 언어에서 엄마라는 단어는 'ㅁ' 소리로 시작한다. 아마 전 세계의 유아들은 자음 'ㅁ'을 가장 먼저 배우는 모양이다.

아침 드셨어요?

"기쁨을(rejoice)!" - 희랍인

"샬롬(peace)!" - 유태인

"당신은 행복하십니까?" - 폴란드인

"당신의 위가 제대로 되어 있느냐?" - 중국인
"식사하셨어요?" - 한국인

상소리 백과사전

영어권에서 '네 글자 말(four-letter word)'이라고 하는 것은 곧 상소리를 의미한다.

fuck(성교를 비하한 의미), cunt(여자 성기를 비하한 의미), cock(남자 성기의 속어), arse(항문을 비하한 의미), shit(똥), piss(오줌), fart(방귀)와 같이 점잖은 자리에서 내뱉지 못할 단어들이 거의 모두 네 자로 되어 있기 때문인데, 우연인지는 몰라도 dick(남자 성기를 가리키는 속어)도 네 자이지만 같은 뜻을 가진 prick 또는 대표적인 상소리로 사용하는 tit(여성의 젖꼭지를 비하할 때 사용하는 단어)은 네 자를 면했는데도 여전히 점잖은 자리에서 절대로 사용할 수 없는 지독한 상소리 신세를 면하지 못하고 있다.

에드워드 사가린이 만든 「상소리 백과사전」에는 오직 'fuck'라는 한 가지 상소리만이 소개되고 있는데 그것은 이 단어가 다른 상소리가 따라올 수 없는, 가장 음란한 광경을 연상하는 지독한 상소리이기 때문이며 18세기까지도 이 단어는 모든 사전이나 발행물에 실리는 것이 금지되어 있었다. 어쨌든 이 단어가 실린 최초의 사전은 존 프로리의 1598년 판 「이탈리아어-영어사전」이다.

2000년 2월에 나온 헐리우드 영화 '보일러 룸'에서 fuck란 말이 100번 이상 나온다.

제 4 장
철학·경제·사업·정치

철 학

우는 철학자와 웃는 철학자

낙관주의 이론가였던
데모클리투스

헤라클리투스(기원전 535~475년)는 염세주의론 때문에 '우는 철학자'로 불렸다. 그는 모든 물질들의 가변성을 믿지 않아 매일 아침마다 떠오르는 태양마저 하나가 아니고 일년 365일 다른 태양이 뜨는 것이라 주장했으며 모든 사람들이 축복이라 생각하는 태양에 대해서도 회의적인 태도를 보였다. 반면 데모클리투스(기원전 460~357)는 그의 낙관주의적 이론 때문에 '웃는 철학자'로 불렸다. 그는 가르칠 때 늘 웃으면서 학생들을 대했고 사물의 어두운 면보다 밝은 면을 강조했다. 그러나 사람들은 그가 늘 웃는 이유를 대부분의 철학자들이 가난한 데 비해 그는 부친으로부터 많은 유산을 물려받은 부자였기 때문이라고 생각했다.

아리스토텔레스는 생물학자였다

철학자로 널리 알려진 아리스토텔레스는 원래 생물학자였다. 그러나 당시 그가 내세운 생물학 이론들은 거의 받아들여지지 않았지만 후세의 생물학자들은 물리학과 천체학에서 그의 이론을 기초로 새로운 학설을 만들었다. 100년 후 다윈은 아리스토텔레스의 이론이 '근대 생물학의 원천'을 이루었다고 칭송했으며 이를 기초로 근대 생물학자인 스웨덴의 린네우스와 프랑스의 쿠비어는 근대 생물학 이론을 세웠다.

"**린네우스** ─ 린네우스(1707~1778)는 동식물의 근대적 과학분류학을 주장했으며 쿠비어(1769~1832)는 비교해부학(comparative anatomy)의 선구자이다. "

불량배 철학자

디오게네스는 그리스의 식민도시 시오페에 사는 부유한 환전상의 아들로 태어났지만, 젊었을 때 위조폐를 주조하였다가 발각되어 쫓겨나 아테네로 갔던 현상 붙은 불량배였다.

" **디오게네스(? - BC 323)** — 알렉산더 대왕의 방문일화로 유명한 디오게네스는 생애에 의복 한 벌과 지팡이 하나, 그리고 두타대(頭陀袋) 외에는 걸치지 않았다고 한다. 그는 행복을 얻기 위해서는 인간이 가지고 있는 자연적인 욕망을 간단하고도 쉬운 방법으로 만족케만 하면 족하다고 했다. "

노자여, 어디로 가셨나이까

노자는 세상이 어지러워 숨어살고자 사람들을 피해 다니다가 성문을 지키고 있던 문지기의 간청에 못이겨 그 자리에서 5,000자로 이루어진 《도덕경(道德經)》을 써주고 바람처럼 사라져 버렸다. 오늘날처럼 어지러운 때에 노자여, 어디에 계시나이까.

노자

결혼하지 않고 살다간 철학자들

플라톤(BC 427(?)~347) : 그리스
성 어거스틴(354~430) : 누미디안
성 토머스 아퀴나스(1225~1274) : 이탈리아
르네 데카르트(1596~1650) : 프랑스
블래이스 파스칼(1623~1662) : 프랑스
존 로크(1632~1704) : 영국

베네딕 스피노자(1632~1677) : 네덜란드
임마누엘 칸트(1724~1804) : 독일
아더 쇼펜하우어(1788~1860) : 독일
쇠렌 아비 키에르케고르(1813~1855) : 덴마크
허버트 스펜서(1820~1903) : 영국
프리드리히 니체(1844~1900) : 독일
장 폴 사르트르(1905~1980) : 프랑스

스피노자

철학자와 영웅의 만남

철학자 아리스토텔레스가 42세가 되던 BC 342년, 그는 마케도니아의 필립 2세에게 불려가 왕의 아들을 가르치게 되었다. 그리하여 위대한 철학자는 위대한 영웅이 될 14세의 알렉산더 대왕을 만나게 되었다.

> **에드문드 위테이커** — 19세기말의 뛰어난 수학자 에드문드 위테이커는 "아리스토텔레스의 자연철학은 처음부터 끝까지 모두 잘못되어 있고 아무런 가치도 없다"고 말했다.

아리스토텔레스의 오류

아리스토텔레스는 1,800년 동안 물리학뿐만 아니라 생물학에서도 최고의 권위를 누려왔다. 그러나 그의 가르침은 많은 부분이 수정되어야 한다. 그는 인간의 감각과 지성은 두뇌가 아니라 심장에 의해서 작동되며 무거운 물체가 가벼운 물체보다 빨리 떨어진다고 믿었다.

그 외에도 생물은 조상 없이도 생겨날 수 있다고 믿었는데, 그것은 동물의 썩은 시체에서 생겨난 구더기를 보고 그렇게 생각하게 되었다.

경제 · 사업

아메리칸 드림

● 자일랜 신화를 일군 김윤종 사장

자일랜 신화를 창조한 스티브 김(한국명 김
윤종) 사장(49)은 한국에서 서강대 전자공학
과를 나온 후 군 복무를 마치고 1976년 26세
에 미국으로 건너왔다. 그는 칼스테이트 풀
러튼에서 석사과정을 마친 후 1984년 집 차
고에서 단돈 1만 5천 달러로 파이버먹스 코
퍼레이션을 창업해 운영하다가 1991년 매각
하여 2년 후인 1993년에 자일랜사를 세웠다.

아메리칸 드림

그의 경영 방식은 독특했다. 자일랜사와 고용계약을 맺은 직원들에게는
주식을 배당해 주었다. 주가가 오르면 직원들도 부자가 되는 셈이다. 자일
랜사의 성공 비결은 소수 정예와 최고 대우라는 그의 경영철학에서 비롯
된 것이다. 그는 세계 65개국에 지사를 두고 시장개척을 해왔다. 자일랜사
가 20억 달러에 매각되어 15년만에 억만장자가 된 것이다.

● M. L. M의 슈퍼스타 린다 류

린다 류

린다 류씨는 1999년 건강보조식품과 일상 생활용
품을 M.L.M 과정을 통해 특수 판매하는 멜라류카
(Melaleuca) 회사에 29달러를 투자, 1년만에 월
12,000달러의 수입을 보장받고 있다. 2년 후에는 월
수입이 50,000달러가 될 것이라 한다.

● 에이전시.컴의 서찬원 대표

뉴욕의 웹 컨설팅 회사인 '에이전시.컴' 대표 서찬원(38) 씨는 미국 내 40
세 이하 갑부 40명에 선정되어 화제를 모았다. 특히 서씨는 회사를 나스닥
에 성공적으로 상장시키며 하루 사이에 억만장자 대열에 합류하기도 했다.

● 미 철강업계의 작은 거인 백영중

미국 철강업계의 작은 거인으로 우뚝 선 '팩코 스틸'의 백영중 씨는 1956
년, 단돈 50달러를 갖고 미국 LA로 건너간 후, 2000년에는 2억 달러의 매
출을 올리는 강철회사의 회장이 되었다.

● 앰벡스 이종문 회장

이종문 회장은 1956년 미국으로 유학을 간 후, 1982년 '다이아몬드라'라
는 컴퓨터 회사를 설립했지만 실패하였다. 그뒤 1989년 60세에 앰벡스 회
사를 설립하여 1994년에는 미국에서 초고속 성장한 500대 기업 중 18위를
차지했다. 그는 샌프란시스코에 있는 모 박물관에 2백만 달러를 기부할
정도의 재력가가 되었다.

> **호텔왕 윌슨** – 1952년 미국멤피스에 있는 조그마한 호텔에서 청소부로 시작한 찰스
> 게몬스 윌슨은 1992년 현재 세계에서 가장 많은 호텔을 가진 호텔 왕이 되었다.

억대 연봉 CEO 시대

미국 컴퓨터 소시에이츠(CA) 찰스 왕 회장이 1999년에 6억 5천만 달러
의 연봉을 받았다.

청소부도 백만장자

미국 캘리포니아 어바인에서 '고속통신 칩'을 만드는 벤처기업인 브로드
컴(broadcom)사는 직원 1,117명 전원에게 64억 9천만 달러 가치의 증권을
나누어주었다. 이 회사의 청소부도 5백8십1만 달러의 주식의 소유자였다.

행복한 종업원들 — 미시건주의 한 도로 건설회사 사장인 밥 톰슨은 회사 매각 대금 가운데 1억 2천8백만 달러를 전직원 550명에게 나눠주었다. 직원들은 하루아침에 백만장자가 되었다. "

빈털털이가 될 때까지 돈을 기부한 자선사업가

스위스의 박애주의자인 헨리 더낭은 자신의 재산을 적십자사의 건립에 쏟아 부은 덕택에 그의 직물공장은 자금부족으로 파산했고 그후 그는 가난뱅이로 일생을 살아야 했다. 그럼에도 불구하고 그는 1901년 제1회 노벨 평화상을 받은 사례금을 가족들 대신 가난한 사람들에게 나누어주고 운명했다.

카네기

" **주급 1달러를 받던 카네기** — 스코틀랜드에서 태어나 1848년 빈털터리로 미국에 온 카네기는 피츠버그의 어느 강철공장에서 주급 1달러를 받고 일했다. 그러나 50년 후에는 미국 제일의 부자가 되었고, 일생 동안 3억 5천만 달러 이상을 자선 사업과 교육기관에 기부하였다. "

주는 것이 받는 것보다 기쁘다

당대 최고의 유산을 물려받은 찰스 디킨스의 친구인 바로네스 안젤라 버데트 코츠는 그녀의 유산 대부분을 학교와 성당 건립, 그리고 불우학생들을 위한 장학기금으로 내놓았다. 뿐만 아니라 터키의 가난한 농부들에게는 농사기금으로, 런던 이스트 엔드의 홈리스들에게는 집을 지어주었고, 예루살렘의 지형학 연구를 위해 막대한 지원금을 내놓았다.

이 외에도 나이지리아에는 면화 짜는 방직기계를, 오스트리아의 원주민들에게는 생활보조금을, 브르타뉴에는 생명 구조용 보트를 기증했다. 1871년 빅토리아 여왕은 그녀에게 귀족 작위를 수여했는데 그 당시 박애주의자로 여성이 귀족 직위를 받는 것은 특이한 일이었다.

가장 비쌌던 강의료

1986년 1월 1일부터 이틀 동안 최면술에 대한 강의를 했던 로닐드 단테 박사에게 지불됐던 강의료는 무려 3,080,000달러였다. 하루에 8시간씩 이틀 동안 매시간 192,500달러가 지불된 셈이다.

맥도널드의 위력

IBM이 연간 매상고 10억 달러를 돌파하는데 46년 걸렸고 XEROX는 63년이나 걸렸다. 그런데 52세의 레이 크록이라는 사나이는 1955년 4월 15일 '맥도널드' 햄버거 가게를 사서 사업을 시작한 지 불과 21년 만에 10억 달러 매상을 올렸다.

1973년 단돈 5천 달러를 투자해서 신발창을 판매하는 회사를 설립한 이사부 마사루 씨는 2000년 현재 니겐(주)의 회장이다. 니겐(주)는 연간 30억 달러 매출을 올리고 있다.

아스피린 경제학

통계에 의하면 아스피린의 판매고가 당시의 경제를 전망하는 척도였다고 한다. 아스피린의 판매가 증가될 때는 경제 전망이 어둡고, 아스피린의 판매가 감소될 때는 경기 전망이 밝았다고 한다. 이와는 반대로 연필이 잘 팔릴 때는 호경기였으며 안 팔리면 경기가 침체된다고 한다.

달러의 얼굴

10만 달러짜리 수표에는 우드로 윌슨 대통령의 얼굴이 그려져 있고, 1달러짜리 지폐에는 조지 워싱턴의 초상화가 그려져 있다.

일주일에 3억 달러씩 늘어나는 빌 게이츠의 재산

마이크로 소프트사의 회장인 빌 게이츠는 미국의 경제전문지인 〈포브스〉지가 선정한 세계 최대 부호이다. 현재까지 그의 재산은 총 510억 달러로 알려져 있다.

1997년 그의 총 자산은 스리랑카 국내 총 생산량의 두 배가 된다. MS사는 1997년 한 해에 150억 달러의 순수익을 올렸으며 1996년 주가 상승으로 그는 한 순간에 20억 달러의 순수익을 올렸다. 그러나 2000년 4월에는 MS사의 주가 하락으로 인해 단 하루에 20억 달러를 날리기도 했다.

빌 게이츠

1달러당 4,200,000,000,000마르크
독일이 1920년에 인플레이션으로 경제 위기를 맞았을 당시 미화 1달러당 4,200,000,000,000마르크였다.

히틀러의 예금
아돌프 히틀러는 2차 세계대전 전에 미국 은행에 100만 달러 이상을 예금했는데 아직도 그 원금과 이자가 은행에 보관되어 있다.

부자에서 가난한 자로

● 회장에서 염색공으로

미국에서 가정용품 회사를 창설했던 설립자 가운데 파산하여 자신이 설립한 회사의 말단 종업원으로 인생을 마친 인물이 두 명 있다.

발명가이자 엔지니어였던 독일 출신 구스타프 브락하우센은 1890년대 뉴저지에 공장을 열어 뮤직 박스를 만들다가 진공 청소기 사업으로 전환했는데 '레지나 일렉트릭트 부품'이라는 상품이 인기를 끌어 가장 성공적인 실업인으로 꼽히게 되었다.

그러나 하우센은 자신의 회사를 100만 달러에 매각하고 다른 사업에 투자를 했다가 몽땅 날려 버렸다. 결국 그는 1919년 자신이 설립했던 회사의 염색공으로 취업해 생계를 이어가다 말년에는 경비원으로 여생을 마쳤다.

● 시계 수리공과 화물 운송업자

알바커티스 로벅은 시계 수리공으로 일하던 중 1880년 당시 화물 운송업을 하던 리처드 시어스와 동업으로 시계를 판매하기 시작했다. 그러나 시어스의 무모한 판매 전략에 불안을 느낀 로벅은 자신의 지분을 25,000달러에 팔고 시어스에게 회사를 넘겨주었다.

그후 대공황으로 파산한 로벅은 시어스에게 도움을 요청하게 되었다. 당시 '시어스 - 로벅사'로 계속 사업을 추진했던 시어스는 우편 판매로 이미 전 미국에서 폭발적인 인기를 얻고 있었다. 상술의 귀재였던 시어스는 로벅을 자신의 회사로 불러들여 홍보를 맡겼다. 로벅이 시어스의 백화점에 모습을 나타낼 때마다 가정 용품의 대명사처럼 된 그를 보기 위해서 전국에서 수많은 인파가 몰려들어 시어스의 사업을 더욱 번창하게 만들었다.

● 찰리 스틴의 우라늄 인생

1953년, 빈털터리가 된 찰리 스틴은 어린 자식 네 명이 월 14달러짜리 사글셋집에서 굶고 있는데도 유타주의 어느 산꼭대기에서 다 깨진 드릴을 가지고 우라늄을 찾아 헤매고 다녔다.

그러던 어느 날 드릴 끝에 거무죽죽한 광물질이 묻어나 그것을 방사능 측정기로 측정하였다. 그곳은 세계에서 가장 풍부한 우라늄광산이었던 것이다. 찰리는 즉시 1달러를 빌려 소유권을 신청했는데 그 우라늄광산의 가치는 무려 6,000만 달러가 넘었다. 그는 막대한 재산을 파티, 요트, 술, 여자, 골동품 따위에 흥청망청 쓰다가 15년만에 다 날려버렸다. 그후 1968년 국세청에 나머지 재산을 몰수당한 찰리는 다시 서부의 어느 산 속에서 우라늄을 찾아 헤매는 생활로 돌아가야만 했다.

정 치

007 Q

첩보영화 007로 유명해진 Q가 선보이는 비밀 무기들은 브롱크스 태생의 생화학자인 시트니 고트리에브가 만든 것이다. 칼텍에서 생화학으로 박사 학위를 받은 후 CIA의 무기개발 부서 팀장으로 고용된 그는 몸을 안 보이게 하는 잉크, 독살용 다트, 중독성 손수건 등 스파이들이 자주 이용하는 무기들을 개발했다.

고트리에브는 이라크의 한 중령에게 독이 든 손수건을 보낸 적이 있었으며 당시 콩고의 수상인 파트리스 라먼드를 살해할 의도로 독성 박테리아를 우편으로 보내기도 했다. 사실상 이것은 CIA와는 무관한 그의 개인적인 행위였다.

훗날 그의 친구들은 그가 늘 최고의 군인이 되는 게 꿈이었다고 회고했다.

나폴레옹의 사인(死因)

나폴레옹의 건강은 그가 헬레나에 도착한 이후부터 갑작스럽게 나빠지기 시작했다. 아직까지 역사가들 사이에서는 나폴레옹의 죽음에 대해 이견이 분분하다. 그의 머리에서는 여러 종류의 독성물질(비소, 납, 안티몬)들이 검출되었고 그가 먹었던 음식에서도 독성에 가까운 물질들이 다량 함유되어 있었던 것으로 밝혀졌다. 역사가들은 그의 죽음이 계획적으로 이루어진 것이라고 주장하고 있다.

독살당한 나폴레옹

미국 CIA의 생체실험

성도착중 환자들의 이름을 디트로이트의 정신분석병원에서 비밀리에 입수한 알렉스 칸티 박사는 환자들의 동의 없이 임상실험을 실시했다. CIA 실험 프로젝트 담당자로서 그는 훗날 CIA가 성도착중 환자들의 심리분석 자료가 필요했던 상황이었기 때문에 부득이하게 이런 비인간적인 방법을 쓸 수밖에 없었다고 고백했다.

알렉스 칸티 박사 외에도 세 명의 의사들이 미시간주 이오니아 주립 병원에서 실행된 이 실험에 참여했는데 그들은 디트로이트의 정신병원에 수감되어 있는 142명의 성도착중 환자들에게 LSD라는 약을 먹인 후 조사에 필요한 질문들을 했으며 거짓말 탐지기를 이용하여 그들의 의식세계를 파악하고자 했다. 그리고 모든 실험과정은 녹음되었다. 이 실험은 인간생태조사 연구소라는 기업으로부터 받은 지원금으로 실시되었다.

불안한 소비자 안전캠페인

1970년대에 미 소비자 안전위원회는 자신들의 '안전한 장난감' 캠페인을 위해 그들의 모토가 새겨진 약 80,000개의 배지(badge)를 주문했다.

그러나 그들이 달고 다녔던 그 배지의 모서리는 손을 베게 할 정도로 날카로웠고, 잠금장치 또한 느슨하여 쉽게 옷에서 떨어지기 일쑤였다. 또한 배지의 표면은 납성분이 함유된 페인트로 칠해져 있었다.

세계 최고의 비밀조직 기관, LEIU

FBI와 CIA는 미국인들에게는 널리 알려진 미 정보기관이다. 그러나 LEIU를 아는 사람은 거의 없다. 일명 '지능 경찰수사대'라고 불리는 이 수사대는 캐나다와 공조하여 각종 범죄의 비리를 밝혀냈는데 그 활동범위는 미국의 전 50주를 망라한다.

LEIU는 FBI와 CIA와는 달리 개인이 운영하고 있기 때문에 일반인들에게 알려질 수 없었던 것이다.

Bulletin(게시) — 5선의 정치 거물을 누를 수 있는 사람 구함

민주당의 재력가이자 다섯 번이나 미 하원직을 역임한 제리 보리스는 1946년 캘리포니아 12번 지역에서 하원 선거에 출마하기로 결심했다. 그러자 공화당에서는 그 지역에서 보리스를 이길 만한 인물이 없다는 점을 고려하여 '100명 위원회' 라는 단체를 조직한 후 26개의 지역신문에 다음과 같은 광고를 냈다.

"사람 구함 : 정치 경험이 전혀 없는 하원의원 도전자로서 지난 10년 동안 하원의원 자리를 지켜온 정치 거물을 누를 수 있는 사람을 구합니다. 패기 있고 젊은 지역 주민으로서 가능한 한 군복무를 마친 사람을 원하니 이에 필하는 기준을 가지는 사람들의 연락을 바랍니다."

광고가 나간 후 8명의 지원자가 있었지만 모두 기준 미달로 탈락했고 낙심한 공화당은 그 지역의 선거를 포기하기로 결정했다. 그러나 그때 위티어대학의 전 총장이 해군출신의 젊은 리처드 닉슨(당시 33세)을 추천했고 볼티모어에서 유능한 변호사로 일하고 있던 닉슨은 공화당 하원 후보로 선출되었다.

그러나 보리스 측에서는 닉슨을 애송이로 취급하여 별 신경을 쓰지 않았다. 더욱이 모든 시민들이 보리스를 좋아했기 때문이다.

닉슨 대통령

그러나 본격적으로 선거유세가 시작되자 닉슨은 평소 보리스를 존경하고 있었음에도 불구하고 보리스를 타락하고 무책임한 의원으로 몰아세웠고 결국 64,784표 대 49,431표로 보리스를 물리치고 당당히 선출되었다. 그리고 그의 정치행로는 대통령까지 이어졌다.

비록 불명예로 물러나기는 하였지만 후세의 정치사가들은 단기간 동안 미국인들을 사로잡은 그를 '타고난 정치가' 라고 평하고 있다.

혁명가의 최후

1794년 프랑스 정부 관리들은 프랑스 혁명의 영웅인 로비에스피에르(36세)로부터 생명의 위협을 느끼고 있었다. 그래서 그들은 로비에스피에르를 체포하기 위해 군대를 파견했다. 그러자 이 소식을 들은 로비스피에르는 개죽음을 당하느니 스스로 자결하겠다고 결심하여 권총자살을 시도했다. 그러나 총알이 빗나가 턱을 관통하는 바람에 그의 자살은 실패로 끝났다. 그는 결국 체포되고 말았다. 그리고 그는 깨진 턱을 날카로운 쇠줄로 고정시킨 상태에서 사형당했다. 그후 5일 동안 총 478명의 정치범들이 사면되었다.

아리스토텔레스 ▶

"**경범죄** – 마리 어거스틴 마퀴스 데 페리어는 1786년 마리 앙트와네트 여왕이 극장에 들어갈 때 휘파람을 불었다는 죄목으로 50년 동안 수감됐다. 세조 때 양정은 세조의 양위를 거론하다가 사형을 당했다. 영국 여왕 엘리자베스의 침실에 괴한이 침입하여 사랑을 고백했으나 그는 재판에서 무죄가 되었다. 이 일은 1982년에 일어났다."

공화국에서는

플라톤은 그의 유명한 저서「공화국(republic)」에서 "가장 이상적인 민주국가는 적어도 5,000명의 시민들로 구성되어야 한다"는 글을 실은 적이 있다. 그러나 아리스토텔레스는 민주국가의 모든 시민들은 서로 서로를 잘 알아야 한다고 주장했다.

기혼자의 특권

볼리비아에서는 총각들이 21세가 넘어야 선거를 할 수 있다. 그러나 기혼자의 선거권은 18세 이후부터 주어진다. 한편 도미니크 공화국에서는 18

세 미만이라고 해도 유부남에게는 선거권을 주었다. 인도에서는 25세부터 선거권이 주어진다.

쾌락주의 창시자 에피쿠로스

고대 그리스의 철학자 에피쿠로스(BC 341(?)~BC 270(?))는 '인생의 최고선은 쾌락'이라는 쾌락주의(epicurism)를 제창했다. 처음으로 여성을 자신의 제자로 받아들인 여성 우월주의자이기도 한 그는 후에 늙고 추한 몸을 보이기 싫어 화산에 올라가 분화구에 빠져 죽었다고 한다.

에피쿠로스

칼 마르크스의 고행

독일의 혁명가이자 경제학자였으며 과학적 사회주의를 창시한 칼 마르크스

칼 마르크스(1818~1883)는 31세에 런던으로 이민을 갔다. 그곳에서 얻은 여섯 명의 자녀 가운데 세 명은 어릴 때 잃었고 두 명은 성장해서 자살하였으며, 나머지 한 명의 아들마저 정신병자가 되는 등 불운과 비극의 연속이었다. 마르크스의 「자본론」은 이렇게 열악한 환경 속에서 쓰여져 결국 공산주의 사상의 주춧돌이 되었다.

세계에서 가장 자주 교체되는 정부

1982년 볼리비아의 대통령인 켈소 토렐리오 빌라가 압력에 의해 대통령직을 사임했을 때 과거 157년간 190번째로 통치자가 바뀌는 기록을 남겼다.

" **격동의 볼리비아** – 1824년 스페인에서 독립한 이래 볼리비아에서는 무장 반란군이 187번의 반란을 일으켰다. 1946년 폭동에 의해 처형된 구알베르토 빌라로엘 대통령의 암살을 포함하여 셀 수 없을 만큼의 정치적인 암살이 자행되곤 하였다. 볼리비아 헌법은 1828년부터 1871년까지 9번이나 개정되었다. "

2시간과 2분의 차이

에드워드 에베레트는 열렬한 연방주의자이며 하버드대학의 학장이었고, 성 제임스 교회의 목사로서 당시 최고의 웅변가로 알려져 있었다. 그는 1863년 11월 3일 게티스버그에 있는 국립묘지에서 2시간에 걸쳐 열렬한 연설을 토했다. 그리고 에베레트가 열변을 끝내자마자 링컨 대통령은 그의 유명한 게티스버그 연설을 2분에 끝냈다.

순자와 마리

전두환 대통령이 집권하고 있었던 8년 동안에는 TV나 영화에서 '순자' 라는 이름을 가진 사람이 비천한 역을 할 수 없었다.

독일에서 아돌프 히틀러가 권자에 있었을 때는 농민이나 하급 노동자들이 '아돌프' 라는 이름을 쓸 수 없었다. 옛날 이탈리아 시엔나의 법에서는 '마리(Mary)' 라는 이름을 가진 여성은 매춘부가 될 수 없었다.

시저가 암살된 곳

세익스피어를 포함해서 백과사전 편집자들까지 거의 누구나 시저가 원로원에서 암살된 것으로 알고 있다.

그러나 사실은 원로원에서 멀리 떨어져 있으며 가끔 원로원들이 모이는 장소이며 한때 시저의 정적이었던 폼페이스 동상 앞에서 브루투스와 그의 일당에 의해 암살되었다.

루스벨트를 누가 죽였는가

1945년 2월 11일, 루스벨트는 소련의 유명한 유흥지 얄타에서 스탈린과 처칠을 만나 크리미아 선언을 발표했다. 그후 1945년 4월 12일, 루스벨트의 집무실에서 여류화가인 엘리자베스 소마토프가 그의 모습을 그리고 있던 중 루스벨트가 갑자기 쓰러지면서 "머리가 심히 아프다" 며 두통을 호소했다.

데오도르 루스벨트

얄타에 모인 처칠과 루스벨트, 그리고 스탈린

이것이 미국 역사상 처음으로 4선 대통령이었던 루스벨트의 마지막 말이었다. 당시 전문가들은 몸이 몹시 허약해 있었던 루스벨트가 생명을 천천히 단축시키는 특수 한약을 섞은 음식을 먹고 귀국한 것으로 분석하고 있다. 얄타회담 당시 루스벨트와 처칠 수상 모두 건강이 좋지 않았고 루스벨트의 보좌관 해리 홉킨스도 암으로 죽어가고 있었지만 스탈린만이 건강했다고 한다.

> **대통령의 아들들** ─ 루스벨트 대통령의 네 명의 아들 가운데 세 명은 전쟁 중 사망했다. 퀸틴은 1차 세계대전에서 사망했으며 데오도르 주니어와 커미트는 2차 세계대전 중에 전사했다.

대를 이은 불복종
맥아더 장군은 1951년 한국 전쟁을 놓고 트루먼 대통령과 의견이 대립되어 해임되었다.

그의 아버지도 불복종으로 태프트 대통령으로부터 해임되었다. 또 그의 할아버지도 남북전쟁 때 명령 불복종으로 기소된 적이 있다.

예외는 항상 있다

유태인 과학자였던 오트 하인리히 와버그는 독일 나치를 위해 강제로 일을 한 적이 있다. 그는 히틀러를 두려움에 떨게 했던 인후암에 대해 연구했다. 1941년 그가 규칙에 따라 연구소를 떠나게 되었을 때 와버그의 업적을 고려한 히틀러는 그가 연구소에서 유일하게 제거되지 않고 떠나는 예외의 인물이라는 것을 명시했다.

제 5 장
라이프 스타일 · 대학교

라이프 스타일

까다로운 북한의 이혼 절차

북한 사회의 이혼율은 정확한 통계는 없지만 남한 사회와 비교하면 극히 작은 편이다. 북한에서는 이혼을 하려면 매우 까다로운 법적 절차를 거쳐야 한다.

그런데 북한에서 많은 사람들의 입에 오르내렸고 남한 출판계에서도 출간됐던 「벗」이라는 북한 소설의 주제가 바로 가정사를 담당하는 판사를 등장시켜 이혼문제를 다룬 것이다. 이혼을 다룬 소설이 북한에서 인기가 있다는 사실은 그만큼 북한 사회에서도 이혼문제가 매우 현실적인 문제라는 것을 반증해준다.

> **재학 중엔 금혼** – 북한에서는 여자의 경우 대학 재학 중에는 결혼을 할 수 없으며 인민군대에는 안경을 쓴 사람이 없다. '신체 건강한 자' 만이 입대할 수 있기 때문이다.

할 일 많은 북한의 여성

북한 여성들은 제도적 평등을 누리고 있지만 가부장적 분위기에서 집안 안팎의 일을 도맡고 있다. 가령 양곡배급이 나오면 여자가 짊어지고 와야 하고, 남자는 아내에게 존대어를 쓰는 법도 없고, 밥상에서 고기와 달걀도 아버지와 아들에게 먼저 주는 것이 가정준칙처럼 되어 있다고 한다.

북한 여성 – 그들은 제도적으로는 평등을 누리지만 실질적으로는 남녀차별을 겪고 있다.

북한 학생들의 성적표와 시험

북한은 1990년대에 들어와 기존의 10점 만점제에서 5점은 최우등, 4점 우등, 3점 보통, 2점 이하는 낙제로 하는 5점 만점제로 바뀌었다. 유급은 두 번까지 가능하며 세 번째에는 퇴학당한다. 이러한 점수체계는 대학이나 고등중학교도 마찬가지이며 북한의 시험은 모두 주관식이고 고등중학교에서는 구답시험(구두시험)이 병행된다. 따라서 북한 학생들의 논리 전개나 응용력은 남쪽 학생들보다 뛰어나다고 한다.

북한의 짧은 겨울방학

• 방학 중에도 일주일에 4일쯤 등교

북한 학생들은 남한 학생들처럼 늦잠을 잔다거나 잠시 공부를 느긋하게 미루면서 여유를 즐기는 겨울방학은 상상도 못한다. 왜냐하면 방학 중에도 학교에 나가야 하기 때문이다. 한 탈북자의 증언에 따르면 방학 때도 학생들은 많게는 1주일에 4일쯤 학교에 나가는데 대개 폐품과 고철 수집을 하고 1주일에 한 번씩 소년단 별로 학교에서 이루어지는 '생활총화'에 참석한다.

• 방학과제는 혁명 전적지 답사

북한의 학생들은 방학과제로 대부분 혁명 전적지나 혁명 사적지를 답사하는데 겨울방학의 경우 1월을 중심으로 40일 가량인 남한과 달리 북한의 겨울방학은 매우 짧다.

학교별로 차이가 있기는 하지만 12월말부터 겨울방학이 시작돼 초등학교에 해당하는 인민학교의 경우 1월말까지, 고등중학교는 1월 20일까지, 대학교는 1월 15일까지이다.

• 봄방학은 없다

북한에서는 봄방학도 없다. 여름과 가을철, 학생들이 농촌과 공장 등에서 일손을 지원하느라 줄어든 수업시간을 방학이 끝나면서부터 새 학년도 시작 전인 3월말까지 보충하기 때문이다. 교사들도 겨울방학이면 평상시와 달리 여유를 갖고 지내지만 모두가 출근해 새 학기 준비를 한다.

북한 주민의 재산목록 1호

● 지방에서는 자전거가 주 교통수단

북한의 일반 주민들 재산목록 1호는 자전거다. 남한의 자가용만큼이나 소중하다. 많은 사람들이 자전거 갖기를 원하지만 가격이 비싸 일반 가정의 절반 정도가 보유하고 있다. 평양의 경우, 대중교통이 잘 갖추어져 있어 자전거 없이도 견딜 만하지만 교통시설이 낙후된 지방에서는 필수품이다.

◀ 자전거로 출근길에 나선 평양 시민

● '갈매기' 를 아시나요

북한에는 일본제 자전거도 들어오지만 고위층 외에는 엄두를 내기 어렵다고 한다. 가장 인기 있는 자전거는 '갈매기' 라는 상표를 달고 있는 것으로 '갈매기' 한 대의 가격은 1990년까지 3,000원이었는데 당시 노동자 평균 월급이 100원인 점을 감안하면 그들의 30개월간의 급료를 몽땅 모아야 하는 돈이다. 그런데 최근에는 9,000원까지 치솟았다고 하며 일본제 자전거는 1만 5천 원을 호가한다고 한다.

● 북한의 '자전거 야타족'

남한의 젊은이들이 여자 친구를 고급 승용차에 태우고 으쓱해지듯이 북한의 젊은이들은 '갈매기 자전거' 를 타고 뒷자리에 여자친구를 태우면 기분이 그만이다. 또한 지방 사람들이 돈을 벌면 가장 먼저 사고 싶은 물건으로 단연 자전거를 든다. 그래서인지 "마누라는 빌려줘도 자전거는 안 빌려준다"는 말도 흔하며 맘에 들지 않는 사람에게 앙갚음할 때는 그 사람의 자전거를 몰래 망가뜨려 놓기도 한다.

북한 결혼 풍속의 변화

● 자유 연애 풍조의 증가

북한 사회는 원래 '공식적인 중매' 즉, 당에서 정해준 배우자와 혼인하는 것으로 되어 있었으나 최근 들어 급격히 연애 결혼 비율이 증가하고 있다고 한다. 정확히는 중매 반 연애 반 식의 결혼인데 현재는 50 대 50 정도의 비율로 중매와 연애 결혼이 나타난다고 한다. 북한의 최고 도시, 평양에서 인기 있는 데이트 장소는 대동강변. 그런 호젓한 공원에서 남녀가 짝을 지워 정답게 대화를 하는 모습이 부쩍 증가하는 추세이다.

> **" 북한의 데이트 코스** ─ 북한 연인들이 주로 찾는 데이트 코스는 평양의 경우, 모란봉공원, 평양체육관 앞 광장, 대동강변의 오솔길, 보통 강변 등이다. 다방이나 카페가 발달하지 않았기 때문에 대부분 야외를 활용한다는 것. **"**

● 같은 학교 재학중 결혼 금지

이와 같이 연애 결혼이 증가하는 것은 최근 들어와 달라지고 있는 북한의 사회적 변화와 함께 학교생활에서 빈번하게 일어나는 각종 동아리 활동이 이성교제를 위한 좋은 기회를 제공해주기 때문이다.

거의 예외 없이 북한의 학교들은 남녀 공학이고 대부분의 단체 생활들이 성별 구분 없이 진행되고 있어서 활발한 이성 교제의 바탕을 제공해주고 있다. 학교 생활뿐 아니라 조직생활과 일터에서 미혼의 젊은이들이 이성과 접촉할 수 있는 기회는 많다. 물론 남녀간의 사회적 접촉 기회가 많다고 하지만 조직생활의 기강을 해이하게 하는 일은 일정하게 통제된다고 한다. 가령, 대학생들이 같은 학교 재학 중에 결혼하는 일은 금지되어 있다.

● 결혼 적령기의 남자를 찾아라

북한 여성들의 일반적인 결혼 연령은 25~27세인데 대학을 졸업한 엘리트 여성들의 결혼은 28~29세 정도다.

그런데 최근 들어 결혼 연령이 신랑의 경우 29~30세, 신부는 26~27세로 변하고 있다.

이와 같이 북한 여성들의 결혼 연령이 높은 것은 결혼할 적령기의 남자가 군에서 제대하면 보통 26~27세에, 제대해서 직장을 배치받거나 대학에 진학하면 나이가 30세를 넘어서고 있어서 결국 결혼이 늦어지고 있는 형편이다.

● 사생아를 '혁명의 기수' 로

그러나 이러한 경향도 차츰 변화하여 남자는 27세, 여자 24세 정도에서 결혼하는 경향도 늘고 있다. 연령이 낮아지는 것은 자유 연애 풍조의 확산과 더불어 늘고 있는 추세이며, 그로 인해 혼전에 아기를 갖는 미혼모 문제가 발생하여 사회 문제로 등장하는 경우도 종종 있다고 한다. 미혼모를 경시하는 태도는 남한과 비슷하며 미혼모에 의한 사생아는 국가에서 양육하여 '혁명의 기수' 로 길러낸다고 한다.

● 변화하는 배우자의 직업 선호도

선호하는 배우자의 직업은 과거에는 군관, 제대 군인, 당 간부, 기술을 가진 직장인이었다.

북한에서 '제대 군인' 이 인기 있는 이유는 당성이 강하고 건강한 신체를 지닌 자만이 인민군대에 입대할 수 있기 때문이라고 한다.

남한에서는 안정된 수입으로 선망의 대상이 되어온 의사라는 직업이 북한에서는 인기가 없다. 그 이유는 월급이 적기 때문인데 최근 들어 북한 여성들에게 선호되는 배우자감도 약간의 변화를 겪고 있는 중이다.

외화를 만지는 무역 실무자들(외화벌이원)이나 외교관, 유학생같이 외국을 출입할 수 있는 직업이 선호되며 전국을 마음대로 다닐 수 있는 운전사, 기관사도 인기 배우자감으로 꼽힌다.

이런 변화는, 아직 미약하나마 북한에서 불고 있는 개방의 바람과 관련하여 깊은 의미가 있다. 한편 여자들의 직업도 요즘에는 식당 접대원, 상품 판매원같이 서비스업 계통이 인기가 있다.

● 남북한 농촌 총각들의 고민

남한의 농촌 총각들이 장가들지 못하여 "모 사회단체가 주선을 하네, 연변족 처녀와 맞선을 보네, 필리핀 처녀에게 거금을 주고 중매를 하네" 하면서 사회적인 문제가 되고 있는데 북한도 이와 유사하다.

북한 여성들이 배우자로서 가장 기피하는 대상은 농촌의 남성들과 산간지대의 공장 노동자들이다. 북한 역시 농촌과 도시의 격차가 여전히 존재하고 있기 때문에 농촌으로 시집가기를 꺼려한다. 이런 여자들의 심리는 남과 북이 유사한 모양이다. 하지만 남한처럼 이농현상에 의하여 농촌에 처녀가 거의 없어서 결과적으로 배우자 구하기에 어려움을 겪는다기보다는 여성들의 선호도에서 밀린다는 해석이 더 타당하다.

● 연인들의 호칭은 '자기'

북한의 연인들은 처음에는 보통 남성의 경우, 여성에게 '00동무', 여성의 경우 남성에게 '00동지(동지는 동무보다 경칭)'라고 부르지만, 가까워지면 서로 '자기'라고 부른다.

● 간소한 북한의 혼례식

북한에서는 혼례에 따른 제반사항이 비교적 간소한데 이는 유교사상에 따른 제례가 전해지기 전인 고구려 시기의 혼례 풍습이 뿌리내렸기 때문으로 간주된다. 평양 학생축전에서 보여졌던 고구려 복장을 입은 신랑, 신부의 결혼식에서 그 모습을 찾아볼 수 있다.

결혼식은 대개 신부집이나 신랑집, 문화회관이나 유치원 등의 공공시설을 이용하며 도시에는 '결혼식당'이 있어 흥겹게 먹고 즐기는 피로연 그 자체가 결혼식장이 되기도 한다. 그러나 도시에서도 결혼식당을 이용하지 않는 경우가 많고, 아직 농촌에서는 공공장소를 주로 이용하거나 집을 이용한다.

● 북한의 혼례복
혼례식 복장으로 대개 여자는 치마 저고리를 입고, 남자는 양복을 입고 꽃을 가슴에 단다. 1950~60년대에 남자는 주로 인민복을 입었고 여자는 검정 통치마에 흰 저고리를 입었다. 현재 남자들이 결혼식에 인민복을 입고 나오는 경우는 거의 없으며 모두 양복을 입고 있다.
하객들 중에서 노인들은 이른바 개량 한복이라는 것을 입기도 하지만 남자들은 거의 한복을 입지 않으며, '조선옷'인 한복은 주로 여성들이 입는다. 웨딩 마치는 없으며 웨딩 드레스를 입는 경우도 없는 것으로 알려진다.

● 혼수품으로 재봉틀을
혼례식에서 신랑 신부가 주고받는 예물은 주로 반지나 만년필, 시계 등이며, 신부가 가져가는 혼수는 이불이나 다리미, 벽시계, 재봉틀, 라디오, 텔레비전 같은 전자제품이 주종을 이룬다.

● 두 번의 집안 잔치
북한의 결혼식 의례는 매우 단순하다. 자기가 속해 있는 직장 책임자나 협동농장이나 당 간부가 주례 형식을 맞게 되며 간단한 격려사와 선물교환 및 축사로서 식을 올린다. 가족들이 들러리로 배석한 가운데 합환주를 한 잔씩 신랑, 신부가 나눠 마시는 정도가 격식의 전부이다.
집에서 하는 경우에는 신랑이 친구들과 함께 신부집에 가서 잔칫상을 받고 신부를 신랑집으로 데려온 뒤 다시 신랑집에서 잔치를 벌인다.

● 음주가무는 남북 공히
결혼식이 끝나면 곧바로 신혼여행을 떠나는 남한과 달리 북한에서는 동네

공원이나 경치 좋은 곳에 가서 기념 사진을 찍는다. 혼례식의 피로연은 대개 '놀이판'으로 이루어진다. 술기운이 약간 돌면 결혼을 축하하는 여흥이 시작되어 신랑 신부에게 노래도 시키고 짓궂은 장난도 치며 장기자랑도 한다. 하객들도 함께 어우러져 노래와 춤으로 여흥을 즐기는데 음주가무를 즐기는 심성은 남북이 똑같다.

● 첫날밤은 신부집에서

대개 첫날밤은 신부집에서 잔다고 하며 충분한 연휴를 얻어서 결혼식을 한다. 제주도나 해외로 가는 남한의 신혼여행과 달리 북한은 장거리 신혼여행은 없고, 2~3일간 인근 명소를 다녀온다. 특기할 사항으로는 김일성 주석의 생가를 방문하여 사진촬영을 하고, 만경대 소년문화궁전 부근 분수대에서 사진 촬영을 하기도 한다.

● 국가가 배정하는 살림집

신혼 살림집은 국가에서 준 살림집에 보금자리를 꾸미며 해당 직장에서 가까운 곳에 배정된다. 문제는 북한 역시 주택 사정이 여의치 않은 탓으로 사전에 신청하고서 일정한 시간 조절이 이루어져야 한다는 점이다.
보통 낡은 집을 배정 받는 것은 그런 대로 문제가 없으나, 신축 현대식 아파트같이 수요에 비하여 물량이 달리는 주택은 장기간 순서를 기다려야 한다.

● 시부모를 봉양하는 전통

북한 사회에서도 우리와 같이 핵가족이 많으나 부모를 모시고 사는 경우도 많은데 시어머니와 며느리의 갈등은 별로 없다고 한다. 확대가족(대가족)이 전체의 20% 정도인데 북한의 여성들은 확대가족을 선호한다.
이는 부모와 어른을 공경하는 전통적인 관습이 살아있고, 부모가 아이들을 돌봐주기 때문에 탁아소에 맡기지 않아도 되고, 가정적으로 여러 가지 도움이 되기 때문이라고 한다.

● 북한의 산아 제한

혼인 중의 아기 출산은 사회적 책임으로 부담된다. 그러나 낙태의 경우 합법적으로 실시되는데, 해당 구역의 의사에게 가서 낙태를 하고 있다. 이전에는 전쟁 후의 인구 감소를 우려하여 출산 장려책을 썼으나 현재는 산아 제한을 권한다고 한다.

한국인은 세계 최고 골초

한국인은 골초?

세계에서 어떤 국민이 담배를 가장 많이 피울까? 미국의 전국 일간지 〈USA 투데이〉는 한국인 한 사람당 연간 4천 1백 53개비의 담배를 피워 세계 제1의 '골초'라고 보도했다.

유러 모니터가 집계한 통계에 따르면 2000년 한 해 동안 전 세계 인구가 피워 없앤 담배는 4조 6천만 개비였는데 국가별로는 한국에 이어 일본(2천 7백 39개비), 헝가리(2천 5백 89개비), 그리스(2천 6백 48개비), 폴란드(2천 5백 34개비), 루마니아(2천 1백 72개비)로 나타났다.

결혼을 많이 한 유명한 사람들

· 태국의 시암 왕(「왕과 나」의 실제 모델)
  : 9,000명의 아내와 첩
· 우간다의 무테사 왕 : 7,000명의 아내
· 이스라엘의 솔로몬 왕 : 700명의 아내
· 바버리의 카헤나 여왕 : 400명의 남편
· 섹스니의 아우구스투스 : 365명의 아내
· 카메룬의 혼 오브 비콤 : 100명의 아내
· 영국의 테레사 번 : 61명의 남편
· 미국의 조셉 스미스 : 49명의 아내

살해당하는 조셉 스미스

- 사우디아라비아의 이반 사우드 : 35명의 아내
- 고려 태조 왕건 : 29명의 아내
- 미국의 브리감 영 : 27명의 아내
- 로마의 히에로니무스 : 21명의 아내
- 미국의 글린 드 모스 울프 : 19명의 아내
- 미국의 베버리 N. 아베리 : 16명의 아내
- 미국의 아이크 워드 : 16명의 아내
- 영국의 에드워드 티취 : 14명의 아내
- 미국의 마르타 제인 부르크 : 12명의 남편
- 미국의 토미 만빌레 : 11명의 아내
- 미국의 키드 멕코이 : 10명의 아내
- 멕시코의 판초 빌라 : 9명의 아내
- 미국의 마리아 맥도널드 : 8명의 남편

독신으로 산 유명한 사람들

- 제임 아담스 : 미국인, 사회 사업가
- 수잔 B. 안토니 : 미국의 여성 운동가
- 제인 오스틴 : 영국의 소설가
- 루드비히 반 베토벤 : 독일의 작곡가
- 엘리자베스 블랙웰 : 미국의 물리학자
- 제임스 부캐넌 : 미국의 대통령
- 프레드릭 쇼팽 : 폴란드의 작곡가,
　　　　　　　피아니스트
- 엘리자베스 1세 : 영국과 아일랜드의 여왕
- 에드거 후버 : 미국의 전 FBI 국장
- 헨리 제임스 : 영국의 소설가
- 잔다르크 : 백년전쟁(1337~1453) 때 오를

엘리자베스 1세

레앙의 영국군을 격파하여 프랑스를 위기에서 구출한 프랑스의 여걸
- 찰스 램 : 영국의 수필가
- 아이작 뉴턴 : 영국의 물리학자, 수학자

진짜 말세는 언제일까?

BC 200년경에 새겨진 앗시리아의 비문에 "오늘날 우리 세대는 타락해 가고 있다. 곧 말세가 올 것이다"라고 되어 있었다. 그리스 시대의 철학자 소크라테스도 그 시대의 아이들이 제멋대로이고 어른들이 방에 들어가도 일어나지 않는다고 말했다.

플라톤도 당시의 젊은이들이 어른들을 존경할 줄 모르며, 부모에게 맞서고 법률과 질서를 지키지 않으며 스승에게 반기를 든다고 한탄하였다. 이렇듯 기원전부터 말세라는 말이 난무하였으니, 도대체 진짜 말세는 언제일까?

20만 개의 성(姓)

스웨덴에는 약 20만 개의 성(姓)이 있지만 전 인구의 40%에 해당하는 사람들이 '~son'으로 끝나는 성을 가지고 있다. 스웨덴에서 요한슨(Johnson)은 가장 흔한 성이다.

대통령이 퍼뜨린 보청기 유행

로널드 레이건 대통령이 보청기를 끼기 시작하자 그것이 유행이 되었고 그 값도 40%나 올랐다.

◀ 보청기 유행을 퍼뜨린 로널드 레이건 대통령

이슬람 사회의 여성 문맹률

이슬람 사회에서는 여성 인구의 85%가 문맹이다.

택시에서 키스를 하면 큰일나는 터키

터키 앙카라에서는 택시 안에서 키스를 하면 택시 운전사가 두 남녀를 집어던질 수도 있다는 안내문이 여행자들에게 전해진다.

> **영화에서조차 금하는 키스 장면** — 회교국가인 이란과 터키에서는 지금까지도 영화 속의 키스신을 엄격히 금지하여 애정표현에 관한 한 철권 통치를 지속하고 있다.

지팡이에서 나는 향수 냄새

지팡이는 18세기 유럽인들 사이에서 대유행이었다. 프랑스 철학자 볼테르는 80개, 루소는 40개의 지팡이를 가지고 있었다.
여자들의 지팡이 속에는 향수병과 뮤직 박스, 로맨틱한 그림들이 감춰져 있었다.

가솔린보다 엄청나게 비싼 수박

사우디아라비아에서는 가솔린 한 통의 값이 31센트이지만, 수박 한 통의 값은 16달러이다.

커피에 소금을 넣는 민족

티베트인, 몽고인은 커피에 소금을 넣어 마시는 습성을 지녔다.

단백질 섭취를 위해 생긴 식인 풍습

아즈텍 사람들은 매년 25만 명, 즉 전체 인구의 1%를 죽여 신의 제물로 바쳤다고 전해진다.
아즈텍 사람들은 죽은 제물들을 구워 먹었는데, 이는 평소 단백질 섭취가

적었던 아즈텍인들이 단백질을 보충하려고 했던 데서 비롯된 풍습이라고
한다.

식인의 풍습이 있었던 아즈텍 사람들

인도인의 수행 스타일
인도에서는 결가부좌(結跏趺坐)를 하고 전혀 미동도 없이 묵상하고 있는
이들을 쉽게 찾아볼 수 있다. 그들은 완전한 몰입의 세계에 이를 때까지
코, 배꼽 혹은 태양을 바라보면서 장님이 될 때까지 앉아 있곤 한다.
또한 50년 동안 철못이 솟아 있는 침대에 벌거벗은 채로 누워지내거나, 나
무에 묶여 매달려 있거나, 혹은 손톱이 살을 뚫고 손등으로 나올 때까지
주먹을 꽉 쥐고 있는 사람들도 있다.

버릇없는 자식들
알래스카의 에스키모인들은 자식을 몹시 사랑하여 자식을 기쁘게 하기 위
한 일이라면 어떤 일이든 한다. 그들은 자식에게 특별한 음식을 주고 아이

들이 묻는 질문에 꼭 대답한다. 또한 알래스카에서는 겨우 서너 살밖에 되지 않은 소년들에게 흡연을 허락하는 경우도 있다. 알래스카에 사는 아버지들은 흡연이 소년들을 남자답게 만든다고 생각한다.

금지된 특이한 법 — 알래스카 주에서는 비행기를 타고 갈 때 유리창으로 큰사슴(moose)을 내려다보는 것을 법으로 금하고 있다.
”

알래스카에서는 어린 아들이 담배 피우는 것을 허용한다

목욕을 규제하던 중세

3천 년 전 로마시대에도 목욕탕이 있었고 비누가 생산되었다. 하지만 중세에 오면서 약 1천 년 정도의 기간 동안 목욕을 하지 않고 산 시대가 있었다. 그 당시에 목욕한다는 것은 상상도 할 수 없는 일로 엄격히 규제되었다. 왜냐하면 몸을 노출시킨다는 생각만 해도 죄로 여겼기 때문이다.

그후 1641년이 되면서 영국에서 비누다운 비누가 생산되기 시작했지만, 정부는 비누 생산업계에 대해 엄격한 규제를 했고 많은 세금을 부과했기 때문에 비누 생산업은 활발하지 못했다.

아인슈타인과 에디슨

에디슨은 하루에 잠을 4시간밖에 자지 않고 과학자가 되었다. 그러나 아인슈타인은 하루에 10시간씩 잠을 자고도 뛰어난 과학자가 되었다.

어떤 황제의 인생

인도 무굴 제국의 자한기르 황제는 300명의 정식 아내와 5,000명의 궁녀와 남색을 위한 1,000명의 젊은 남자를 소유하고 있었다.

그리고 궁 밖에는 코끼리 12,000마리와 황소 10,000마리, 낙타 2,000마리, 사슴 3,000마리와 개 4,000마리, 길들여진 사자 100마리, 물소 500마리를 기르고 있었다.

자한기르 황제 − 무굴 제국의 통치자였던 그는 사자를 100마리나 갖고 있었다고 한다

러시아의 라이프 스타일

약 1,000만 명의 러시아(공식명칭은 러시아연방) 도시 주민들은 아직도 공동 아파트나 합숙소 같은 곳에서 목욕탕, 주방 및 침실까지 공용으로 사용하고 있고 약 200만 명의 시민들은 맑은 물을 마시지 못하고, 피임약이 부족하여 종종 마취도 하지 않은 채 낙태 수술을 한다.

하지만 이것도 도시에 사는 사람들의 특권이다. 지방에 사는 주민의 약 절반 정도는 수세식 변기와 수도 시설이 안 된 곳에서 살고 있다. 또한 진공 청소기, 아스피린, 치약 같은 일용품이 매우 희귀하거나 아예 없으며 100명 가운데 15명만이 전화를 가지고 있다.

일용품이 희귀한 러시아이지만 지난 수십 년간 수많은 전쟁에 참여하면서 엄청난 외과 기술을 갖게 되었다.

러시아연방의 지도

그 기술을 살려 현재 러시아는 약 1,500명 규모의 대단위 의료공장을 5개 설치하여 운영을 하고 있다. 여기서 개발하는 의료기술은 인간을 우주선에 보내는 데 있어서 절대적으로 중요한 기술이라 하겠다.

아내를 빌려주는 에스키모인들

에스키모인들은 자기 집을 방문하는 남자 손님에게 그날 밤을 위한 최고의 대우로 아내를 제공하는 습관이 있었다. 또 어떤 이유 때문인지는 몰라도 히말라야 산악인들도 아내를 서로 교환하며 사는 풍습이 있었으며, 남자 손님이 방문했을 때 여자들은 존경을 나타내는 뜻으로 가슴을 드러내고 인사를 했다.

환관에 얽힌 이야기

● 현재까지도 환관이 존재

환관은 옛날 동양의 궁정이나 로마 황제를 섬긴 거세된 남자들을 말한다. 최근까지도 환관이 존재하고 있는 것으로 밝혀졌다.

오늘날 인도의 봄베이에는 약 3,500명의 환관이 있으며 10년 전까지만 해도 아프가니스탄의 경우 거세된 소년들은 말이나 소들과 교환되어 섹스를 위한 노예로 팔리기도 했다. 나치는 동성연애자들이나 저능아 등 비정상적이라고 간주한 많은 남자들을 거세했다.

1950년 스칸디나비아에서는 250명이 거세당했는데 그들 대부분은 범죄자들이었지만 개중에는 단지 '말썽꾼' 이라는 이유만으로 그같은 봉변을 당했다고 전해진다

● 감언이설에 속아 환관이 되는 경우

인도와 파키스탄에서는 적게는 6~16세 소년들을 대상으로 소위 환관 만들기 작업을 시작한다. 환관이 되려고 지원한 대부분의 소년들은, 환관이 되면 돈을 많이 벌고 사회의 보호를 받을 수 있다는 감언이설에 속아 운명의 길을 선택한다. 환관이 되려면 11일간의 의례를 치러야 한다.

10일 동안 성직자는 환관 후보들에게 진정으로 환관이 되기를 원하는지 물어보는데 그때마다 지원자들은 "그렇습니다" 라고 공손하게 대답하여야 한다. 그리고 마지막 날 해가 지면 각각의 후보들은 네 명의 환관들에게 끌려가 찬물로 목욕재계하고 반쯤 마취상태가 되었을 때 거세당한다.

대부분 음경을 잘라내는 것이 보통이지만 때때로 음낭만 잘리거나 혹은 음낭과 음경, 둘 다가 잘리기도 하는데 거세 과정 중 죽는 소년들도 많다.

● 은밀하게 치러지는 환관의 장례

환관들은 여장을 하고 여성들의 말씨를 쓰고 몸짓과 행동까지 여성과 유사하게 한다.

거세된 그들은 여전히 성적 흥분을 느끼며 또한 섹스 욕구를 느끼지만 발기가 불가능한 환관들은 주로 남자손님을 대상으로 매춘행위를 하며 간혹 생일이나 결혼축가를 불러주는 가수나 광대로 일을 해 돈을 벌기도 한다. 환관들은 죽게 되면 한밤중에 묘지에 묻힌다. 그들이 살아 생전에 세상 사람들과 격리된 채 오직 환관들만의 세계에 살았던 것처럼 죽음 또한 비밀스럽게 처리하기 위한 것이라고 한다.

희한한 누드촌

프랑스의 남쪽에 위치한 포트 내추어라는 한 해변에 위치한 마을에서는 모든 주민들이 나체로 다닌다. 시장에서 물건을 살 때도, 영화관을 갈 때도, 나이트클럽에서 술을 마실 때도 남녀가 나체로 다닌다.

누드 해변 – 수영복 착용을 금지하는
내용이 간판에 적혀 있다.

미국의 라이프 스타일

미국인들은…
· 피츠버그 대학 연구팀이 조사한 바에 의하면 미국인들은 일생동안 줄을 서서 기다리는데 5년을 소비하고, 미국인들이 커피 브레이크에 소비하는 시간은 1년에 2주일이나 된다.
· 미국인들은 여행을 좋아해 한 달에 85만 명이 비행기 여행을 즐기며 약 200만 명의 여행객이 호텔이나 모텔에 투숙한다.
· 미국인들은 하루에 5억 톤의 쓰레기를 내놓고 1천만 톤의 음료수 병과 캔을 버린다.
· 미국인들은 1년에 1,892,715,000리터 이상 되는 미네랄 워터를 프랑스 알프스 산에 있는 호수에서 수입하여 마신다.
· 미국인들이 비타민 섭취를 위해 소비하는 돈은 1년에 13억 달러나 된다.
· 미국에서는 1년에 60만 명 이상의 사생아가 탄생한다.
· 미국인들이 외설물에 소비하는 돈은 1년에 40억 달러나 된다.
· 미국에서는 1년에 3억 장 이상의 티셔츠가 팔린다.
· 미국에서는 660만 명 이상의 아이들이 계부 혹은 계모와 함께 산다.

인공수정과 신생아
1년에 인공수정을 하는 미국의 여성은 17,200명이나 된다. 그 결과 매년 65,000명의 신생아가 아버지 없이 태어난다.

TV시청 시간
미국인들은 1주일에 평균 29시간 동안 TV를 보며, 특히 55세 이상인 여자들은 40시간 이상 본다. 반면에 러시아인들은 14시간, 일본인들은 28시간 TV를 본다고 한다.

미국의 살인율

미국의 살인율은 일본보다 무려 200배나 높아서 한 해 동안 총에 맞아 죽는 사람의 수는 일본이 46명인데 비해 무려 9,602명이나 된다. 물론 일본에서는 각 개인이 권총을 소지할 수 없도록 법으로 정해둔 이유도 있겠지만 미국 내에서의 살인율은 타의 추종을 불허한다. 또한 세계에서 가장 높은 살인율을 자랑하는 미국에서는 13.5초마다 한 자루의 권총이 팔려나간다고 하며 술에 취해서 운전하다 죽는 사람은 1년에 22,083명이나 된다고 한다.

미국은 세계 최대 채무국

1990년 현재 미국의 순 외채는 1조 3천억 달러였는데 아직도 미국은 세계 제일의 채무국 자리를 벗어나지 못했다.

미국의 금주령

미국 암흑가의
보스 알카포네

미국에서 금주령이 내리고 있는 동안 20만 개 이상의 무허가 술집이 판을 치고 있었다. 뉴욕에서만도 3만 2천 개 이상의 무허가 술집이 있었고 그 중 1만 5천 개가 살롱을 대신하고 있었다. 워렌 G. 하딩 대통령(1921~1923)을 비롯한 위정자들은 국민들에게는 금주령을 내려 금주를 강요한 반면 집에서는 술에 만취되곤 했다. 미국 암흑가의 보스로 주류 밀매를 하다가 1931년 탈세혐의로 복역했으며 1947년 매독으로 사망했다.

사형시키는 데 드는 비용

미국 법무부의 발표에 의하면 일반 죄수 한 사람을 1년 동안 유치시키는 데 약 2만 달러가 소모된다고 한다. 그리고 사형수 한 사람의 사형이 집행될 때까지 드는 비용은 자그마치 200만 달러가 든다고 한다.

7세 소녀가 비행기를 조종하다

최연소로 미 대륙횡단 기록에 도전했던 7살의 소녀 제시카 두브로프는 폭풍 속에서 비행을 강행했었다. 하지만 안타깝게도 비행 중 비행기가 추락하여 아버지 로이드 두브로프와 비행교사 조 레이드 등 탑승자 3명이 전원 사망했다.

아버지가 자식을 학대하는 나라

미국에서 해마다 아버지에 의해 죽는 어린이가 700명이며 아버지에 의해 강간당하는 딸이 1년에 5만~7만 5천 명에 이른다. 세계의 많은 사람들에게 아메리칸 드림을 꿈꾸게 하지만 가만히 들여다보면 이와 같은 그들만의 비극이 있다.

동성애자의 천국

미국에서는 현재 8천 8백만 가구 중 1백 60만 가구가 남성 또는 여성 동성애자로 이루어져 있다.

3쌍 중 2쌍이 이혼

미국의 이혼율은 1965년부터 1975년까지 2배로 급증했으며 1970년대 후반에는 이혼율이 둔화되다가 1980년대에도 약간 주춤하는 듯했지만 1990년대 중반까지 결혼한 미국인의 3분의 2가 이혼이나 별거로 결혼생활을 마감하는 것으로 나타났다고 한다. 이 말은 부부 3쌍 중 2쌍이 이혼 또는 별거 등으로 헤어진다는 얘기이다.

또한 초혼 연령이 높아져 성인이 된 후에도 미혼으로 남아 있는 사람이 많은 대신 미혼모는 급증해 신생아의 4분의 1이 미혼모 슬하에서 자란다고 한다.

최다의 정크 메일

미국에서는 1년에 정크 메일(Junk Mail)이 7,570만 통이나 배달되며 인구

10만 명당 426명이 교도소에 간다. 또한 멕시코인들이 1년에 263개의 캔 콜라를 마시는 반면 미국인들은 평균 292개의 캔 콜라를 마신다.

아늑한(?) 미국의 교도소

오늘날 미국의 교도소는 휴양지처럼 변하고 있다. 펜실베니아 주의 어떤 교도소에서는 재소자들에게 제인 폰다의 에어로빅 율동을 비디오로 보여 주면서 에어로빅 운동을 시킨다.

뉴멕시코의 한 교도소에서는 부부가 함께 즐길 수 있도록 특별히 만들어 진 트레일러를 제공하며, 매사추세츠에 있는 어떤 교도소에서는 종신수가 방문객을 맞이하면 갈비를 제공한다.

최다의 강간

세계에서 강간이 가장 많이 일어나는 나라도 역시 미국이다. 15세에서 59세 된 여자들 10만 명 중 강간당하는 여자는 1년에 114명이나 된다. 그 다음은 네덜란드로 92명이다.

법치국가인 척 — 자유의 여신이 횃불을 치켜들고 수도 워싱턴을 가로질러 달리고 있고 아브라함 링컨이 노예해방 선언서를 들고 있다.

전사자보다 많은 총기 사망자

18년에 걸친 월남전(1957~1975)에서 월남군은 254,300명, 월맹군은 1,027,100명이 죽었고, 미국 군인은 57,000명이 죽었으며 303,700명이 부상을 입었다. 그러나 이 기간(18년) 동안 미국 내에서 총에 맞아 죽은 사람은 197,100명이 넘는다.

얼굴만 그리는 초상화가

18세기 미국의 초상화가들은 전국을 여행하며 초상화를 그리고 있었는데 화가들은 얼굴 부분은 그리지 않고 여러 가지 모양의 몸통만 완성된 화폭을 준비해 가지고 다녔으며, 손님들이 자신이 원하는 몸이 그려진 화폭을 고르면 화가는 그 몸 위에 손님의 얼굴만 그려 주어 한 폭의 환상적인 초상화를 만들어주곤 했다.

18세기 미국의 전문 초상화가. 즉석에서 고객들의 얼굴만 그리면 됐다.

신생아의 아버지는 평균 57세

1년에 태어나는 신생아 가운데 1만 명 이상 되는 신생아들의 아버지 나이는 평균 57세이다.

집 없는 사람들

미국 로스앤젤레스에는 집이 없어 길거리에서 잠을 자는 사람들이 7만 명이 넘는다.

인디언의 자살률이 높다

10대 아메리칸 인디언들의 자살률은 미국인들의 평균 자살률보다 열 배나 높다.

마약 판매액

1980년 한 해 동안 2천 5백만 명의 미국인이 대마초를 피웠고, 대마초의 밀매액은 240억 달러, 코카인의 밀매액은 300억 달러였다. 1982년 통계에 의하면 1천만 명의 미국인이 코카인을 정기적으로 쓰고 5백만 명이 코카인을 시험해본 적이 있다고 한다. 1990년 마약 판매액은 1천 6백억 달러나 되었다.

> **수면제 애호국?** — 미국인들은 1년에 142억 정의 수면제를 복용한다고 한다. 이것은 국민 한 사람이 1년에 60정의 수면제를 복용하는 것이 된다.

법이란 '우리' 속에서

미국인들은 실로 법 속에서 살아가고 있다. 정부, 연방, 주 지역에서 만들어 내는 법 조항들은 어마어마한 숫자를 기록한다. 사실상, 미국인들은 매년 1만 5천 개의 새로운 법과 2백만 개의 새 조항들을 지켜야 하는 법의 '우리' 속에서 살고 있다.

> **자동차에 치여 죽은 사슴** — 미국에서는 1999년 한해 동안 3천 마리 이상의 사슴이 자동차에 치여 죽었는데 사냥꾼들에 의해 죽은 사슴은 1천 마리에 불과하다.

자동차를 사수하라

미국에서 도난당하는 자동차의 수는 러시아에서 생산되는 자동차의 수보다 많다.

처녀 수입선 ▶
옛날 미국 남자들
은 돈 주고 처녀
를 수입해 왔다.

◀ 수입해온 여인들
을 맞이하고 있는
미국 총각들

처녀를 수입해 오다

1619년 미국으로 이주해 와서 제임스 타운에 정착한 젊은 남자들은 결혼
할 처녀들을 버니아니아 회사로부터 사왔다. 그들은 이 회사에서 나누어
주는 처녀들을 배급받아 결혼을 했는데 한 사람당 120파운드를 지불해야
만 했다.

인디언 처녀 포카혼타스

미국 할리우드에서는 인디언 처녀 포카혼타스에 관한 영화를 만들어 포카혼타스에 관한 추억을 후세 사람들의 마음에 심어 주었다. 포카혼타스는 인디언 추장 포와탄의 외동딸로 유난히도 아름다운 용모를 지니고 있었다. 그녀가 존 랄프라고 하는 백인 청년과 사랑에 빠지게 되자 수많은 생명을 빼앗아 갈 뻔했던 인디언과 백인 사이의 전쟁은 종식되었다.

세례를 받고 있는 포카혼타스

노령의 결혼

미국 플로리다 주의 세미놀 카운티에서 결혼하는 남녀의 25%는 65세 이상된 노인들이다.

1년 전화요금, 1억 달러

총 32만km의 케이블이 가설된 미국 국방성의 전화 교환대는 총 3만 4천 5백 개의 회로를 통해 하루 평균 100만 건이 넘는 통화가 폭주하는데 지금까지 가장 바빴던 날은 노르망디 상륙작전 50주년이던 1994년 6월 6일로서 그날 하루의 통화건수는 무려 1,520,415건이었다. 또한 1년에 소모하는 전화요금은 1억 달러가 넘는다.

대학교

대학 동기생 전원이 유명인사

버지니아 헴프덴 시드니 대학의 1791년도 졸업 동기생들은 모두 다해야
고작 여덟 명이었다.

그러나 그 중 한 명은 미 상원의원이 되었고, 한 명은 미 하원의원이 되었
으며, 다른 사람들은 각기 주 상원의원, 주 대의원, 대학총장, 장관, 판사
등이 되었다.

또 그 가운데 한 사람은 대학 4학년 때 자퇴를 했지만 후에 대통령이 되었
는데 그가 바로 윌리엄 헨리 해리슨(1773~1841)이다.

민비에게 하사받은 대학 이름, '이화'

한국 여자고등학교의 효시가 된 이화여자 대학교는 미국 북 감리교 선교
사 스크랜턴(Scranton, Mary. 1832~1909)에 의해 1886년 5월에 설립되었
다. 그리고 '이화'라는 이름은 민비로부터 하사받았다.

"
짧은 영광 – 윌리엄 헨리 해리슨은 대통령 취임연설 때 걸린 독감으로 급사함으로써
1841년 3월 4일에서 4월 4일까지, 겨우 한 달간 대통령직에 있었다.
"

늑대가 들끓던 하버드 대학

1636년 하버드 대학이 생겼을 때 주변에는 인디언들과 사나운 늑대들이
많았다고 한다. 1886년 3월 우리나라에 연희전문학교가 생겼을 때도 뒷산
에 늑대와 여우, 사슴과 토끼들이 들끓었다고 한다.

연희전문학교의 첫 학기 첫 학생으로 16명이 지원했다. 한편 하버드 의과
대학은 1945년까지 여자들의 입학을 허락하지 않았다.

하버드 대학 전경

예일대학 설립자는 하버드 대학 출신

예일대학은 하버드 대학 출신에 의해서 세워졌다. 예일의 최초 이름은 'Collegiate School of Connecticut'이었다. 그러다가 1718년에 기부금(562파운드)에 대한 감사의 의미로 엔리휴 예일의 이름을 따서 현재의 예일이라는 이름이 주어졌다.

엔리휴 예일 – 거금을 기부한 그의 이름을 따서 예일대학이라고 명명되었다.

15세기에 이미 번창했던 대학

파리 대학교는 15세기 말경에 이미 50개의 단과대학과 2만 명의 학생들이 있었다.

캠브리지의 뉴턴 교수

캠브리지 대학은 교회의 통치를 받은 학교이지만 동시에 왕의 통치를 받았다. 영국교회는 왕의 통치를 받았기 때문이다. 그러나 이러한 특이한 행정은 뉴턴이 캠브리지 대학에서 수학과 교수로 강의를 하기 전에 필요했었던 방법이었을 뿐이다. 뉴턴은 교수로 있는 동안 교회에 나가지 않았으며 그는 자기가 원하는 대로 일년에 단 8강좌만 열었고 별 성의 없이 강의를 준비했지만 절대 해고되지 않았다.

> **개 대신 기른 수염** ─ 캠브리지 대학은 19세기에 학생들이 방에 개를 두지 못하도록 했는데 그래서인지 유명한 시인, 로드 바이런은 개를 기르는 대신 수염을 길렀다.

스탠퍼드 소년의 위안
미국에서 최고 명문에 속하는 캘리포니아의 팔로알토 지방에 있는 스탠퍼드 대학의 이름은 열다섯 살에 죽은 리랜드 스탠퍼드라는 소년의 이름을 따서 지어졌다.
그의 아버지였던 아마사 리랜드 스탠퍼드(1824~1893)는 캘리포니아의 부호로서 정치가이자 철도건설 사업가였는데, 외아들이 죽자 그 아들의 이름을 따서 명명한 대학을 설립하는 것으로 슬픔을 달랬다.

알래스카 대학은 땅부자?

◀ 알래스카대학 전경
▼ 알래스카 지도

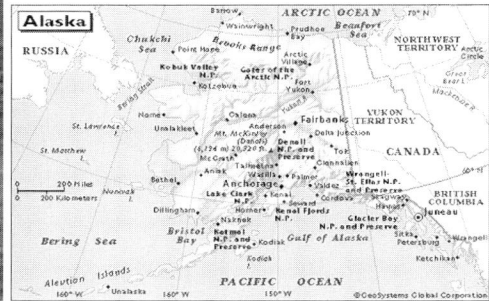

알래스카 대학은 4개의 구역을 망라하는 캠퍼스를 가지고 있다. 알래스카 대학의 캠퍼스는 브리티쉬 콜롬비아와의 남동부 국경지대 근처에 위치한 키치칸 소재의 일반 전문대학에서부터 아루티안 섬의 아닥에 있는 조그만 지능학습기관까지 이어진다.

키치칸에서부터 아닥까지의 거리는 런던에서 모스크바까지의 거리와 거의 비슷하다.

" **헨리 2세**
영국의 왕. 플랜태저넷 왕조의 초대 왕임. 프랑스의 귀족이었으나 혈통에 의해 영국 국왕이 되었으며 재위 기간은 1154~1189년이다. "

헨리 2세의 입김으로 세워진 대학

영국의 옥스퍼드 대학은 왕과 종교인과의 싸움으로 생긴 대학이다. 대주교 토머스 베켓과의 불편한 관계에 있던 영국의 헨리 2세는 프랑스의 왕이 베켓을 옹호하고 나서자 이에 격분한 나머지 파리대학에서 공부하고 있는 모든 영국 유학생들을 본국으로 돌아오게 했다. 그때 본국으로 돌아온 대부분의 학생들이 옥스퍼드 지방에 머물렀고, 그들을 중심으로 영국의 대학을 세우게 되었는데 이것이 바로 옥스퍼드 대학이다.

옥스퍼드 대학

제 6 장
로맨스·심리·결혼

로맨스

거세된 신학자와 수녀의 사랑

아벨라드가 수녀가 된 엘로이즈를
수녀원에서 만나고 있다.

12세기 최고의 신학자인 아벨라드는 40
세에 17세의 아름다운 엘로이즈를 만났
다. 그들은 서로 사랑하게 되었지만, 당
시 프랑스 정치에 있어서 큰 비중을 가지
고 있었던 엘로이즈 가족의 반대로 그들
의 불타는 사랑은 벽에 부딪혔다.

엘로이즈 삼촌인 홀버트는 '부전의 터
그'라고 불리던 종교 조직의 암살단을 고
용해서 아벨라드와 엘로이즈가 숨어 있
는 파리의 어느 허술한 하숙집을 찾아내
어 아벨라드를 거세해 버렸다.

그 후 엘로이즈는 수녀가 되었고 아벨라
드는 「나의 불행한 이야기」라는 책을 저술해서 유럽의 독서계를 풍미했으
며, 교황청에서도 몰래 읽혀진 베스트셀러가 되었다. 아벨라드가 1142년
에 사망하자, 엘로이즈는 1164년 63세로 죽을 때까지 2년 동안 그의 무덤
을 지켰다고 한다.

그 후 이들은 나란히 파리에 있는 패트 다취쉬 공동묘지에 묻혀서 이들의
무덤을 보는 관광객들로 하여금 눈시울을 자아내게 하였다.

사랑에 번민하는 연인들을 위하여

사랑하는 여인을 위하여 황제의 자리를 버린 한 중국인 황제가 300년 동
안 또 다른 권좌를 누렸다.

1644년 6세의 나이로 왕위에 오른 슈치는 17년간 중국을 통치하였는데,

그만 퉁 퀘이 페이라는 내연의 처와 사랑에 빠지게 되었다. 그런데 그 여자는 만주인이 아니어서 황실의 예법상 결혼이 허용되지 않자 황제는 왕의 권좌를 헌신짝처럼 버렸다. 그는 북경에서 80km 정도 떨어진 티엔 타이 쑤라는 수도원으로 도피한 후 그곳에서 묵상 생활을 하면서 남은 여생을 보냈다. 그가 죽은 뒤 시신은 금가루가 입혀지고 향료 처리되어 미라로 만들어졌다. 또 이 미라는 노란색 비단으로 만든 황제복이 입혀진 후 닫집이 있는 옥좌에 안치되어 300년 이상 실물 크기의 미라로 보존되었다.

사랑에 번민하는 많은 연인들이 사랑하는 사람과 결혼하지 못해서 매우 안타까울 때, 세상에서 가장 존귀한 권좌마저 던져버린 사랑의 사도를 만나기 위해 끊임없이 이곳에 찾아든다고 한다.

에드워드 왕자와 심프슨 부인의 사랑

에드워드

영국의 조지 5세와 메리 여왕 사이에 태어난 왕자 에드워드는 제 1차 세계대전 중 미국의 윌리스 심프슨 부인을 만나 사랑에 빠졌다. 에드워드가 아버지 조지 5세의 죽음으로 1936년 영국의 제 40대 국왕이 되자 심프슨과의 결혼을 서둘렀지만 그의 어머니 메리는 물론 의회도 그들의 결혼을 반대했다. 심프슨 부인이 이미 두 번이나 결혼한 적이 있었기 때문이다. 1936년 12월 11일 밤 에드워드 8세는 마침내 BBC 방송을 통해 국민들에게 자신의 입장을 발표했다. "사랑하는 여성의 도움이 없는 한 국왕의 의무를 다하는 것은 불가능합니다." 결국 에드워드는 사랑을 위해 명예로운 자리를 버리고 국외로 추방되었다. 두 사람은 프랑스에서 소박한 결혼식을 올린 다음 평생을 행복하게 살았다.

청와대와 백악관의 차이

청와대에서 대통령이 로맨스가 있다고 하면 절대로 그 비밀이 새어나갈 수 없다. 그러나 미국 백악관에서 일어나는 대통령의 로맨스는 공개되기 마련이다. 케네디 대통령도 재클린이 없을 때는 마음놓고 여자들을 백악관 집무실로 불러들였고, 클린턴과 르윈스키의 백악관 로맨스 때문에 클린턴이 탄핵당할 뻔한 것은 전 세계가 다 아는 사실이다.

노인들의 로맨스

레오폴드 스로카와스키는 60대에 세 번째 젊은 부인과의 사이에서 두 자녀를 낳았고, 80세에 이혼한 뒤 95세까지 살면서 15년 동안 끝없는 정사를 가졌다. 북한의 김일성은 75세에 젊은 정부와의 사이에서 딸을 보았다.

히틀러와 무솔리니의 공통점 - 죽어도 애인과 함께 죽는다

1945년 히틀러는 애인 브라운과 함께 집무실에서 자살했고, 무솔리니는 1945년 4월 28일 코모 호수 근처에서 애인 글라라 페타시와 함께 교수형을 당했다.

1945년, 이탈리아에서는 10년의 독재로 ▶ 억압된 민중의 분노가 마침내 폭발했다. 밀라노에서 무솔리니와 그의 애인, 그리고 동료 두 명이 교수형된 후 매달려 있다.

에티오피아인들의 조상은?

솔로몬 왕과 시바의 여왕이 불륜의 사랑을 불태운 끝에 낳은 아들 '메니릭' 이라고 한다.

" 베케트의 천생연분 – 영국의 유명한 극작가인 사무엘 베케트는 아무런 이유 없이 어떤 포주의 칼에 맞아 파리의 이름 모를 거리 한복판에 쓰러지게 되었다. 그러나 그는 때마침 그곳을 지나던 피아니스트 듀므스닐에 의해 발견되어 병원으로 옮겨져 치료를 받게 됐고, 그 일이 있은 지 24년 후에 그들은 결혼했다. "

50년 동안의 로맨스

리비아   아우구스트

로마의 초대 황제이며 시저의 조카인 아우구스트는 결혼한 아내가 있는데도 유부녀인 리비아를 사랑했다. 아우구스트는 임신 6개월인 리비아에게 구혼을 했고 그들의 불륜이 결혼에 이른 지 3개월 뒤에 리비아는 전남편의 아이 두르수스를 낳았다. 그 뒤 50년 동안 그들의 결혼이 지속되었으나 다시는 아이가 태어나지 않았다.

101번째 프로포즈

한 남자가 미인 대회에서나 봄직한 12,000명의 아름다운 부인을 거느렸음에도 불구하고 미지의 여인에 대한 새로운 사랑을 위해 목숨을 걸었다.
인도 비자야나가르의 왕 하리하라 2세(1398)는 각기 독특한 인도의 미를 지닌 12,000명의 부인이 거주하는 규방 궁전을 가지고 있었는데 부인 가운데 2,000명은 미망인이 되는 즉시

하리하라 2세

자살하기로 서약했다. 왕의 마구간은 1,000마리의 코끼리와 40,000마리의 말을 수용했다. 왕의 하루 수입은 400,000달러에 달했다. 그의 일생 중 단 한번의 실패는 이웃 왕국의 무드쿨 마을에 사는 파탈이라는 아름다운 소녀에게 12,001번째 부인이 되어달라는 제의를 거절당한 것이다. 결혼을 강요하기 위해 그는 강대한 이웃 왕국 페로즈샤 투후락과 전쟁을 시작했다. 전쟁은 침략자의 무모함을 철저히 응징했다. 하리하라는 미지의 여인을 향한 이룰 수 없는 사랑 때문에 모든 것을 잃은 것이다. 그가 죽으면서도 간직한 것은 장례식의 화장용 장작더미에 자신의 몸을 희생 제물로 던져 서약을 지킨 2,000명의 부인에 대한 특권이었다.

숙명의 라이벌 - 링컨 vs 더글러스

영원한 라이벌이었던 링컨과 더글러스

아브라함 링컨과 스테판 더글러스는 정치적인 숙적일 뿐만 아니라 한 여자를 사이에 둔 영원한 라이벌 관계로도 유명하다. 링컨과 더글러스는 동시에 마리 로드라고 하는 젊고 아름다운 여인을 알게 되어 사랑에 빠지게 되었다.

그녀의 가족은 그녀가 당시 변호사이며 야망 있는 더글러스를 선택하기를 원했다. 주변에 있는 많은 사람들이 그를 장차 미국의 대통령이 될지도 모르는 유망한 인물이라고 칭찬했기 때문이다.

더글러스는 키는 작지만 매우 잘생긴 얼굴로, 목소리가 크고 우렁찬 전형적인 정치가 타입이었다. 그런데 마리로드 가족에게 비친 아브라함 링컨의 모습은 형편없었다. 멀대같이 키만 큰 깡마른 체구에 옷이 항상 맞지 않아서 헐렁해 보이는 촌티나는 변호사였다. 또한 더글러스보다 네 살이나 나이가 더 많았으며 돈도 없고 품위도 없는 사람으로 보였다. 그러나 의외로 로드는 링컨을 선택해 1840년에 뒤늦은 약혼식을 올렸다.

그 후 어느 날 링컨이 파티에 도착해 보니 로드가 더글러스와 정답게 춤을 추고 있었다. 이에 화가 난 그는 한때 약혼을 취소하려고도 했지만 그들은 마침내 1842년 11월에 결혼하였다.

16년 후, 링컨과 더글러스는 흑인 노예에 관한 논쟁으로 또다시 라이벌의 위치에 서게 되어 남북 전쟁이 발발할 때까지 계속되었다. 1858년 링컨은 더글러스와 대결하여 상원 선거에서 패배하게 되었으나, 1860년 대통령 선거에서는 더글러스를 압도적으로 누르고 승리하게 되었다.

대통령 취임 무도회에서 링컨은 아내가 화려하게 수놓아진 푸른색 드레스를 입고 스테판 더글러스와 춤을 추고 있는 장면을 보게 되었다. 그런데 그것은 22년 전에 그들이 어느 파티에서 정답게 춤을 추고 있었던 장면을 재현하고 있는 것과 같았다. 링컨은 그 모습을 지켜보며 미소지었다.

심 리

울음은 슬픔보다 한 발 앞선다

미국의 심리학자인 윌리엄 제임스는 육체의 물리
적 변화에 의해 감정이 영향을 받는다고 주장하였
다. 울기 때문에 슬픔을 느끼고, 웃기 때문에 행복
감을 느끼고, 몸을 떨기 때문에 두려움을 느끼는
것이지 그 반대가 아니라는 것이다.

윌리엄 제임스

생쥐에게 자유를

두 마리의 생쥐를 서로 매어 놓아 한 마리는 자기 마음대로 먹고, 자고, 돌
아다니고, 활동하도록 하고 다른 한 마리는 수동적으로 따라다니기만 하
도록 한 실험이 있었다. 두 마리의 쥐는 이내 눈에 띄게 달라져 있었다. 선
택의 자유를 가졌던 쪽은 여전히 튼튼하고 건강했으나 자율성을 잃어버린
다른 놈은 멍청해지고 병에 잘 걸렸으며 겉늙어 버렸다.
끌려다니던 쥐는 아무런 물리적인 학대를 당하지도 않았지만 선택의 자유
를 잃어버린 것만으로도 그 몸에 무수한 파멸적 반응을 촉발시키기에 충
분할 만큼의 스트레스를 받았던 것이다.

곡식마당의 시너지 효과

곡식이 쌓여 있는 마당에 닭 두 마리를 풀어놓으
면, 한 마리씩 풀어놓는 것보다 3배나 더 많은 곡식
을 먹는다고 한다.

최면에 잘 걸리는 사람들

심리학자들은 환자가 최면에 잘 걸리는지를 알아보기 위해 다음과 같은

실험을 했다.

환자를 방 가운데 서게 하고 그 뒤에 서서, 절대로 다치지 않을 테니 안심하고 뒤로 넘어지라고 했을 때 주저없이 넘어지는 사람은 최면에 잘 걸리고 그렇지 않은 사람은 최면에 잘 걸리지 않는다고 한다.

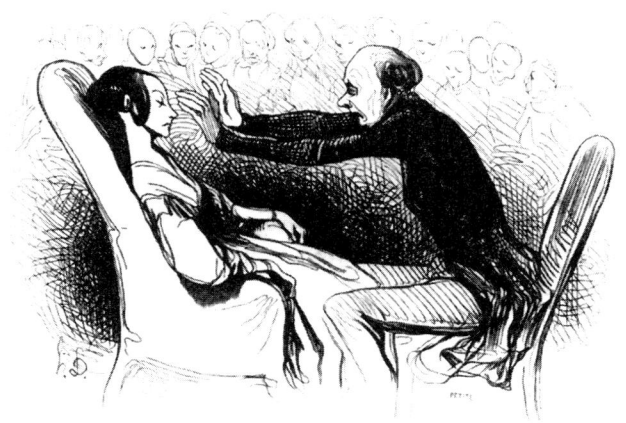

최면술은 신비한 힘이 아니다. 심리학에서 연구되어 온 일종의 '기술'이다.

경적에 따라 다르게 보이는 색깔

자동차가 길에서 울리는 경적 소리는 운전자의 시력에 영향을 준다. 경적이 울리면 초록색은 점점 더 밝아 보이고 붉은색은 더 어두워 보인다.

죽음에 이르는 병 - 기대감을 잃어버린 노인들

수많은 노인들이 생일을 바로 앞둔 달보다 생일이 지난 뒤의 달에 더 많이 사망한 것으로 알려졌다.

레몬을 깨물어 보라

레몬을 깨물면 레몬 과즙은 즉시 혀 밑에 있는 타액 분비선으로 하여금 아밀라아제와 말타아제라고 불리는 두 가지의 소화효소를 분비하게 한다.

이 효소들은 레몬 과즙 속에 있는 당분을 소화시키기 시작하여 그것을 위속의 소화액에게 넘겨준다. 입 속에 음식이 들어오면 저절로 소화작용이 촉발되는 것이다. 그런데 레몬의 모습을 마음속에 떠올리거나 '레몬'이라는 말을 세 번 떠올린다면 어떻게 될까? 소화시켜야 할 것이 아무것도 없지만 역시 입 속에 침이 고이고 동일한 효소가 분비된다. 뇌에서 보낸 메시지가 실제로 음식이 입 속에 들어오는 것보다 더 중요한 것이다. 말과 이미지는 진짜 음식과 같은 생명작용을 한다.

"결혼해 주시겠습니까?"

미혼 여성들은 "당신은 매우 아름답습니다"라고 말할 때보다 "결혼해 주시겠습니까?"라고 말할 때 가장 보기 좋은 표정과 몸짓을 보인다고 한다.

섹스와 정신과 의사 - 환자가 건강해지기만 한다면

스캇 펙 박사

뉴욕의 최장기 베스트셀러 작가이며 미국 최고의 정신과 의사인 스캇 펙 박사는 「아직도 가야할 길(The road less travelled)」이라는 책에서 이렇게 밝혔다. "사랑과 섹스는 밀접하게 연관되어 있으므로 치료자와 환자의 성적 관계에 대해 언급해 보기로 하자. 정신치료에 있어서 사랑하는 관계가 필연적이므로 환자와 치료자들이 서로 성적인 매력을 강하게 느낄 수 있다. 그러한 감정을 성적으로 성취해 버리고 싶은 욕구가 거세게 일어날 수도 있다. 어떤 정신치료자들은 환자와 성적인 관계를 가진 치료자를 비난하기도 한다.

그러나 내가 보기에 그렇게 비난을 하는 사람들이야말로 오히려 환자를 진정으로 사랑하지 않는 치료자이며 성적인 욕구에 대한 무지의 소산이다. 더욱 깊이 생각해서 환자의 정신적인 성장이 성적 관계를 가짐으로

써 진전된다는 결론에 이른다면 나는 서슴지 않고 그런 관계들을 가질 것이다."

심각한 언어폭력

심신체계는 실제로 언어적 경험을 둘러싸고 자신을 형성시킨다. 그리고 말로써 가해진 상처가 육체적인 상처보다도 훨씬 더 영구적인 결과를 가져올 수 있다.

빠삐용의 독방

인간은 햇빛이 있는 곳에서보다는 어두운 곳에서 고통에 더 민감하다. 그래서 잔인한 죄수들도 햇빛 한 줌 들지 않는 어두운 독방을 가장 두려워한다.

동시성(Synchronicity) - 성냥갑 속의 흰 개미

심리학자 칼 융은 두 사람이 우연히 길가에서 계속 마주치는 것을 동시성이라 했다. 이 두 사람을 만나게 하는 것(연결자)이 그저 운이라고만 하기에는 무언가 부족했다. 왜냐하면 그들은 다른 거리에서도 꼭 초록색 문 앞에서 마주치곤 했기 때문이다.

융은 이러한 동시성을 만들어내는 연결의 법칙을 증명하기 위해 세 개의 성냥갑에 검은 개미를 50마리, 1,000마리, 10,000마리씩 채워 넣었다. 그런 다음 각 성냥갑에다 구멍을 뚫어 흰 개미 한 마리를 집어넣었다.

그런데 세 번 모두 처음에 나오는 개미는 흰개미였다. 우연의 법칙에 도전하는 이론이라고나 할까.

제노의 역설

A지점에서 B지점으로 화살을 쏜다고 하자. 화살은 B지점까지 원형을 그리며 날아갈 것이다. 이 원형의 한 지점에 C가 있다고 할 때 화살은 반드시 C지점을 지나가게 되어 있다. 그런데 화살이 C지점에 온 순간 우리는 화살이 C지점 이외의 어느 곳에도 존재할 수 없음을 알 수 있다. 이것이

사실이라면 이 순간에 우리는 화살이 C지점에서 순간적이지만 정지하고 있다고 말할 수 있다. 결국 화살은 날아간다고 표현할 수 있지만 순간 순간의 정지 상태가 계속 이어지는 것이라고도 말할 수 있다.

마틴 루터의 회심

종교 개혁의 기수인 마틴 루터는 에루휘트 근처에서 길을 걷고 있다가 하늘에서 번쩍거리는 번개의 섬광에 압도당했다. 그는 그때 죽음에 대해 공포를 느끼며 죄에 대한 의식에 빠져들자, 곧 아우구스티안 수도원에 들어가 신부가 되었다.

루터 — 결혼하기 위해 신부로서의 독신주의를 포기했다.

왜 잔잔한 물가로 인도하시나?

구약성서 시편 23장, 다윗 왕의 시중에서 "여호와는 나의 목자시니 내가 부족함이 없으리로다. 그가 나를 푸른 초장에 누이시며 잔잔한 물가로 인도하시는도다"는 너무나도 유명한 구절이다. 이 구절에서 목자로 비유된 여호와는 왜 나(양)를 잔잔한 물가로 인도하실까?

양은 잔잔한 물에서만 물을 마시고 흐르는 물에서는 물을 마시지 않기 때문이다.

결 혼

딸들과 결혼한 아버지

역대 이집트의 왕들 중 가장 매력 있었던 람세스 2세는 아름다운 서사시에 푹 빠져 자신의 영웅적인 군사 업적을 찬양하는 시를 써서 수백 명의 부인들에게 보여주곤 하였다. 그는 150명의 딸을 얻었고 자손을 번성시키기 위해 몇몇의 딸들과도 결혼을 했다. 그리하여 이집트는 400년(13세대) 동안 왕들과 여왕들이 람세스의 핏줄만으로 이어지는 독특한 역사를 가지게 됐다.

이혼 이야기

· 미국 캘리포니아 주에서는 이혼을 하려면 6개월 이상 걸리는데 네바다 주의 리노에 가기만 하면 그 날로 이혼할 수 있다.

· 도미니카 공화국에서는 이혼 수속이 하루에 완료된다.

· 이슬람교는 한 남자가 네 명의 부인을 거느릴 수 있지만, 이집트에서는 100명의 남자 중 한 명만이 여러 명의 부인을 두고 있다.

> **가장 간단한 이혼 수속** — 이집트에서는 남자가 "나는 당신과 이혼한다" 라고 세 번 말하면 간단히 이혼 수속이 끝남에도 불구하고, 이혼율은 이혼법이 복잡한 영국 보다도 낮다.

이혼율이 가장 높은 나라

인도 남서쪽에 있는 조그마한 섬들로 구성된 말디베스는 이혼율이 세계에서 가장 높은 나라이다.

1년에 1,000명이 결혼한다면 10년 내에 250명이 이혼하고 30년 내에 750명이 이혼한다. 결국 말디베스 사람들은 일생 동안 모두 다 이혼하고 만다.

가장 행복한 사람은, '결혼한 남자'

시카고 대학 심리학 연구팀의 발표에 의하면 혼자 사는 여자들보다 결혼한 남자들이 더 행복하고, 결혼한 여자들보다 혼자 사는 여자들이 더 행복하며, 결혼한 여자들은 혼자 사는 남자들보다 더 행복하다고 한다.

금욕은 죄의 원인

마틴 루터는 독신주의를 포기하고 카타리나 본 보라와 결혼했다.
그는 금욕이란 악마가 만들어낸 것으로 죄의 원인이 된다고 주장했다.

누가 더 행복한가?

13세에 결혼한 마하트마 간디

위인들의 조혼 행진곡

마하트마 간디는 카스트바 간디와 13세에 결혼해서 62년 동안 결혼 생활을 했다. 이집트 대통령 사다트의 부인은 15세에 31세의 젊은 육군 장교 사다트와 결혼했다.
스코틀랜드의 여왕 마리는 15세에 결혼했다. 예수 그리스도의 어머니 마리아는 14세(?)에 목수 요셉과 결혼했다. 마리 앙트와네트도 14세에 루이 16세와 결혼했다.

세계에서 가장 나이가 많았던 신랑 신부

1964년 12월 3일 당시 84세의 신부와 화촉을 밝힌 103세의 해리 스티븐(미국)이며, 가장 나이가 많았던 신부는 1991년 5월 31일 당시 20년 연하인 83세의 남성과 결혼한 102세의 여성 미니 먼로(오스트리아)였다.

888명의 자녀를 둔 물라이 이스마일

샤리프 제국의 전성기를 통치했던 물라이 이스마일은 모든 시대를 통틀어 가장 많은 자식을 둔 아버지였다. 물라이는 타필라트에서 자신의 자본으로 57년간 모로코를 통치했다.

그는 모로코 왕가와 마호메트의 풍습에 따라 많은 부인을 두었는데 1727년 이 늙은 가장이 죽었을 때 그에게는 548명의 아들과 340명의 딸이 남겨졌다.

또한 이집트의 파라오인 람세스 2세는 162명의 자녀(111명의 아들과 51명의 딸)를 두었다.

147년간의 결혼생활

아노스 로벤과 그의 착한 아내 사라의 길고도 행복했던 결혼생활에 관한 이야기가 기록으로 전해지고 있다. 그들은 147년 동안 부부로서 세 번의 금혼식을 바라볼 때까지 함께 살았다.

제 7 장
단어와 그 단어의 낭만적 이야기

ELIXIR(영약)

신비적인 힘(magic power)을 상상한 데서 유래된 elixir는 보통 만병통치약(panacea) 또는 영생을 주는 한 모금의 약(life-giving potion)으로 이해되는데, 다음 문장에도 그런 의미가 내포되어 있다.

"이 책은 영적 생명력의 진정한 정수들로 가득 차 있다. (The book is full of a veritable elixir of spiritual vitality)." 먼 옛날 동방의 연금술사들은 비금속을 금으로 만들려는 노력을 끊임없이 계속해 왔다. 그들은 이 일의 열쇠가 되는 상상의 물질이 있다고 믿고 그것을 al-iksir라고 했는데, 이것의 뜻은 '마른가루(the dry powder)' 였다. 이 단어는 중세 라틴어에서 elixir로 그 형태가 바뀌었는데 마술적인 뜻을 여전히 지니고 있어서 중세시대의 청년들도 elixir vitae, 즉 'elixir of life(불사의 영약)' 를 갈망하면서 이것이 영원한 청춘을 지켜줄 것이라고 생각했다.

폰스 드 레온(ponce de leon)은 플로리다에서 이 영약(elixir)을 찾아 헤맸고, 파우스트는 그의 실험실에서 이 상상의 음료에 관해 연구했다. 오늘날에도 이 elixir라는 단어는 마술적인 의미를 지니고 있다. 도니재티 작곡의 유명한 오페라 '사랑의 묘약' (Elixir of love)에도 이 단어가 쓰였다.

Assault and Battery

상대방을 해치기 위해서 주먹을 쥐고 있거나 칼이나 총을 들고 있다면 실제로 상대방에게 육체적인 피해를 주지 않았다 하더라도 assault이다. 그리고 assaul and battery라 하면 strike해서 hit한 상태를 의미한다.

"ASSAULT"

"BATTERY"

Dry Liquid

liquid(액체)라고 하면 wet를 같이 생각한다. 그러나 수은은 액체이긴 하지만 손으로 만져도 젖지 않는다. 수은이 dry liquid이기 때문이다.

SPHINX(스핑크스)

미국인 여행자들이 가장 잘 알고 있는 스핑크스는 약 6,000살 된 Ghizen의 스핑크스 한 가지임에도 불구하고 역사 속에는 많은 스핑크스들이 있다. 그러나 미묘한 미소를 띠고 있는 모나리자와 닮은 스핑크스의 미소에 대해 이야기할 때 우리는 테베 근처에 서 있었다고 전해지는 그리스의 유명한 스핑크스 전설에서 그 의미를 받아들인다.

이 복잡한 괴물은 여자의 가슴과 머리, 사자의 몸, 새의 날개, 그리고 뱀의 꼬리를 지녔다고 한다. 이 괴물은 그곳을 지나가는 모든 사람들에게 이와 같은 질문을 했다.

"아침에는 네 발로 걷고 낮에는 두 발로, 그리고 저녁에는 세 발로 걷는 것이 무엇이냐?" 사람들이 대답을 하지 못하면 스핑크스는 그들을 목졸라서 바위 아래로 굴려 버렸다. 유명한 오이디푸스가 마침내 그 수수께끼를 풀었을 때 스핑크스는 절벽 아래로 자신의 몸을 던져서 자살했다. 이리하여 스핑크스란, 행동이나 모습 또는 말을 이해하기 어렵거나 불가능한 사람을 가리키는 말이 되었다.

여자의 가슴과 머리, 사자의 몸, 새의 날개, 뱀의 꼬리를 가졌다는 스핑크스

모든 생명과 만물의 행운이 탄생하는 나라

극동의 모든 나라들을 Orient라 부르는데, Orient는 rising을 뜻하는 oriens 에서 왔다. 고대 점술가들은 동양을 행운의 상징으로 여겼는데, 이것은 일출이 생명과 만물의 시작을 뜻하기 때문이다.

라틴어에서 동사 occido는 '해가 지다(set)' 의 뜻도 있지만 '죽다(die)' 의
뜻도 있다.

그러므로 서양을 의미하는 Occident는 죽음과 파멸을, 동양을 의미하는
Orient는 라틴어 occidentis의 대조 개념으로 좋은 일을 뜻하게 되었다.

그래서 세계 최초의 우주 비행사 유리 가가린이 탄 우주선의 이름도 동방
을 뜻하는 '보스토크' 라고 했다. 그러면 '동양의 해뜨는 나라' 인 한국이
야말로 모든 생명과 만물의 행운이 탄생하는 나라라고 할 수밖에 없다.

Undertaker와 Doctor

영어로 장의사를 'Undertaker' 라고 한다. 미국 남북전쟁 때에는 장의사를
'Doctor' 라고 했다.

여자는 모두 요리사인가

Lady는 빵 반죽하는 여자를 의미
하는 loaf kneader에서 유래되었
으며, bride는 to cook을 의미하
는 고대 투토닉어에서 나왔다.

신부는 요리사?

What a guy!

만약 영국인이라면 이 말을 조롱
으로 받아들일 것이다. 그러나 미국인들이라면 칭찬으로 여길 것이다.

여행처럼 괴로운 것도 없다

오늘날 여행은 인생의 큰 즐거움 가운데 하나임에 틀림없다. 결혼식을 막
끝낸 신랑 · 신부의 신혼여행 길은 보는 사람마저 행복하게 만든다. 그러
나 여행(travel)은 agony를 의미하는 travail에서 유래되었다.

옛날에는 여행하는 것을 위험하게 생각하여 "결혼할 때 한 번 기도하고,
전쟁터에 나갈 때에는 두 번, 여행할 때에는 세 번 기도하라" 는 말이 있을

정도였다. 여행길에는 산적과 야수와 야만인들이 들끓었으므로, 그 당시 여행자의 마음은 글자 그대로 agony와 suffering에 싸여 있었을 것이다.

당신을 피로 목욕시키기를!

우리는 누구든지 하늘로부터 축복(bless)을 받고 싶어한다. 그러나 이 자비로운 단어 Bless의 기원이 '피로 붉게 물들이다' '피로 신성하게 하다' 라는 뜻의 고대 영어 blédsian이라는 사실을 알면 놀라게 될 것이다.

이것은 물론 피의 희생물로부터 온 말인데, 후대 영어에서는 'blessen' 으로 변했고 마침내 '신성하게 된' 이란 뜻을 갖게 되었다. 그리하여 오늘날 우리가 "May God bless you(하나님이 당신을 축복하시기를)" 하고 인사할 때, 실제로는 "God bathe you in blood(하나님이 당신을 피로 목욕시키기를)" 라고 말하는 셈이 된다.

구약성서의 핵심은 피의 제사에 있고 신약성서의 핵심은 피에 있다. 인간이 갖는 진정한 축복은 피를 떠나서는 생각할 수 없기 때문이다.

성바오로 대성당이

1711년 영국 런던에 세워졌을 때 국왕 조지 1세는 너무도 경탄하여 "The work was awful and artificial" 이라는 찬사를 터뜨렸다. 18세기 영어에서 awful은 장엄하고 아름다움을, artificial은 예술의 경지로 꽉 차 있음을 의미했다. 하지만 오늘날 우리가 이 건물을 볼 때는 무섭고 가히 인공적이라고 할 만하니 참으로 격세지감을 느끼지 않을 수 없다.

성바오로 대성당 — "The work was awful and artificial"

피, 땀, 눈물

윈스턴 처칠은 1931년 '피, 땀, 눈물'이라는 유명한 말을 사용하였다. 그러나 실은 1919년에 알프레드 더글라스가 쓴 "with sweat, blood and tears'에서 인용된 것 같고, 더글라스는 1823년에 바이런의 시 'Blood, sweat and tear wrung millions'에서 인용한 듯하다.

원자폭탄 실험과 비키니 수영복

비키니 수영복은 프랑스 디자이너 루이 레아르가 1946년 7월 파리의 패션쇼에서 발표했다. 패션쇼를 갖기 4일 전 미국이 태평양의 비키니 환초에서 원자폭탄 실험을 했기 때문에, 레아르는 '최종적인 것'이란 뜻으로 비키니란 말을 썼다. 이 최초의 비키니 수영복은 신문지를 도안해서 프린트한 무명 천이었는데, 이것을 입은 모델의 사진이 널리 퍼져서 그녀는 무려 100,000여 통의 팬레터를 받았다.

Rapture(휴거)

말세론자들이 즐겨 사용하는 단어가 휴거(rapture)이다.
rapture(환희, 휴거)와 rape(강간)는 모두 라틴어의 'rapio'에서 유래되었는데 '정복하다, 흥분되다'의 의미를 지니고 있다. 그래서 사람들은 아름다운 광경을 보거나 매혹적인 여성을 보면서 마음 속으로 강간할 때의 환희를 느끼는지도 모른다.

미켈란젤로는 왜 뿔 달린 모세를 조각했나

많은 중세 예술가들은 모세를 그릴 때 머리에 뿔이 솟아나 있는 모습을 그렸다. 로마의 성 베드로 성당에 있는 미켈란젤로의 걸작품인 거대한 모세상도 뿔을 달고 있는데, 이 상은 교황 줄리어스 2세의 호전적인 용기를 기념하여 그의 무덤에 세워놓기 위해 만들어졌다. 이 상이 드러내고자 한 것은 모세가 시내산에서 내려왔을 때 이스라엘 백성들이 우상 숭배에 빠져 있는 것을 보고 몹시 노했으나 그것을 억제하고 있는 모습이다. 비록 이

뿔이 그 의도를 더욱 잘 드러내긴 하였지만, 사실은 성경 구절을 잘못 번역해서 생긴 실수라고 한다. 출애굽기 34:29, 30에 보면 "모세가 그 증거의 두 판을 손에 들고 시내산에서 내려오니 자기가 여호와와 말씀하였음을 인하여 얼굴 꺼풀에 광채가 나나 깨닫지 못하였더라. 아론과 온 이스라엘 자손들이 모세의 얼굴 꺼풀에 광채남을 보고 그에게 가까이하기를 두려워하더니"라는 말이 있다. 여기에서 '광채가 나더라' 라는 말은 히브리어로 garan 혹은 karon으로 '광채가 튀어나오더라' 라는 뜻이거나 '빛을 앞으로 내보낸다' 는 뜻이다. 뿔이라는 단어의 히브리어는 'geren' 이다. 그래서 라틴어로 구약을 번역한 불게이트는 이 부분을 'guod comuta esset faciessua(그 얼굴에 뿔이 돋아 있었다)' 라

뿔 달린 모세 – 시내산을 내려온 모세의 얼굴에서 '광채가 나더라' 를 '뿔이 돋아 있었다' 로 잘못 번역하여 뿔 달린 모세가 만들어졌다.

고 번역하였다. 보통 성경에서 뿔이라는 단어는 '권세' 를 나타내는 말로 자주 사용되었기 때문에 예술가들은 이 모세의 뿔을 힘의 상징으로 알고 그림이나 상에 뿔을 달았던 것이다.

Insulin

췌장에서 생성되는 몇 개의 내분비선들은 인체에서 생성되는 당분을 조절하는 호르몬을 생성한다. 이 호르몬은 분비선 전체에 퍼져 있는 아주 작은 세포 덩어리(island)에서 분비되기 때문에 라틴어 '인슐라(island라는 뜻과 동일함)' 의 발음을 따서 '인슐린' 이라고 명명되어졌다.

그리고 독일의 병리학자 폴 랑게르한스가 이 세포 덩어리(아일랜드)를 발견했다고 해서, 그의 이름을 따 랑게르한스 아일랜드라고 부르기도 한다.

Fallopian Tube(나팔관)

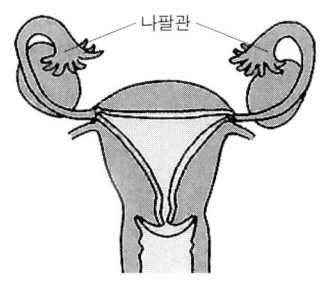

여성의 인체에 관계되는 단어 vagina(질), clitioris(음핵), 그리고 placenta(태반)라는 이름을 지은 사람은 누구일까? 바로 이탈리아의 해부학자인 가브리엘 퍼로피우스(Gabriel Fallopius)다. 특히 나팔관이란 단어는 그의 이름인 Fallopius에서 따서 명명되었다.

Freelancer

특정한 곳에 소속되지 않고 활동하는 언론인이나 학자 또는 전문인들을 가리키는 '프리랜서(freelancer)' 라는 단어는 원래 월터 스코트 경(1711∼1831)이 그 당시 자신의 무술을 경매에 붙여 팔던 떠돌이 용병들을 가리켜 부른 단어이다. 처음에는 '자유 동반자(free companion)' 라고 부르기 시작했지만 그후 그들이 지니고 있던 무기, 특히 창(lance)을 의미하는 뜻에서 'freelancer' 라고 부르게 된 것이다.

대나무(bamboo) 이야기

'대나무(bamboo)' 라는 단어는 두 개의 구어체 영어 단어를 탄생시키는 공을 세웠다. 첫째는 '사람들이 사이좋게 모이는 장소' 라는 의미로 쓰이는 'joint(마디, 모임)' 라는 단어인데 이것은 중국인들이 "대마초를 피우는 장소에 모인다"는 의미를 갖는다. 그리고 대마초를 피우는 파이프가 대나무로 만들어졌고 그 대나무에는 마디(joint)가 많다는 사실에서 만들어진 단어이며, 흔히 마리화나를 '조인트(joint)' 라고 부르는 이유에도 이와 같은 배경이 있다.

또 하나는 '어리둥절하다' 든지 '속이다' 혹은 '현혹하다' 라는 의미로 사용되는 'bamboozle' 의 어원도 사기꾼을 나무에 묶어 대나무로 매질하던 중국의 관습에서 시작된 것이다.

" a few가 의미하는 수는? – 얼마 되지 않는 수를 a few라고 하는데, 그렇다면 a few는
몇 명을 말하는 것일까? 신약 베드로전서 3:20에 의하면 8을 나타낸다고 한다. "

OK는 영어가 아니라 인디언 언어

OK는 1840년쯤 'It is so' 란 뜻인 조던 인디언 언어 'okeh' 에서 나온 것이
다. 월슨 대통령은 이 OK란 말을 즐겨 썼는데 영어 OK보다는 인디언 언
어 okeh를 더 좋아하였다.

투표로 채택된 단어

새로운 단어가 생겨나면 자연스럽게 언어의 조류 속으로 들어오게 마련인
데, 적어도 '암페어' 와 '모런' 은 투표를 거쳐서 채택되었다.

● 암페어(A)

1881년 파리에서 열린 세계 전기학회에서 '암페어(A)' 라는 단어가 공식
용어로 채택되었는데, 암페어는 프랑스의 과학자인 안드레이 마리 암페어
의 이름에서 따온 것으로, 1옴의 저항을 뚫고 1볼트의 전압이 보낼 수 있
는 전류의 크기를 지칭한다.

" 볼트(V), 옴(Ω), 와트(W) – '볼트' 는 이탈리아의 물리학자 알렉산드로 볼타에서, '옴'
은 독일의 물리학자 게오르그 시몬 옴에서, '와트' 는 스코틀랜드의 과학자 제임스
와트의 이름에서 따온 것이다. "

● Moron

모런(moron)은 몰리에르의 희극에 나오는 바보의 이름으로 그리스어의
'모로스' 로부터 유래되었는데, 1910년 투표를 거쳐서 미국 정신박약아 연
구 단체에 의하여 정식 단어로 채택되었다.

이 단체는 모런을 '어른이지만 정신 연령이 8세부터 12세에 상당하거나
또는 IQ가 75 이하인 사람' 을 지칭하는 단어로 정의했다. 이것은 심리학

MORON — '몸은 어른이지만 정신연령이 8세부터 12세에 상당하거나 IQ가 75 이하인 사람'을 의미한다.

자인 헨리 고다드에 의해 제안되었는데, 그는 정신박약은 유전에 의하여 나타나며 우생학적인 측면에서 볼 때 불임을 통해 정신박약자의 출생을 단절시켜야 한다고 했다.

죽음에 대한 두려움

말레이 사람들은 '타이거(tiger)'라는 이름을 의도적으로 사용하지 않으려고 하는데 그 소리가 타이거를 부르거나 화나게 하지 않을까 해서이다. 마다가스카르섬 사람들은 불이 붙을까봐 두려워서 '빛(lightning)'이라는 단어에 대해 결코 언급하지 않는다. 그리고 러시아의 농부들은 그들의 적인 곰에 대한 명칭을 갖고 있지 않다.

Bread

당신이 만일 AD 700년경에 영국의 한 빵집에 들어가서 한 덩어리의 빵(a loaf of bread)을 주문했다면 그곳의 점원은 당신이 무엇에 관해 이야기하고 있는지 이해하지 못했을 것이다. 영어 단어 loaf(덩어리)가 그 당시에 bread(빵)를 의미했고, bread는 '한 조각(a little piece)', '단편(a fragment)' 등을 의미했다. 그러므로 당신이 '빵 한 덩어리(a loaf bread)'라고 말했다면 점원은 당신이 '조각의 빵(a bread of fragments)'이라고 말하는 것으로 이해했을 것이다.

그러나 마침내 bread는 'a piece of bread'를 의미하게 되었고 후에는 'broken bread'가 되었으며, 결국 bread와 loaf는 현재의 의미를 갖게 되었다.

Epicure 이야기

당신이 만일 좋은 음식과 포도주를 좋아하고 세련된 감각으로 그것을 즐기는 사람이라면 당신을 epicure(미식가)라고 부르는 것이 합당할 것이다. 비록 이 단어를 이렇게 사용하는 것이 원래의 Epicurean(쾌락주의자)에게는 욕이 된다 할지라도 말이다. 그리스의 철학자 Epicurus(BC 341?~BC 270? : 에피쿠로스주의의 시조)는 다른 무엇보다도 중용을 강조했는데 기쁨이 최고 선이기는 하나 모든 즐거움은 고통에 이어서 오는 것이므로 절제할 줄 알아야 한다고 가르쳤다. 그러나 영어권에 사는 사람들은 오늘날 영어 단어 epicure와 epicurean은 '먹고 마시고 즐긴다' 또는 '그런 사람'으로 사용하고 있다. 만일 이 사실을 알면 에피쿠로스와 그의 제자들은 매우 유감스러워할 것이다.

> **에피쿠로스 학파** — 스토아 학파와 함께 헬레니즘 시대를 대표한다. 인생의 최고 선은 육체적 쾌락이나 고통을 초월한 정신적 쾌락에 있고 그러기 위해서는 아타락시아(ataraxia, 평정한 마음 상태)에 이르러야 한다고 주장했다.

원숭이의 여러 가지 모습

원숭이는 특별히 여러 가지 모습으로 그 종류를 드러내는데, 그 중 가장 몸집이 큰 고릴라(gorilla)와 환경에 잘 적응하는 침팬지(chimpanzee), 침팬지보다 머리가 좀 작은 보나보(bonabo), 그보다 더 작은 기본(gibbon) 등이 있다. 그리고 또 매우 특이한 원숭이 오랑우탄(orangutan)이 있는데, 말레이 사람들은 사람같이 생긴 이 원숭이를 'man of the woods(미개인)'라는 뜻으로 부른다.

즉 orang은 '사람'을, utan은 '숲'을 뜻하는 것으로, 이 단어는 네덜란드령 동인도를 널리 여행하던 17세기 물리학자 본티우스가 처음 쓰기 시작하였다. 후에 이 단어는 앞과 뒤의 운을 맞추기 위해 orangoutang으로 바뀌었다.

◀ 원숭이 가운데 몸집이
가장 큰 고릴라(gorilla)

Die의 여러 가지 얼굴

시저는 "The die is cast(주사위는 던져졌다)"라는 유명한 말을 남겼는데, die라는 단어는 여러 가지 얼굴을 가지고 있다. 명사로는 '주사위' 혹은 '형틀이나 수나사를 깎는 도구'를 의미하고, 동사로는 '~을 하고 싶어서 못 견디겠다'라는 뜻이 있으며, 엘리자베스 여왕 시대에는 속어로 'have an orgasm'이라는 뜻으로 사용하였다. 이러한 뜻은 셰익스피어의 〈리어왕〉에서 볼 수 있는데, 이 단어의 뜻 때문에 한때 공연이 금지된 적이 있다.

〈리어왕〉의 한 장면

Original 이름

첼로의 진짜 이름은 violoncello이고, 피아노(piano)의 진짜 이름은 pianoforte
이다.

J.N.R.J.

예수가 짊어진 십자가에 새겨진 J.N.R.J.
는 라틴어로서 '나사렛 예수는 유대의
왕(Jesus Nazarenes, Rex Judaeorum)' 이
란 뜻을 말한다.

◀ J.N.R.J.(나사렛 예수는 유대의 왕)

단어들의 재미있는 어원

● 디젤 엔진
디젤(Diesel)은 독일의 크룹 공장에서 일하
던 기술자로서 값싼 원유로 움직이는 엔진
을 발명한 그의 이름을 딴 것이다.

● 거리를 배회하는 창녀, 후커
후커(Hooker)는 거리를 배회하는 창녀를
뜻하지만 원래는 남북전쟁 때 위안부를 고
용했던 후커 장군의 이름이다.

후커 장군

제 8 장

영어의 바다 속으로

영어 표현의 사실성

달팽이

● 달팽이 걸음으로(at a snail's pace)
기록상 가장 빠른 달팽이는 '콜리'라고 불리는
달팽이인데, 1970년 6.6cm 직경의 유리 조각을 3
분만에 가로질렀다. 콜리의 속도는 시속 1.21m
였다.

● 잠깐만 기다리세요(just a moment)
옛날 영국의 시간 단위로 보면 'moment(잠깐)'는 1시간 반에 해당했으
며, 중세 시대의 '잠깐'은 1분 30초나 1분 12초에 해당했다. 그러나 랍비
식의 계산법에 의하면 '잠깐'은 55분 30초이다.

● 무엇을 준다 해도(not for all the tea in China)
I wouldn't marry him for all the tea in China
(무엇을 준다 해도 그와는 결혼하지 않을 거야)
미국 식품과 농산물 관리국에서 집계한 바에 따르면 1978년 중국에서 생
산된 모든 차(tea)를 합한 무게는 총 3억 5,600만kg이었다고 한다.

● 가까스로, 아슬아슬하게(by a hairbreath)
머리카락의 두께는 사람마다 다르지만 사전에서 정의해 놓은 바에 따르면
0.0529cm이다.

● 피상적인(only skin-deep)
피부의 두께는 얇은 쪽(눈두덩이)이 0.022cm이고 두꺼운 쪽(등)은 0.5cm
에 이른다.

● 대식하다(eat like a horse)

1,200kg의 말이 날마다 먹는 양은 대략
건초 6.75kg 또는 곡식 3.6kg 정도이다.
이 말이 1년 동안 먹는 양은 말 무게의 7배에
불과하다. 동물의 세계에서 정말로 많이 먹는
존재는 새들이다. 그들은 1년이면 자신들의
무게에 90배나 되는 양을 먹어 치운다.

● 천마디 말보다 한 번 보는 것이 낫다
(a picture is worth a thousand words)

미국 잡지 사진 작가단체가 보고한 바에 따르면 종이 한 장을 흑백 사진으
로 채울 때 드는 기본비용은 75달러이고, 컬러 사진으로 채울 때 드는 비
용은 150달러라고 한다. 그러나 그림을 그리면 훨씬 많은 비용이 든다고
한다. 〈플레이보이〉의 경우 기사를 쓰는 데 한 단어당 드는 비용이 고작
40센트인데 비해 한 페이지 전체를 그림으로 채울 경우 800달러가 든다는
것이다. 이 기준으로 볼 때 그림은 2,000단어의 가치를 가진다.

● 순식간에(quick as a wink)

윙크할 때 각막이 반사적으로 깜빡이는 속도는 0.1초이다.

● 총알보다 빨리(faster than a speeding bullet)

로스엔젤레스 경찰국에 있는 탄도 전문가들이 말하기를 콜트 45구경은 1

초당 2,640Km를 날아간다고 한다. 44메
그넘이 4,950km, 357매그넘이 4,950km
~6,270km까지 날아간다. 그 가운데
가장 빠른 총알은 22구경 소총에서 발사
되는 것으로 1초당 13,200Km까지 날아
간다.

● 피는 물보다 진하다(Blood is thicker than water)

화학에서 물은 비교 중량, 혹은 상대적 밀도가 1.00으로 표시되는데, 이는 물이 모든 물질의 밀도를 재는 데 쓰여지기 때문이다. 사실상 피는 상대 중량 1.06이므로 물과 피를 비교해보면 진하기에 있어 아주 작은 차이밖에 나지 않는다.

동물의 이름에서 파생된 10개의 다양한 동사들

동물의 이름을 본따 파생된 동사들은 주로 인간들의 행동을 적나라하게 묘사해 준다.

● ape(원숭이) : 흉내내다

A small child sometimes will ape his parents worst actions, much to their chagrin

어린이들은 유감스럽게도 부모들의 가장 나쁜 행동들을 그대로 흉내낸다.

● badger(오소리) : 못살게 굴다, 괴롭히다

The housewife finally badgered her husband into taking out the garbage by dumping it in his lap.

그 부인은 마침내 남편의 무릎 위에 쓰레기 봉지를 던지면서 그 쓰레기와 함께 나가 버리라고 남편을 괴롭혔다.

오소리

● dog(개) : 끈질기게 따라가다

Whenever he appears in public, the president is always dogged by reporters.

공공 장소에 대통령이 모습을 보일 때면 언제나 끈질기게 그를 따라다니는 기자들이 있다.

• fox(여우) : 교활하게 남을 속이다

The 15 years old boy foxed his way into the theater to see the X-rated by wearing a fake mustache and beard

열다섯 살의 소년은 연소자 관람불가의 영화를 보기 위해 교활하게도 꾀를 내어 가짜 수염을 붙여 매표원들을 속이고 극장 안으로 들어갔다.

• horse(말) : 떠들썩하게 행동하다, 히히덕 거리며 놀다

The children horsed around the pool all day and succeeded in getting the adults throughly wet.

그 어린이들은 하루 종일 풀장 주위에서 히히덕거리며 놀다가 결국 주위의 어른들까지도 몽땅 물에 젖게 만들었다.

• monkey(원숭이) : 만지작거리다, 가지고 놀다

The two little boys monkeyed with their mother's watch until it was damaged beyond repair.

두 명의 꼬마들은 엄마 시계를 만지작거리고 놀다가 결국 그 시계를 고장냈다.

• snake(뱀) : 몰래 움직이다, 몰래 기어가다

The peeping Tom snaked his way through the bushes in order to get a better view.

엿보기를 즐겨하던 톰은 더 잘 보기 위해 몰래 덤불 안으로 들어갔다.

• weasel(족제비) : 교활한

Politicians often weasel their way out of answering tough questions by asking another question.

정치인들은 종종 대답하기 곤란한 질문들을 받을 때면 오히려 다른 질문을 함으로써 순간의 위기를 교활하게 빠져나간다.

● whale(고래) : ~을 치다

The young lady whaled her boyfriend for making improper advanced on the first date.

그 젊은 여성은 첫번째 데이트임에도 불구하고 무리하게 친해지려고 남자 친구를 치기까지 했다.

● wolf(늑대) : 게걸스럽게 먹다

He overslept this morning, so he wolfed down a doughnut and a cup of coffee before leaving for work.

늦잠 자고 일어난 그는 회사에 늦지 않기 위해 도넛과 커피 한 잔을 게걸스럽게 먹어 치웠다.

늑대

펑크내지 마세요

시간을 안 지키거나 약속을 어길 때 '펑크(punk)낸다'는 표현을 씀으로써 영어 아닌 억지 영어를 쓰는 경우를 많이 보게 된다. 1970년대 중반에 쓰이기 시작한 것으로 보이는 이 단어는 사실 다음과 같은 여러 가지 뜻을 나타낸다.

· 군대에서 : 빵을 의미함
· 건축분야에서 : 새로 일하기 시작한 풋내기
· 대학가에서 : 집에서 갖고 온 쓸 만한 물건이 들어 있는 박스
· 서커스에서 : 어린 동물
· 권투 경기에서 : 기운 빠진 선수
· 범죄에 관계될 때 : 초범 혹은 경범으로 교도소에 온 죄수
· 매춘가에서 : 조그마하고 젊은 창녀
· 섹스에서 : 늙은 남자와 섹스하는 젊은 여자
· 경마장에서 : 말을 잘 못타는 기수

· 사진업계에서 : 직업 사진사를 돕는 조수

· 영화에서 : 아역

· 동물과 관계될 때 : 어린 코끼리

· 동사로 쓰일 때 : 뚜쟁이질을 하다

· 형용사로 쓰일 때 : 매우 가난한

· 철학 용어로 쓰일 때 : 신허무주의

· 문학 작품에서 쓰일 때 : 중요하지 않은 인물

그 밖에도 'punk' 라는 단어는 썩은 나무, 값싼 담배, 싸구려 술, 어리석은 토론, 가치 없는 일, 그리고 악마와 닮은 젊은이들의 옷과 몸치장을 의미하기도 한다.

동물의 새끼를 나타내는 영어 단어들

우리말은 영어만큼 그 어휘가 풍부하지 않기 때문에 표현하는 데 있어서 어려움을 겪을 때가 많다.

예를 들어 동물의 새끼를 말할 때 우리말에는 그 새끼를 지칭하는 별도의 이름이 없기 때문에 '사슴 새끼' '사자 새끼' '오리 새끼' 처럼 '새끼'를 붙여서 쓴다.

다음은 영어에서 사용되고 있는 동물의 새끼를 지칭하는 몇몇의 단어를 살펴 본 것으로 영어 어휘의 풍부함을 잘 나타낸 에이다.

· calf : 코끼리, 물소, 낙타, 기린, 하마, 고래와 같이 주로 큰 동물의 새끼

· foal : 말의 새끼

· chick or fledgling : 새의 새끼

· fawn : 사슴의 새끼

· lamb : 양의 새끼

· pub : 개의 새끼

· cub or whelp : 곰, 여우, 늑대, 사자, 범과 같이 육식하는 동물의 새끼

· fry : 물고기의 새끼

· kit or kitten : 고양이, 수달, 토끼와 같이 털을 가지고 있는 동물의 새끼

· youngling : 일반적인 동물의 새끼

빗방울이 변하는 과정을 나타내는 영어 단어

· drizzle(이슬비) : 작은 물방울

· rain(비) : 큰 물방울

· breezing drizzle(결빙성 진눈깨비) : 지상에서 더 차가운 물체에 닿기 전
　　　　　　　　　　　　　　　에는 얼지 않는 작은 물방울

· breezing rain : 결빙성 진눈깨비와 같으나 더 크고 더 차가운 물방울.

· sleet(진눈깨비) : 작은 얼음 알갱이. 지상의 물체에 닿기 이전에 고체화
　　　　　　　　하는 breezing rain

· hail(싸락눈, 우박) : 커다란 진눈깨비 덩이. 그 크기가 6mm에서 10cm 정
　　　　　　　　　도이다.

· snow(눈) : 수증기가 매우 차가운 수정체의 얼음을 형성하여 그것들이
　　　　　　떨어지기 이전에 엉겨 붙어 굳은 상태.

'flyer' 가 의미하는 것

이 단어는 보통 나는 것들, 즉 비행기나 새나 곤충 같은 것을 의미하지만
선전문이 들어 있는 광고 쪽지나 전단을 의미하는 경우가 더 많다. 그러나
이 단어에는 우리가 잘 모르는 뜻이 포함되어 있다. 캥거루의 수컷
을 의미할 때 boomer라고 하고, 새끼를 의미할 때 joey라고 하
고, 집단을 의미할 때 troop라고 하고, 암컷을 의미할 때
flyer라고 한다.

금주법 이후에 생긴 영어 단어들

금주법은 시행 후 곧 불가능한 것임이
증명되었다. 금주법 이후에 새
로운 용어들이 생겨났다. 밀

캥거루

주업자를 일컫는 '부트레거(bootlegger)', 주류 밀수입자를 일컫는 '럼 러너(rum runner)', 밀주 또는 밀수입된 술을 말하는 '문샤인(moonshine)' 등을 들 수 있다. 부자들이 가는 비밀 술집은 '스피키지(speakeasy)' 라고 하였는데, 겉으로는 사설 클럽으로 위장하여 가입자는 암호명을 받고 흔히 경찰의 비호를 받고 있었다. 가난한 사람들에게는 이른바 '배스터브 진(bathtub gin)' 이란 밀조 합성주가 있었다. 약국에서는 약용 알코올의 처방이 남발되고, 카톨릭 교회에서는 미사에 참례하는 사람들이 날로 늘어남에 따라 합법적으로 생산되는 성체 성사용 포도주의 양이 수백 수천 갤런씩 늘어났다.

영어의 바다
영어에는 616,500개의 단어 이외에도 400,000개의 전문 용어가 있다. 어쨌든 이렇게 많은 단어를 모두 사용할 줄 아는 사람은 없을 뿐만 아니라 전문적인 작가들도 60,000개 이상의 단어를 사용하는 사람은 거의 없다. 세익스피어도 그가 생전에 사용한 단어는 모두 33,000개를 넘지 못했다.

Man of War
이 단어는 전쟁에서 영웅을 나타내는 단어 같지만 경주용 말에 붙인 이름이다. 이 말이 은퇴했을 때 200만 명이 찾아왔고, 죽었을 때는 2,500명이 장례식에 참석하였다고 한다. 또 신문에는 죽음을 알리는 공고와 함께 약력이 실릴 정도였다.

Pants와 Trousers
찰스 디킨스는 이 두 단어가 매우 음란한 뜻을 내포하고 있다고 생각되어 쓰기를 꺼려했다.

Run
이 단어에는 무려 832가지의 의미가 있다.

Regicide(국왕 시해)

1649년 1월 20일 영국 국회는 150명의 재판관을 임명하고 국왕 찰스 1세에 대한 재판을 열었다. 이중 70명이 실제로 국왕을 재판하여 1월 27일 59명이 사형선고에 동의하였으며 마침내 1월 30일 찰스 1세는 화이트 홀에서 단두대의 이슬로 사라졌다. 그후 영국에는 크롬웰의 시대가 시작되었는데 찰스 1세의 재판관들은 the regicides라 불렀고 뒤에는 regicide가 국왕시해를 의미하게 되었다.

'국왕시해'의 의미를 가져온 찰스 1세의 단두대 사형재판

Leopon이 의미하는 것

사자(lion)와 표범(leopard)이 교미해서 생겨난 동물을 'leopon'이라고 한다. 수사자(lion)와 암호랑이(tiger)가 교미해서 생긴 새끼를 'liger'라고 한다.

> " 히스테리와 자궁 – Hystero가 '자궁, 히스테리'를 나타내는 접두어로 사용되는 것에서 짐작할 수 있듯이, 히스테리는 그리스어의 '자궁'이라는 말에서 유래되었다. 당시 의사들은 정신, 신경계통의 병은 특히 여성에게 많으며 자궁의 기능과 깊은 관계가 있다고 생각했다. "

Queue

'줄을 서서 기다리다'라는 뜻의 이 단어는 뒤에 4자(ueue)가 있으나마나 '큐'라는 똑같은 발음이 나는 유일한 단어이다.

Clave

이 단어는 용도에 따라 '붙다'와 '자른다'라는 두 가지 상반된 의미로 각각 사용된다.

Set

옥스퍼드 영어사전의 원본에는 'set'이 23페이지에 걸쳐 정의되어 있는데 그 부분은 헨리 브렌드리에 의해 집필되었다.

가장 많은 의미로 사용되고 있는 영어 단어가 'set'인데 옥스퍼드대학의 찰스 오니언 박사(1873~1965)의 주장에 의하면 이 단어에는 58개의 명사적 의미와 126개의 동사적 의미가 있다고 한다.

Bigamy와 Digamy의 차이

이 두 단어 모두 두 번의 결혼을 의미하지만 전자는 불법적인 중혼이며 후자는 합법적인 재혼을 의미한다.

Horse와 관계없는 단어들

· horseradish : 고추냉이
· horsemackerel : 다랑어
· horsebean : 누에콩

Pigeon과 Dove는 어떻게 틀리나?

아무리 사전을 찾아보아도 그 뜻은 '비둘기'다. 조류 학자들도 'pigeon' 과 'dove'의 생물학적 차이를 찾아내지 못하고 있다.

중퇴 학위

대학을 2년 다니다 중퇴했을 때의 학위를 associate라고 한다.

가위의 발음 기호는

S—I—Z—E—R—S이다. 이 음성학 발음기호를 기준으로 표현할 수 있는 철자 수는 58,366,440 가지이다.

· 영어에서 S 소리를 내는 철자는 17개가 있다.
· 영어에서 I 소리를 내는 철자는 36개가 있다.

- 영어에서 Z 소리를 내는 철자는 17개가 있다.
- 영어에서 E 소리를 내는 철자는 33개가 있다.
- 영어에서 R 소리를 내는 철자는 10개가 있다.
- 영어에서 S 소리를 내는 철자는 17개가 있다.

이같은 사실을 기준으로 수학자들은 SIZERS를 58,366,440개의 철자로 표현할 수 있다고 주장하는 것이다.

이와 관련하여 알렉산더 존 엘리스(Alexander John Ellis)가 편찬한 「철자 개정법에 대한 변명(Plea for reformed spelling)」의 35~39페이지를 보면 이 6가지 소리를 기본으로 만든 어휘들을 찾을 수 있다.

Spoonerism(두음전환)

1944년 영국에서 태어난 Rev, W. A. Spooner는 후에 옥스퍼드 뉴칼리지의 학장이 되는데, 그가 흥분하면 둘이나 그 이상 되는 단어의 첫 발음을 뒤바꿔서 말하는 버릇이 있었다.

한번은 학생들 앞에서 "The conquering kings thier titles take(정복하는 군주는 명성을 얻을 것이다)"라고 말하려다 "The－king－kering congs their titles take"라고 해버렸다.

학생들은 폭소를 터뜨렸고 그때부터 그들은 이와 같은 말의 전환을 spoonerism(두음전환)이라 부르기 시작했다.

때로 당신도 Keats and Shelly를 Sheats and Kelly라고 말할 때가 있는데, 그럴 경우 당신은 spoonerism을 범하고 있는 셈이다.

정확하지 않은 발음이 115명의 생명을 앗아갔다

1902년 9월 19일 미국 앨라배마주 버밍햄에 있는 쉬라 감리교회에서 있었던 이야기이다. 당시 유명한 부흥 목사인 T. 워싱턴의 설교를 듣기 위해 2,000명의 신도가 모였다. 그런데 이 워싱턴의 열렬한 설교 도중에 'fight'라는 단어가 'fire'로 잘못 발음되자 이를 들은 신도들은 교회에 불이 난 것으로 착각하여 출구를 찾아 뛰기 시작하였다. 교회는 순식간에 아수라장이 되었고, 그때 밟혀서 죽은 사람만 115명이었다.

Idiot, Imbecile, Moron

모두 바보의 척도를 나타내는 영어 단어들이다.

Idiot : 3~4세 정도 된 어린이의 지능을 가진 어른
Imbecile : 7~8세 정도 된 어린이의 지능을 가진 어른
Moron : 8~12세 정도 된 어린이의 지능을 가진 어른이나 혹은 IQ가 50~
      59 정도 되는 어른

이 단어는 1910년까지 영어에 없었던 것으로 정신박약의 정도를 나타내기 위하여 헨리 갈라드 박사가 만들어낸 단어이다.

Fortnight

'fourteen night' 라는 단어의 축약형이다. 이 단어는 영국에서 아주 흔히 쓰이지만 미국에서는 two weeks라는 말로 대치되었다.

발음 문제

3개의 알파벳으로 구성되어 단모음 소리를 내는 air는 그 이외에도 ayr, aire, e' er, ere, aer, aier, eir 혹은 eyre 등과 같이 여러 가지가 있지만 동일하게 '에어' 라고 발음하는 유일한 단어이다.

Tip이란

팁(Tip)은 'To Insure Promptness' 의 첫글자를 따서 생긴 어휘이다.

사람의 이름이 영어단어가 된 것들

● 보이코트 (Boycott)

사람 이름 : Capt · Charles C. Boycott(1832~1897)

요즘에는 '보이코트'라는 말이 '불매운동'을 일컬으며 방해물을 회피하는 유용한 방법의 의미를 가지지만 사실은 아일랜드의 토지관리인이었던 '보이코트'라는 사람의 이름에서 유래한 것이다. 그는 소작농들로부터 고액의 토지 임대료를 받아내려고 고용되었으나 정작 농부들로부터 거절당하면서 그의 이름이 단어화되었다.

보이코트불매운동, 즉 보이코트라는 말을 가져오게 한 19세기말의 아일랜드 토지 관리인.

● 브레일 (Braille)

사람 이름 : Louise Braille(1809~1852)

3살 때 사고로 장님이 되어 15살 때 그 유명한 브레일식 점자법을 고안한 프랑스인이다. 브레일은 점자 그 자체를 의미한다.

● 쇼비니즘 (Chauvinism)

사람 이름 : Nicolas Chauvin

'열광적 애국주의'라는 말로 쓰이는 '쇼비니즘'은 니콜라스 쇼빈이라는 프랑스 병사의 이름에서 유래했다. 나폴레옹의 졸병으로 전쟁터에서 17번이나 부상을 당하면서도 나폴레옹을 계속해서 극찬했기 때문에 제대 후 일년에 $40씩 받았다.

● 디젤 (Diesel)

사람 이름 : Rudolf Diesel(1858~1913)

독일의 유명한 크룹 공장에서 일하던 기술자 루돌프 디젤이 싼 원유로 운행될 수 있는 엔진을 발명했다.

● 길로틴 (Guillotine, 단두대)

사람 이름 : Joseph I. Guillotine(1783~1814)

교수형을 집행할 때 guillotine(참수 형틀, 단두대)을
사용하면 빨리 죽기 때문에 휴머니즘에 입각해서 프
랑스의 의사였던 Dr. guillotine이 고안해 낸 것이다.

길로틴

Midget과 Dwarf

약 2,000명의 소형 인간(midget)이 지구상에 살고 있는데 이들의
신체 각 부분은 정상이나 단지 그 크기가 작
은 사람이다. 현존하는 60,000명의 난쟁이
(dwarf)와 혼동하면 안 된다. 난쟁이는 머리
와 상체의 크기는 정상인 데 비해 다리가 비
정상적으로 짧다.

midget은 신체의 모든 것이 정상
이나 단지 그 크기가 작을 뿐이다.

● 린치 (Lynch)

사람 이름 : Captain William Lynch(1742~1820)

"법에 의하지 않고 자기 맘대로 사적 제재에 의해 형벌을 가한다"는 뜻으
로 쓰이는 '린치'라는 말은 미국 버지니아주의 치안판사였던 캡틴 윌리엄
린치라는 사람이 형벌을 함부로 가한 데서 유래했다.

Medium의 다른 얼굴

Medium은 '중간'이란 뜻을 가지고 있지만 심령술 용어로는 '무당' 혹은
'영매'의 뜻을 가지고 있다. 악령을 부르는 역할을 'Psy-chic'이라고 표현
한다.

제 9 장

음악 · 스포츠

음 악

자살을 기도했던 아더 루빈스타인

아더 루빈스타인 — 그의 인생 철학은
'인생을 사랑하자' 는 것이었다.

● 빈곤과 무명의 설움

1908년, 당시 21세였던 폴란드의 피아니
스트 아더 루빈스타인은 베를린에서 항
상 외롭고, 배고프고, 빚에 허덕이며 하
루하루를 살고 있었다. 음악가로서도 인
정을 받지 못했던 그는 삶에 비관하여
자살을 결심했다. 총도 없었고 독약도
없었던 그는 창문 밖으로 뛰어내릴까 하
고도 생각해보았지만 잘못될 경우, 병신
이 되어 더욱 구차한 삶을 살 것 같았다.
그래서 그는 차라리 목을 매 자살하기로
결심하고 벨트를 욕실의 샤워 커튼대에
묶고서 의자 위로 올라가 자신의 목을
묶고는 의자를 발로 차버렸다.

● 벨트가 끊어져 구사일생

하지만 낡은 벨트가 어이없이 끊어지는 바람에 그의 자살계획은 실패로
돌아가고 말았다.

'나 같은 놈은 죽지도 못하는구나' 하는 생각으로 망연자실한 채 울고
있었던 그는 슬픈 마음을 달랠 길이 없어 미친 듯이 피아노 건반을 눌러
댔다.

● 인생을 사랑하자

바로 그때였다. 그가 우연히 창 밖을 바라본 순간 갑자기 세상이 환해지는 것을 느꼈다. 그 후로는 완전히 새로운 인생을 살았는데 훗날 음악가로서의 명성을 얻게 된 후에도 그는 늘 "인생을 사랑하자. 그 인생이 구덩이 속에서 시들어가고 있건 황금마차에 실려 달려가고 있건 주어진 인생을 조건 없이 사랑하자" 면서 긍정적인 마음가짐으로 살았다고 한다.

요한 슈트라우스의 배 멀미

요한 슈트라우스 — 그는 400곡이 넘는 왈츠, 폴카 등을 작곡했으며 '아름답고 푸른 도나우' 등의 대표작이 있다.

왈츠의 왕인 요한 슈트라우스는 배 멀미 때문에 배타는 것을 유달리 두려워했지만 1872년, 배를 타고 보스턴에 가서 '세계 평화축제' 연주 계약을 맺고 선금으로 10만 달러어치의 금을 받았다. 그곳에는 자그마치 10만 명의 관객들이 참석할 예정이었으며 요한 슈트라우스는 총 2만 명의 음악가들과 소년 성가대원들을 이끌고 지휘를 해야 했다. 그래서 그는 모든 사람들이 박자를 정확히 맞추도록 하기 위해 100명의 보조지휘자를 고용했다.

발레의 아버지와 음악의 아버지

서지 디아길레브와 이고르 스트라빈스키는 둘 다 성 피터스버그에서 법을 전공한 법학도였다. 디아길레브는 지휘자가 되기를 원했지만 니콜라스 림스키 코르사코프의 반대에 의해 그 뜻을 버려야 했다. 그러나 그는 현대 발레의 아버지가 되었다. 반면 림스키 코르사코프는 이고르 스트라빈스키의 음악적 재능을 인정했을 뿐만 아

이고르 스트라빈스키

니라 그가 음악공부를 계속할 수 있게 해주어 그는 오늘날 현대 음악의 아버지로 불리고 있다. 스트라빈스키는 러시아 태생의 미국 작곡가로 '불새', '봄의 제전' 등의 유명한 발레곡을 남겼다.

음악가들의 신변잡기

멘델스존

● 분실된 멘델스존의 악보

멘델스존은 택시를 타고 가던 중 실수로 그의 유명한 피아노 소품곡인 '한여름밤의 꿈' 악보의 일부를 잃어버렸다. 그래서 그는 기억을 더듬어 빠진 부분을 보충했는데 한 음도 틀리지 않고 그대로 다시 되살려냈다고 한다. 멘델스존은 피아노 소품곡으로 명성을 떨치며 19세기 낭만파의 지도자적 역할을 했다.

● 다혈질이었던 토스카니니

지휘자로 유명해진 이탈리아의 작곡가 토스카니니는 다혈질이었다. 그는 어느 날 너무 화가 나는 일이 있어서 뉴욕 카네기 홀의 문을 주먹으로 내리쳐 문에 금이 가게 한 일이 있었다. 그런데 그의 한 열성적인 팬이 문에서 떨어진 나무 조각을 일생동안 간직했다고 한다.

● 연주가 대신 작곡가로 성공한 슈만

슈만은 어렸을 때 나머지 네 개의 손가락 힘을 기르기 위해서 일부러 가운뎃손가락을 끈으로 묶은 적이 있었다.
그러나 그의 기대와는 달리 그 손가락을 영

토스카니니 – 그는 한때 첼리스트이기도 했다.

원히 쓸 수 없게 되어 '최고의 피아노 연주가'가 되겠다는 꿈을 버려야만 했다. 대신 그는 유명한 작곡가가 되었다.

● 부지런했던 슈베르트

슈베르트는 돈이 필요한 빈털터리 젊은 작곡가로서 하루에 8개의 가곡을 작곡하는 등 믿지 못할 정도로 부지런하였다. 그는 자다가 좋은 악상이 떠오르면 곧 오선지에 옮기기 위하여 안경을 낀 채 잠을 잤다고 한다.
그는 빨리, 쉽게 그리고 많이 작곡했기 때문에 자기 작품을 기억 못할 때가 많았다.

● 당구를 치면서 작곡했던 모차르트

하이든은 언제나 프레드릭 대제가 준 반지를 끼고 흰 종이에만 곡을 썼으며 바그너는 완전히 정장을 하고서 작곡을 했다.
또 모차르트는 당구를 치면서, 로시니는 술에 취해서 곡을 썼고 크리스토퍼 그럭은 아무도 없는 들 한복판에서 작곡을 했다.

"
 하이든 − 고전파를 대표하는 음악가의 한 사람. 104개의 교향곡, 150개의 관현악곡 외에 오라토리오, 오페라 등을 작곡했고, 헝가리의 궁정 악장으로 일하면서 수많은 곡을 작곡했다. "

하이든 ▶

● 스무 명의 자녀를 둔 바흐

바흐는 첫 번째 부인 마리아와 결혼해서 7명의 자녀를 낳았고 안 웰컨과 재혼해서 13명의 자녀를 낳았다. 그의 가문에는 52명의 음악가가 있었다.

• 재빨리 완성된 성탄 명곡

'고요한 밤 거룩한 밤' 은 1818년 크리스마스 이브에 '모르' 라는 목사가 3시간 만에 작곡하였다.

작곡하는 어린 모차르트 ▲

모차르트의 음악 ▲

• 신동이라 불렸던 천재 음악가들

사무엘 웰리스는 3세에 오르간을 쳤고 모차르트도 3세에 합시 코드 연주를 했다. 리차드 슈트라우스는 6세에 작곡을 시작했으며, 베토벤은 8세에 연주회를 가졌다. 쇼팽은 9세에 첫 연주를 시작했고, 슈베르트는 11세에 중요한 작곡을 시작했다.

• 최고의 애창곡, Happy birthday to you

세계에서 가장 많이 불려지는 노래는 'Happy birthday to you' 이다. 1936년 밀드레드와 패티 힐이 작곡했는데 아직도 로열티를 받는다.

• 죽은 아이를 위한 자장가

모차르트는 죽은 사람을 위한 미사곡을 작곡하다가 죽었고, 브람스는 불에 타 죽은 어린아이를 위해서 그 유명한 '자장가(Lullaby)' 를 작곡했다. 헨델이 유명한 오라토리오 '주여, 당신의 법령은 얼마나 어둡습니까' 를 작곡했을 때는 이미 장님이었다.

• 무주택자의 즐거운 집?

존 하워드 페인은 '즐거운 나의 집' 이라는 단 하나의 노래로 많은 사람들에게 유명해졌으나 그 자신은 결코 집을 가져보지 못한 무주택자였다.

● 선술집에서 연주한 브람스

브람스는 음악을 공부하던 10대 초기에 살롱이나 뱃
사람이 드나드는 선술집에서 피아노를 연주하곤 했
다. 그가 심혈을 기울여 연주할 때 군중들이 소란스
럽게 하면 그는 자신의 마음을 안정시키기 위해 시
집을 펼쳐 놓고 들여다보곤 했다. 브람스는 1868년
'독일 레퀴엠'으로 명성을 얻으면서 고전주의의 중후
한 작품을 많이 작곡했다.

브람스

● 베토벤을 절망시킨 대가들의 말

베토벤은 그의 음악선생님들로부터 작곡가로서는 거의 희망이 없다는 절
망적인 말을 들었다. 심지어 베토벤에게 일정 기간 동안 화성법을 가르쳤
던 하이든조차도 베토벤의 잠재적인 천재성을 발견하지 못했다.

● 흰 건반의 마술

러시아의 작곡가 세르게이 프로코피예프는 일곱 살 때 피아노의 흰 건반
만을 가지고 '자이언트'라던 오페라를 작곡했다.

지휘자로서 명성을 얻게 된 우연

토스카니니(Arturo Toscanini, 1867~1957)와 번스타인(Leonard
Bernstein, 1918~1990)은 처음부터 '지휘자'로 출발한 것은 아니었다.
'대리'로 지휘하게 되었다가 일약 행운을 잡은 주인공들이다.

한때 첼리스트였던 토스카니니는 리오 데 자네이로(브라질의 옛 수도)의
오페라 극장에서 우연한 기회에 오케스트라 연단에 서게 되어 기억을 더
듬어 베르디의 '아이다'를 연주하게 되었다. 이것을 계기로 토스카니니는
지휘자로 변신하게 되었다.

번스타인도 카네기홀에서 당시 질병으로 고생하고 있던 '브루노 월터' 대
신 지휘하게 되었는데, 그 다음날 뉴욕의 모든 신문은 '번스타인, 지휘자

로서의 출발'이란 머릿기사로 장식되었다. 번스타인은 '월터'가 수석 지휘자로 있는 뉴욕 필하모니 오케스트라에서 부(보조)지휘자였다.

> **악보를 통째 암기** — 뉴욕 필하모니 오케스트라의 상임 지휘자였던 토스카니니는 교향곡을 악보 없이 지휘했다. 그는 몹시 심한 근시여서 바로 앞의 악보조차 볼 수 없었으므로 모든 악보를 외우고 있어야 했다. **"**

불꽃 같은 연인 쇼팽과 상드

쇼팽

● 폴란드 태생의 쇼팽

어려서는 '피아노의 신동'이라 불리고 후세 사람들에겐 '피아노의 시인'으로 불리며 섬세하고 화려한 피아노 곡을 수없이 작곡했던 쇼팽(Frederic Chopin, 1810~1849)은 폴란드 태생으로 프랑스인 아버지와 폴란드인 어머니 사이에서 태어났다.

4세 때 피아노 기초 교육을 받기 시작한 쇼팽은 12세 때 바르샤바 음악학교 교장인 엘스너에게 정식으로 작곡 교육을 받았다. 엘스너는 쇼팽의 독창성이 충분히 발휘되도록 여러 가지로 배려했는데, 이것이 그로 하여금 피아노 작곡가로서 독보적인 인물이 되게 하는 데 크게 기여했다고 한다.

● 슈만에게 받은 최고의 찬사

15세 때 그는 처녀작 「론도 작품 1」을 출판했고, 18세 때 베를린을 방문해 유럽 음악계를 견문했다. 그 다음 해는 유럽 음악의 중심지였던 빈으로 가서 독주회를 열었다. 이때 슈만으로부터 "여러분, 모자를 벗고 경의를 표하십시오. 여기 천재가 나타났습니다"라는 극찬을 받음으로써 작곡가로서의 입지를 확고히 했다.

그러나 쇼팽의 마음이 결코 밝지만은 않았다. 바르샤바 음악원 성악가 여학생인 콘스탄치아 글라드코프스카를 남몰래 사모하면서도 도저히 사랑을 고백할 용기가 없었던 것이다. 고민 끝에 그는 그녀 곁을 영원히 떠나리라 마음먹고 정처 없는 여행길에 올랐다.

그리고 그는 살아있는 동안 두 번 다시 고국땅을 밟지 못했다. 쇼팽은 여러 나라를 전전한 끝에 파리에 정착, 음악가로서 지위를 굳혀 갔다.

● 파리로의 입성

쇼팽은 26세에 화려한 도시 파리로 나와 데뷔를 마친 후에 자연스럽게 사교계의 귀족들과 어울렸다. 그때 쇼팽이 새로 마련한 거처, 쇼에 땅뗑 38번지는 구원의 여인 조르주 상드(George Sand, 1804~1876)를 만나던 시절의 집으로 유명하다. 그곳은 창밖으로 멀리 트리네테 성당이 내려다보이는 곳이었다.

1836년 12월, 쇼팽은 리스트의 연인이었던 다구 백작 부인이 운영하는 살롱에서 리스트의 소개로 운명적인 사랑을 나눌 조르주 상드와 첫 대면을 했다. 쇼팽보다 6세나 많았고 전남편과의 사이에서 낳은 자녀들도 있었던 연상의 조르주 상드는 당시 인기 절정에 있던 진취적인 여류 소설가이자 사교계의 여왕으로서 수많은 염문을 뿌리고 있었다. 한편 쇼팽은 그때 이미 폐결핵을 앓고 있었다.

● 쇼팽에게 한눈에 반한 조르주 상드

그녀를 소개받았던 처음, 상드가 남장 미인이라고는 하나 여자가 남장을 하고 있었기에 귀족 취미의 쇼팽에게는 못마땅하게 여겨졌다. 하지만 상드의 적극적인 사랑 표현에 마음이 움직였다. 무엇보다 상드와의 사랑이 시작되기 직전에 만났던 여인, 마리아와의 인연이 그녀의 아버지의 반대로 1836년 말에 이미 끊겨진 상태였기에 쇼팽 또한 그녀와의 사랑에 희망을 갖게 되었다.

쇼팽의 섬세하고 내성적인 기질은 남장을 하고 엽연초를 피우는 6세 연상

인 상드의 모성을 자극하기에 충분했다. 그녀는 쇼팽의 나약한 감성을 어루만지는 한편 때로는 뜨거운 여인의 입맞춤으로 음악가의 영감을 두드렸다. 그녀가 열중하는 상대는 어딘지 모르게 가냘픈 면모를 지니고 있어야 했다. 상드의 극진한 병간호를 받으며 쇼팽은 작곡에 전념했다.

◀ 조르주 상드

> **조르주 상드** — 프랑스 여류작가였던 상드는 개인주의적인 낭만주의 작품을 쓰다가 점차 공상적 사회주의의 입장으로 옮겨갔으며 1946년부터는 일련의 전원 소설을 썼다. 사회적 편견에 대하여 개인의 정열을 주장한 「앵디아나」를 처녀작으로 써서 명성을 얻었으며 뮈세(프랑스의 시인이자 극작가), 쇼팽 등과 연애관계를 가졌고 「마귀의 늪」 등이 대표작이다. 그녀는 어려서 할머니의 손에서 고독하게 자랐는데 말년에는 유년시절의 전원 공기를 그리워하면서 견실한 묘사에 의한 리얼리즘적 작품경향을 보였다.

● 마요르카 섬 그리고 사랑의 도피

말 많은 파리 사교계는 이들의 기묘한 연인관계에 따가운 눈총을 보내고 있었다. 게다가 이미 심각했던 쇼팽의 폐병을 치료하기 위해서도 알맞은 요양지가 필요하던 참이었다. 이제 막 사랑의 불길에 휩싸여 있던 연인은 파리를 떠나 지중해의 진주로 불리는 아름다운 휴양지 마요르카 섬으로 운명의 손을 마주잡고 떠났다. 그때가 1838년 11월. 쇼팽과 상드 그리고 그녀의 자녀를 포함해 쇼팽 일행은 뜨거운 태양이 내리쬐는 마요르카 섬의 팔마에 도착했다. 이들은 마요르카 섬에서 사랑의 공동생활을 즐겼는데, 이곳에서 쇼팽의 병세는 악화되었지만 피아노를 치지 않고는 하루도 지낼 수 없었고 그 덕분에 주옥 같은 명곡들을 많이 작곡했다. 하지만 더 이상 작곡을 할 수도 없을 정도로 병세가 악화되어 회복될 기미가 보이지 않았기 때문에 가능한 한 빨리 파리로 돌아갈 결심을 하게 되었다.

● 지병인 폐결핵의 악화

1839년 10월 중순경 쇼팽은 1년 만에 상드와 함께 파리로 돌아왔다. 마요르카, 마르세유, 노앙 등을 거쳐 파리에 온 것이다. 하지만 화려한 사교 생활을 좋아하는 상드와 내성적이고 고독을 즐기는 쇼팽의 불꽃 같은 사랑은 언제까지나 합치될 수는 없었다. 결국 그들의 사랑은 1846년, 그의 나이 36세 때 끝이 났다. 그후 쇼팽은 생계를 위해 한때 그의 문하생이었던 스털링의 초청으로 스코틀랜드에 갔다가 기후가 몹시 나쁜 그곳에서 병세가 급속히 악화되었고, 급기야 파리로 돌아올 수밖에 없었다.

● 심장은 조국에 묻어주오

하지만 병을 이겨내지 못한 쇼팽은 폐결핵과 후두결핵이라는 병명으로 결국 39세의 나이로 운명했다. 쇼팽의 장례식은 그의 '장송행진곡' 으로 시작했다. 그리고 파리 음악원의 오케스트라와 합창대가 지가르의 지휘 아래 모차르트의 레퀴엠을 연주했다.

그의 유해는 피에르 라셰즈 묘지에 묻혔고, 그의 유언에 따라 심장은 모국 폴란드의 바르샤바 성 십자 교회에 안치되었다.

● 음악적 영감을 준 연인의 강아지

쇼팽의 연인이었던 조르주 상드는 강아지 한 마리를 길렀는데, 상드가 나갔다 집에 돌아오기만 하면 강아지가 꼬리를 치며 그녀를 반겨주어 귀여움을 독차지했다. 이런 강아지의 모습에 상드는 홀딱 반했고 쇼팽에게 이 모습을 음악으로 표현해 달라고 부탁했다.

그렇게 만들어진 쇼팽의 '강아지 왈츠' 는 아기자기한 재미가 느껴지며 빠르게 맴도는 형식으로, 강아지가 자기 꼬리를 물려고 빙빙 도는 모습을 그린 것이라는 느낌을 누구나 받을 수 있는 곡이다. 사랑하는 사람의 것이라면 강아지조차 이렇게 예쁘게 표현할 수 있는 것일까?

클래식과 로큰롤

1969년 도로시 리탈렉이 실행한 실험결과에 의하면 음악은 식물의 성장에 영향을 준다고 한다. 옥수수, 호박 그리고 여러 꽃들을 대상으로 한 실험에 의하면 로큰롤 음악은 몇몇 식물의 성장을 방해했고 나머지 다른 식물들의 경우에는 처음부터 줄기가 비정상적으로 자라더니 나중에는 아주 작은 잎들만이 달려 있었다.

또한 로큰롤 음악을 듣고 자란 식물들의 뿌리는 다른 식물들보다 많은 수분을 흡수했지만 유달리 짧았으며 결국 몇 주일 내에 죽었다. 그러나 바로 몇 미터 옆에서 클래식 음악을 듣고 자란 꽃들은 이미 열매를 맺고 있었다.

랩의 두 얼굴

랩 음악은 사실 흑인들이 백인사회에서 받는 스트레스를 해소하기 위한 신세타령이 발전한 음악이다.

발음이 불분명한 뒷골목이나 언더 그라운드(underground)의 속어를 써서 누구나 잘 알아듣지 못하도록(?) 노래하면서 현실사회의 무질서하고 어두운 면을 고발한다. 그러나 가사를 들여다보면 백인 우월주의를 향해 폭력을 옹호하며 자극적인 섹스행위를 하는 흉내를 내고 있으니 기묘한 아이러니가 아닐 수 없다.

9번 교향곡의 희생자들

베토벤, 드보르작, 말러, 윌리암스 등은 제10번 교향곡을 작곡하기 전에 죽었다.

이들은 모두 제9번 교향곡의 희생자들이다. 말러는 바그너의 영향을 받아 교향곡과 가곡에서 독자적인 세계를 구축했다.

말러 − 오스트리아의 작곡가

귀신도 춤을 추게 하는 파가니니

니콜로 파가니니(1782~1840)는 무대 위에서 항상 몸을 뒤틀며 탁월한 기교와 유연한 손놀림으로 환상적인 연주를 했던 천재 바이올리니스트였다. 하지만 그의 특이한 자세나 열정적인 손놀림으로 그는 많은 고통을 받았다. 그는 마르팡 증후군 증세를 보였는데(프랑스 소아과 의사인 베르나르 장 안토닌 마르팡의 이름을 딴 병명), 이 병은 키가 크거나 마른 사람의 미발달된 근육에서, 그리고 기형적으로 길거나 자주 움직이는 관절에서 발생되어 통증을 수반한다. 그러나 이런 고통을 이겨냈기에 파가니니는 일반인의 능력을 뛰어넘는 고도의 음악적 기교로 바이올린을 연주할 수 있었다.

파가니니 ― 이탈리아의 바이올린 연주가 겸 작곡가. 고도의 기교를 구사한 화려한 연주로 이름을 떨쳤다.

그가 다섯 곡밖에 작곡하지 않은 이유는 더 많이 작곡하여도 자신을 곡을 연주할 수 있는 사람이 없다고 생각하였기 때문이었다. 파가니니가 바이올린을 연주할 때는 귀신도 나와서 춤을 추었다고 할 정도로 테크닉이 뛰어났다고 한다.

바그너와 '13'

작곡가 리처드 바그너는 평생동안 '13' 이라는 숫자에 쫓겼다.

그가 처음으로 대중들 앞에 나타난 것은 1831년으로 합하면 13(1+8+3+1=13)이고, '탄호이저' 를 완성한 날이 4월 13일이며, 파리에서 처음 연주한 날은 1861년 3월 13일이었다. 또 '니벨룽겐의 반지' 도 1876년 8월 13일에 처음 연주되었다.

그가 리가에 있는 주립극장의 대표가 되었을 때 그 극장은 9월 13일에 문

을 열었다. 바그너는 13개의 오페라를 작곡했고 13년간 망명생활을 했으며 독일이 새 연합국이 된 지 13년째 되던 해, 13번째 날에 죽었다.

바그너와 그의 부인 코지마

슈베르트의 제6번 교향곡

파리 심포니 오케스트라는 슈베르트의 제6번 교향곡의 연주를 거절하였고, 런던 필하모니 오케스트라에서는 조소를 보냈다. 그래서 이것이 작곡된 지 30년이 지날 때까지 한번도 연주된 적이 없었으나, 오늘날에는 모든 교향곡 중 가장 유명한 걸작의 하나로 꼽힌다.

슈베르트 — 근대 독일 가곡의 창시자이자 낭만파의 선구자로서 '겨울 나그네', '백조의 노래' 등을 남겼다.

심포니 C장조 K425

모차르트가 단 5일 만에 작곡하여, 악보에 기입하고 리허설까지 거쳐 협연한 교향곡이 있으니 이것이 바로 심포니 C장조 K425, 일명 '린츠' 심포니이다.

음악의 신동 모차르트

● 본능적으로 터득한 놀라운 음감

볼프강 아마데우스 모차르트는 세계에서 가장 위대한 천재 음악가였다. 그의 재능은 어려서부터 너무도 뛰어나 믿기 어려울 정도였다.

모차르트는 3세에 합시 코드 연주를 시작했는데, 거의 본능적으로 모든 것을 배우는 듯했으며, 음악에 관한 어떤 것도 두 번 다시 이야기할 필요가 없었다. 실제로 그의 귀는 너무 예민해서 바이올린 조율시에 여덟 번째 음의 탈선도 가려낼 수 있을 정도였다.

● 불참한 연주자의 대타로 참여

모차르트의 아버지는 현악 4중주단에서 연주하곤 했다. 하루는 아버지가 4중주단의 연주를 집에서 개최하기로 했는데 공교롭게도 제2 바이올린 연주자가 불참하게 되자, 당시 5세이던 모차르트가 그 빈자리를 맡게 되었다.

모차르트는 그 연주곡을 전혀 들어본 일이 없었지만 수주일의 연습기간 동안 그 곡을 들었기에 익히 알고 있다는 듯이 훌륭하게 연주해냈다. 그의 아버지와 다른 연주자들의 놀라움은 이만저만한 것이 아니었지만, 어린 모차르트는 단지 어깨를 으쓱하며 "제2 바이올린을 연주하기 위하여 공부하고 연습할 필요는 없잖아요?"라고 말하였다.

● 여덟 살에 나온 완벽한 교향곡

모차르트는 어린 나이에 연주법을 배우던 무렵부터 작곡을 시작했고, 5세가 되자 합시 코드를 위한 2개의 미뉴에트를 작곡할 수 있었다. 7세가 되면서 찬탄할 만한 소나타를 썼으며 우리가 생각해도 믿기 어려운 완벽한 교향곡을 썼을 때는 그의 나이 겨우 8세였다.

• 국립 비엔나 필하모니 오케스트라의 예산

오스트리아 정부는 국방 예산보다 국립 비엔나 필하모니 오케스트라에 더 많은 예산을 세운다.

비엔나 필하모니 오케스트라

오케스트라 단원들이 사용하는 악기 104가지

악기이름(개수)	악기이름(개수)
제1바이올린(first violin) (17)	플루트(flute) (3)
제2바이올린(second violin) (16)	클라리넷(clarinet) (3)
비올라(viola) (12)	하프(harp) (2)
첼로(cello) (12)	베이스 클라리넷(bass clarinet) (1)
더블 베이스(double bass) (9)	잉글리시 호른(english horn) (1)
프렌치 호른(french horn) (6)	튜바(tuba) (1)
트럼펫(trumpet) (4)	피콜로(piccolo) (1)
트롬본(trombone) (4)	콘트라베이스(contrabass) (1)
북(percussion) (4)	피아노 또는
바순(bassoon) (3)	오르간(piano or organ) (1)
오보에(oboe) (3)	

피콜로

차이코프스키의 비극

1893년 10월 28일, 서구 음악에 러시아 음악의 서정성을 접목시킨 곡을 많이 남긴 러시아의 작곡가 차이코프스키(1840~1893)는 그의 교향곡 6번 B마이너를 성 피터스버그에서 초연했다. 하지만 분위기가 슬픈 곡이라 그랬는지 그 곡에 대한 음악가들의 반응은 냉랭했다.

사흘 뒤 몸이 별로 좋지 않았던 차이코프스키는 당시 콜레라가 전염되고 있음에도 불구하고 끓이지도 않은 물을 마셨다. 그로 인해 콜레라에

차이코프스키

전염되어 11월 6일 숨을 거두었다. 이를 두고 사람들은 차이코프스키가 그의 교향곡에 대한 반응에 실망해 자살한 것이라고 추측했다. 그의 대표적인 발레 모음곡에는 '백조의 호수', '호두까기인형' 등이 있다.

지휘의 제왕으로 떠오른 카라얀

● 필하모니에서의 열광

1963년 10월 5일 밤, 베를린 필하모니 홀은 열광의 도가니였다. 장엄, 숭고, 법열의 극치를 이루고 있는 베토벤의 '교향곡 9번'의 연주가 막 끝난 것이다. 이날의 주인공은 헤르베르트 폰 카라얀. 마치 1824년 베토벤 자신에 의해 초연되었을 때의 영광이 재현된 것 같았다.

누구도 그의 명성을 따를 자가 없는 '지휘의 제왕' 자리에 오른 사람이 카라얀이었다. 아마 세계의 지휘자들 가운데 카라얀만큼 신비의 대상이 된 사람도 없을 것이다.

● '카라얀 신드롬'을 만들어낸 열성팬들

전문 평론가들이라고 하는 몇몇은 카라얀의 예술이 너무나 독선적이고 현혹스러우며 세속화되어 있다고 비평했다. 하지만 막상 그의 새로운 레코

카라얀 ― 그는 오케스트라 기능을 최고도로 세련시키고 절대적인 연주효과를 올린 것으로 평가되고 있다.

드가 나오면 듣지 않고는 못 배겼다.

그런가 하면 일단의 광신적인 카라얀 팬들은 전세 비행기까지 동원, 카라얀이 가는 곳마다 따라다니며 그의 음악을 듣고 열광하였다. 그래서 '카라얀 신드롬' 이라는 새로운 현상이 생겨나기도 했을 정도였다.

● 긴장과 세련미의 극치

카라얀 예술의 본령은 오케스트라를 다루는 마술적인 지휘력에 있다. 그의 피아니시모는 그 누구의 것보다 작고, 그의 포르티시모는 그 누구의 것보다 크다. 긴장되고도 팽팽한 현의 울림, 꽉 차 오르는 관의 우렁찬 모습, 어느 한 군데도 흠 잡을 수 없는 세련된 흐름이야말로 카라얀 예술의 진수라 할 것이다. 이 같은 사실은 특히 '로시니' 의 서곡을 들어보면 더욱 가슴 깊이 느끼게 된다.

그런가 하면 그의 지휘로 연주되는 바그너는 또 어떤가? 그건 차라리 음악이라기보다는 도저히 견딜 수 없는 힘이라는 표현이 적절할지도 모른다.

"
피아니시모 ― 음악기호(pp.)로서 '매우 여리게' 라는 의미
포르티시모 ― 음악기호(ff.)로서 '매우 세게' 라는 의미
"

● 끊임없이 솟아오르는 예술적 정열

그는 1978년, 다시 두 번째 베토벤 교향곡 녹음을 시작하여 이번에는 스튜디오가 아닌 베를린 필하모니 홀에서 전곡을 녹음했다. 금세기 최고의 걸작을 만든 뒤 수많은 팬들에게 그의 영혼을 전하고 1990년 생애를 마쳤다.

가장 연주하기 힘든 목관 악기

오보에는 목관 악기 중 정확하게 연주하기가 가장 힘든 악기이다.

오보에

가장 값진 바이올린

경매사상 최고의 값으로 경매된 바이올린은 1990년 11월 20일, 크리스티 경매장에서 170만 달러에 팔린 1720년 산 멘딜슨의 '스트라디바리우스'이다. 그러나 누가 그 바이올린을 샀는지는 아직까지 밝혀지지 않고 있다.

300년 동안의 비밀로 전해진 바이올린

● 목재 세공사였던 스트라디바리우스

안토니우스 스트라디바리우스는 1644년 태어났는데 원래 나무 세공사였다. 바이올린을 배운 뒤 바이올린을 만드는 데 흥미를 느껴, 18세기에 당시 크레오나의 유명한 바이올린 제작자였던 니콜로 아마티의 견습공이 되었다. 1680년부터 자립하여 일하기 시작한 그는 여러 가지 형태로 바이올린을 만들어 보면서 실험을 하였다.

● 인간의 목소리를 내는 악기

그는 아름다운 인간의 목소리와 같이 뛰어난 소리를 내는 바이올린을, 또 세계에서 가장 아름다운 바이올린을 만들고자 하였다. 그래서 그는 바이올린에 자개, 상아, 흑단 같은 것들을 박아 장식하였다.

스트라디바리우스 바이올린

40세가 되었을 때 그는 아주 유명해졌고 부자가 되었다. 그는 바이올린 만드는 비법을 안전하게 숨겨두었는데 함께 일했던 두 아들조차 그 비밀을 알지 못했다. 94세까지 사는 동안 그는 1,116개의 바이올린을 만들었다.

● 명품 바이올린의 제작비법

1737년 그가 죽은 뒤부터 스트라디바리우스 바이올린의 비밀을 캐기 위한 노력이 계속되어 무게를 재는 등 모든 세밀한 것까지 그대로 따서 아주 조심스럽게 바이올린을 만들었다. 그리하여 좋은 바이올린이 만들어지긴 하였으나 이 거장의 악기를 따라갈 만한 바이올린은 없었다.

1800년대 초기에 유명한 프랑스의 바이올린 제작자 뷰이란은 스트라디바리우스의 비밀을 캐는 데 평생을 보냈다.

● 그의 증손자는 아무 말 하지 않았다

마침내 뷰이란은 스트라디바리우스의 증손자인 지아코모 스트라디바리우스를 만났으나 지아코모는 결코 아무런 말도 하지 않았다.

무엇이 스트라디바리우스의 바이올린을 뛰어나게 만드는가에 대해 많은 상상이 있었다. 어떤 사람들은 나무의 특성이나 악기의 모양 때문이라고 생각했고, 어떤 사람들은 여러 가지 부분이 연결되는 방식에 비밀이 있다고 하였다. 또 다른 사람들은 당시 이탈리아에서 서식했으나 그 뒤 사라져 버린 어떤 나무로부터 채취한 즙으로 만든 칠 때문이라고 추측했다.

● 표면의 니스가 비밀의 근원?

정경화

가장 널리 알려진 이론은 바이올린의 표면에 칠한 니스의 배합 비율에 비밀이 있다는 것이었다. 화학자들이 이 배합을 분석하였고, 실제로 어떤 바이올린 제작자들은 그것을 가능한 한 비슷하게 모방함으로써 바이올린의 소리를 굉장히 향상시켰다. 또 나무를 물에 담갔다가 말린 뒤에 바이올린을 만드는 것도 비밀의 하나로 알려졌다.

어쨌든 아직까지 어느 누구도 그 비밀을 완전히 캐내지 못하였고, 따라서 300년 전과 마찬가지로 스트라디바리우스 바이올린은 오늘날에도 여전히 신비 속에 감춰져 있다. 우리나라의 세계적인 바이올리니스트 정경화도 스트라디바리우스 바이올린을 가지고 있으며, 이 명품으로 연주하고 있다.

허밍으로 작곡의 대가가 된 어빙 베를린

어빙 베를린

전 세계가 애창하는 'White Christmas'는 미국에서 가장 많은 대중가요를 작사, 작곡한 것으로 알려진 소련 출신의 어빙 베를린이 작곡했다. 그는 정규 교육을 받지 않아서 읽고 쓸 줄을 몰랐다. 따라서 그가 머릿속으로만 작곡된 노래를 허밍으로 부르거나 가사를 붙여 부르면 비서가 듣고 악보를 만들었는데, 그는 이런 식으로 해서 3천 곡 이상을 작곡했다.

그의 'White Christmas'가 수록된 음반은 1978년까지 미국과 캐나다에서 1억 1천 3백만 장 이상이 팔렸으므로 그 가치가 1억 달러 이상인 셈이다.

실감나는 연주곡
차이코프스키의 '1812년 서곡'은 전통적으로 대포와 총소리를 함께 넣어서 연주하였다. 애틀란타에서 연주할 때 지휘자 로버트 쇼는 진짜 폭발장치를 해서 단추를 누르면 연기와 폭음이 객석에 가득하게 했다.
이 연기가 화재 경보기를 울리게 해서 실제로 소방서에서 도끼와 호스를 들고 달려왔고, 그래서 이 음악회는 예정보다 빨리 끝나게 되었다.

> **1812년 서곡** — 차이코프스키의 관현악곡으로 1812년의 나폴레옹 군대와 러시아군의 전투를 그린 것이다. 곡 중에 양국의 국가(國歌)도 사용되었다.

피아노가 없는 피아노 연주회
피아니스트 앙드레 프레빈은 뉴욕 심포니 오케스트라와 함께 연주하기로 되어 있었다. 2시간 만에 프레빈과 오케스트라 단원들이 모두 도착하였으나 주최측에서는 그때까지 피아노를 준비하지 못했다.

13시간 동안의 연주
리처드 로저스가 작곡한 '바다의 교향곡'은 무려 13시간이나 계속된다.

궁정의 하인이었던 작곡가들

● 교회의 주인, 카펠마이스터

18세기에 중부 유럽의 여러 왕실에서는 카펠마이스터(Kapellmeister)라는
직분의 사람들을 고용하였다. 이 직위는 궁정 악장이라고 불릴 수도 있겠
지만 그것은 별로 중요한 것이 아니다. 왜냐하면 이 단어의 뜻을 그대로
풀이하면 교회의 주인이라는 뜻이기 때문이다.

카펠마이스터로 고용되는 사람의 자격은 우선 종교인이어야 했다. 그들은
교회 성가대 지휘를 맡고, 오르간을 연주하고 예배를 위한 음악을 준비하
거나 때로는 작곡까지 하는 등 여러 가지 역할을 했다.

● 궁정 악사 하이든 · 모차르트 · 바하 · 헨델

궁정 악장을 세속적인 순서도 맡아야 했는데
그 왕실이 어떤 나라에 속해 있는가, 아니면 어
떤 교회에 속해 있는가에 따라 연주회가 되기
도 했고, 제례가 되기도 했다.

당시 하이든은 헝가리의 에스테루하지 왕자의
궁정 악장이었으며 모차르트는 어렸을 때 그의
아버지와 함께 찰즈 부르크의 대주교 콜로레도
에게 고용되었다.

헨델 ― 후기 바로크 음악의 거장

요한 세바스찬 바하도 몇 군데의 왕실에서 일을 하였으며 헨델도 후에 영
국왕 조지 1세가 된 하노버 공의 악장을 거치는 등 궁정 악사로서 작곡을
했다. 그 당시의 소공자들은 음악가들을 시종으로 거느렸는데 그의 경제
적인 능력이나 음악적 기호에 따라 여러 명의 '악사 시종'을 거느리기도
했다. 그렇게 작곡을 하는 궁정 악사, 즉 시종들의 우두머리가 바로 카펠
마이스터였으며 그의 임무는 필요한 때에 맞추어 적절한 음악을 제공하는
것이었다. 헨델은 간명한 기법으로 웅장한 느낌을 주는 오페라와 오라토
리오를 많이 남겼다.

● 새벽에 만든 곡으로 저녁에 공연

훌륭한 카펠마이스터는 음악을 연주하고 지휘할 줄 알아야 할 뿐만 아니라 짧은 시간 내에 주인의 기호에 따른 여러 종류의 음악을 작곡해야만 했다. 그렇다고 궁정 음악가들이 수준작을 만들기 위해서 별도로 휴가를 갖는 것은 아니었고, 그 어떤 여가 시간을 따로 갖는 것도 아니었다.

한 작가는 "카펠마이스터들이 새벽에 일어나 새 곡을 작곡하고 낮 동안에 연습하였다가 저녁에 공연을 했다"고 묘사하였다.

카펠마이스터를 포함하여 이 궁정 음악가들의 위치는 하인의 신분이었다. 하인의 복장을 하고, 하인 방에서 잤으며 하인의 상에서 음식을 먹었다.

● 반항하다가 발길질당한 모차르트

궁정 악사들의 시간은 엄하게 감시를 받았다. 헝가리 소공자와 하이든 사이에 맺어진 구두 계약에 따르면, 그 소공자는 하이든에게 음악인으로서의 임무보다는 의식을 치르는 일과 규율에 더 엄격해야 한다는 등의 문제에 더 신경을 쓴 것 같다. 모차르트의 경우에는 그런 하인의 지위에 대해 굴욕감을 느끼고 그런 마음을 분명히 나타냈다. 어느날 그는 주교에게 반항하다가 돌아오지 말라는 명령과 함께 층계 아래로 발길질을 당했다.

● '시종'이라는 울타리에 안주한 하이든

어떤 의미에서는 이 음악가들이 철창에 갇힌 죄수와 같다고 해도 과언이 아니지만 하이든과 같은 천재를 비롯하여 대부분의 음악가들은 그 '철창'을 부수고 나올 생각을 거의 하지 않았다. 마이클 브레넷의 말을 빌리지만 베토벤의 시대가 오기 전까지는 적어도 그랬던 모양이다.

"베토벤은 많은 독일의 음악가들이 그들을 물질적 고통으로부터 해방시켜 주는 주인에게 완전히 얽매여 또 다른 노예임을 확인시켜 주는 그 멍에를 단연코 거부하였다."

스포츠

아이스 스케이팅의 나라

네덜란드인은 인구의 30%가 마치 프로 스케이팅 선수처럼 스케이팅에 능하다. 어떤 여인들은 계란 바구니를 머리에 이고도 스케이트를 탈 수 있을 만큼 능숙하다.

45세의 인간승리

조지 포먼이 프로복싱 사상 최고령 세계 챔피언에 오르는 신화를 창조했다. 포먼은 1994년 11월 6일, 미국 라스베이거스에서 벌어진 세계권투협회(WBA) 헤비급 타이틀 매치에서 19세기 연하의 챔피언 마이클 무어러(26세, 미국)를 10회 2분 3초 만에 K.O.로 제압, 1974년 무하마드 알리에게 패한 뒤 20년 만에 세계 챔피언 벨트를 되찾았다. 이로써 조지 포먼은 1951년 37세에 헤비급 챔피언에 오른 조지 조 월코트(미국)의 헤비급 최고령 타이틀 획득 기록과, 1903년 40세에 라이트 헤비급 타이틀을 따낸 보브 피츠시몬스(영국)의 최고령 세계 챔피언 등극 기록을 경신했다. 그는 지금 미국에 있는 조그마한 침례교회 목사이다.

조지 포먼의 딸 프리다 포먼

명문대 출신 복서

예일 대학과 하버드 대학 출신의 에디 이간은 1920년 올림픽 권투 경기에서 금메달을 획득했다. 그리고 1932년 동계 올림픽 봅슬레이 4인승 경기에서 공동 금메달을 획득했다.

프로야구 선수에서 복음 전도사로

1903년 이후 복음 전도사로서 유명한 빌리 선데이는 백만 명이 넘는 사람들을 전도했다고 한다. 그러나 그는 1883년부터 1891년까지 시카고, 피츠버그, 필라델피아 팀 등에서 프로 야구선수로 활약했었다.

20개의 세계 신기록과 9개의 금메달

육상 릴레이 경기에서 마지막 주자로 명성이 높았던 파보뉴미(1897~1973)는 1920년과 1932년 사이에 20개의 세계 신기록을 수립했으며, 9개의 올림픽 금메달을 목에 걸었다.

"나비처럼 날아 벌처럼 쏜다"

세계를 열광시켰던 권투선수 클레이(무하마드 알리)는 시인이기도 했는데 "나비처럼 날아 벌처럼 쏜다"는 유명한 말을 남겼다. 그의 고조 할아버지는 노예 출신으로 주인의 성을 본따 클레이라는 이름을 얻었다. 그 주인은 1860년에 러시아의 미국 대사를 지낸 케시우스 마세우스 클레이였다.

◀ 전성기의 무하마드 알리

대학강단에 선 챔피언들

젠트니는 한때 예일 대학에서 세익스피어에 관한 강의를 했고, 알리도 한때 영국 옥스퍼드 대학에서 초청강사로 강연한 적이 있다. 두 사람 모두 세계 헤비급 챔피언으로 이름을 날렸다는 공통점을 갖고 있다.

누가 승자인가

1988년 서울 올림픽 권투경기에서 한국 선수 박시헌은 미국 선수 로이 존

박시헌과 로이 존스

스를 판정으로 이겼다. 그러나 박시헌은 로이 존스에게 32번의 펀치를 가했고 존스는 박시헌에게 86번의 펀치를 가했다.

첨단 부정출발 탐지기

바르셀로나 올림픽 육상 종목에는 부정 출발하는 선수가 많았다. 조금이라도 더 금메달에 근접하려는 선수들의 욕망 때문이었다.

사람의 눈으로는 좀처럼 잡아내기 힘든 이런 장면의 포착은 기록 게시의 첨단화 덕분이며 당시 바르셀로나 올림픽 공식 업체였던 세이코가 제공한 '0.001초 감지기'가 이 역할을 톡톡히 해냈다. 흔히 '첨단 부정출발 탐지기'로 알려진 이 기기는 선수들의 출발 상황을 0.001초까지 측정한다. 운 좋게 선수들의 부정출발이 발사 신호와 일치하더라도 출발 신호에 대한 반응속도가 0.001초 이상이면 이를 심판에게 알리게 된다.

10억 달러를 꿈꾸는 타이거 우즈

● 최연소로 최다승을 거둔 골프 황제

최연소의 나이로 최다승 기록을 수립하면서 '우즈 열풍'을 일으킨 골프

타이거 우즈 ─ 마인트 컨트롤에 의
해 흔들림 없는 경기를 펼침으로써
최고의 골퍼로서 각광을 받고 있다.

천재 타이거 우즈. 그는 24세(2000년 현재) 2개월 만에 미 PGA 투어 18승 고지에 올라 지난 34년 호튼 스미스가 25세 10개월 만에 18승을 거둔 기록을 앞질렀다.

1999년, 한 해만 해도 그는 PGA 투어와 오픈시즌 초청경기를 통해 1,500만 달러를 벌어들였는데 거기에는 '그저 얼굴만 내밀어 주는 대가'로 받는 출전 상금 300만 달러도 포함돼 있다. 게다가 PGA 투어에 이미 적립된 은퇴연금도 300만 달러나 된다.

1975년 12월 30일에 출생한 그의 PGA 데뷔 연도는 1996년이며 취미는 농구와 낚시 등 모든 스포츠 분야로서 그의 현재 후원사는 나이키이다.

• 그의 진짜 수입은 광고모델료

그런 타이거 우즈가 만약 1년 동안 한번도 대회에 나가지 않았을 경우, 그의 주머니에 들어올 돈의 액수는 얼마나 될까?

미국에서 발행되는 주간지 〈골프 월드〉 2000년 9월 20일자를 보면 그런 의문점에 대해 '5천 4백만 달러(약 594억 원)'라는 해답을 내놓고 우즈가 11개 회사와 맺은 자세한 스폰서 계약현황을 소개하기도 했다.

타이거 우즈는 시즌과 오픈시즌에 전 세계를 돌아다니며 엄청난 돈을 벌어들이고 있다. 그러나 프로 골퍼의 주 수입원인 상금(또는 출전 보너스)이 우즈에게는 그저 자주 있는 용돈벌이에 불과하다. 이미 잘 알려진 대로 현재 그의 진짜 수입원은 광고모델 수입이다.

• 2년간 벌어들인 수입, 9천만 달러

2000년 10월까지의 시즌에는 순수 상금으로만 830만 달러를 벌어들인 우즈는 나이키와 5년간 1억 달러에 계약하여 연간 2천만 달러를 확보했으며 우리나라의 한 스폰서와 250만 달러의 출전료 가계약을 맺기도 했다. 또한 우즈는 제너럴모터스, EA스포츠, 아사히맥주로부터 연간 600만 달러씩을 받고, 아메리칸 익스프레스카드사로부터는 520만 달러를 해마다 지원받기로 했다. 이 외에도 우즈는 워너북스 및 휘티스, 골프다이제스트와도 계약해 연간 500만 달러씩 받고 있다. 모 일간지의 스포츠 기사에 따르면 1999년 그가 벌어들인 모델수입은 5,000만 달러가 넘는데 이는 우승 상금과 출전보너스 수입의 3배를 넘는 거액으로서 1998~1999년 2년 동안 그의 호주머니에 들어온 돈은 9,000만 달러에 달한다.

● 플로리다의 드림 하우스
이토록 많이 벌어들이는 돈을 나이 어린 우즈는 어디에다 쓰고 있을까? 이에 대해 우즈의 돈을 관리하는 그의 아버지 얼 우즈는 AP통신과의 인터뷰에서 "주로 경기에서 버는 상금은 플로리다 올랜도에 집을 짓기 위해 모아두고 있고 나머지는 우즈 재단에 적립하고 있다" 면서 "많은 이들이 타이거에게 골프장을 짓거나 벤처회사에 투자하라고 하지만 그는 이것들에 관심이 없다" 고 말했다.

● 우즈의 진짜 꿈은 억만장자
타이거 우즈의 진짜 꿈은 무엇일까. 우리나라에서 발행되는 모 일간지의 기사에 따르면 그의 꿈은 '스포츠 빌리어네어(Billionaire)', 즉 억만장자이다. 타이거 우즈는 프로선수로서 최초의 빌리언(10억) 달러 재산 모으기를 꿈꾸고 있고 실제로 그 꿈은 실현 가능성을 눈앞에 두고 있다.
이것은 그의 경기일정이나 재산 등의 모든 것을 관리하는 아버지 얼 우즈가 밝힌 사실이다.

● 우승비결은 마인드 컨트롤
신기에 가까운 플레이를 펼치는 우즈의 기록은 어디에서 나오는 걸까. 전문가들은 우즈의 최대 자산이 기술보다 정신적인 것에 있다고 분석한다. 우즈는 철저한 마인드 컨트롤로 항상 A급 경기를 보여줬다는 평가를 받는다. "가벼운 마음으로 필드에 나서 견실하게 내 플레이를 한다. 따라서 과도한 스트레스는 금물"이라고 말하는 우즈의 우승 비결은 바로 스스로의 마음을 컨트롤할 수 있는 능력, 즉 '마인드 컨트롤'에 있었다.

타이거 우즈는 "상대가 나를 잡기 위해 벼르고 있을 때 나는 18홀 연속 파를 잡는다는 철학으로 경기에 나선다"고 말했다. 경쟁자는 우즈를 이기기 위해 버디를 잡아야 하겠다며 마음을 굳히고, 이는 다시 무리한 샷으로 연결된다는 것. 우즈는 "코스가 어려울수록 내 게임 철학이 위력을 발휘한다"고 덧붙였다.

테니스에서 쓰는 'Love'

테니스 경기에서 스코어를 말할 때 Zero라든지 Nothing이라는 말 대신 'Love'라는 말을 쓴다. 이 말은 아마 몇 세기 전 프랑스에서 시작되었을 것이다. 프랑스의 경기자들은 점수판에 Zero를 쓸 때 계란처럼 생긴 O를 그린다. 프랑스어로 O는 L'euf로써 그 발음이 마치 Love와 같이 들린다. 이 때부터 영국의 테니스 경기자들도 영점을 Love라고 부르기 시작하였다.

73세에 올림픽에 출전하다

스웨덴 스톡홀름의 전신 사무실에서 근무하던 경리 직원 오스카쥐 스완은 몹시 평범한 사람으로 보였다. 그러나 그는 당시에 생존한 사람들 중 가장 정확한 라이플 사격수 중 한 사람이었다. 그는 65년 동안 500번 이상 상과 상품을 받았으며 올림픽 대회에 네 번이나 참가하였다. 그의 주특기는 뛰어가는 사슴 쏘기였다. 1900년 파리 올림픽에서 스완은 뛰어가는 사슴 쏘기 싱글부분에서 금메달을 땄으며 1908년 런던 올림픽에서는 참가자들 중에서 나이가 가장 많았지만 뛰어가는 사슴 쏘기 싱글에서 역시 금메달을 따냈다.

1920년 안토 웝에서 열린 올림픽 대회에 스완은 73세라는 놀라운 나이로

참가하여 스웨덴이 싱글에서 동메달, 더블에서 은메달을 따는 데 기여하
였다.

금메달의 가치
노벨상 금메달의 실제 가격은 1976년의 시장 가격으로 1만 5천 달러였으
나 메달에 포함된 금의 가치는 약 2천 달러 정도에 지나지 않는다. 한편 올
림픽 금메달 속에는 겨우 6g의 순금이 들었을 뿐으로 가치는 110달러 정
도이다. 은메달은 66달러, 동메달은 16달러의 가치밖에 없다.

체육계의 여성 슈퍼스타
밀드레드 베이브 디드릭슨 자하리아스는 역대 올림픽에서 여자 슈퍼스타
였다. 1932년 올림픽 선발대회에서 3개의 세계 신기록을 경신했을 뿐 아
니라 1932년 로스앤젤레스 올림픽에서는 여러 개의 금메달을 목에 걸었
다. 특히 그녀가 80m 허들과 창던지기 부문에서 세운 세계 신기록은 역사
적인 기록으로 남아 있다. 대학 농구선수 출신인 그녀는 농구선수 시절에
최고의 아마추어 운동선수들에게 수여하는 AAU를 세 번이나 수상했으며
선수생활을 끝내고 골프에 입문한 후에도 아마추어 골프 대회에서 22번
(특히 14번 연달아 우승한 경력을 가지고 있다), 프로 골프대회에서는 34
번을 우승(US 오픈전에서의 3차례 우승 포함)했다.

베이비 루스 — 한때 대통령
보다 높은 연봉을 받았던 홈
런왕이다(중앙 좌측).

야구의 신화를 만든 사나이

베이브 루스는 각종 여론조사에서 미국 스포츠 역사상 가장 기억에 남는 인물로 선정된 야구선수이다. 그는 처음에 유명한 피처로서 명성을 얻었지만 뉴욕 양키즈에 입단하면서 거포로 변신하여 일곱 번의 우승컵과 네 번의 월드시리즈를 석권하는 영광을 안겨다 주었다.

그는 총 714개의 홈런을 쳤고(8.5타석상 한 번씩 홈런을 친 셈이다), 1927년 한 해 동안에는 무려 60개의 홈런을 쳐 관중의 환호를 받았다. 선수시절 그의 연평균 타율은 3할4푼2리로 총 2,204번의 출루기록을 가지고 있다. 1930년에 그가 받았던 연봉은 미대통령보다 높았다고 한다.

짐 마샬의 자살골

1964년 미네소타 바이킹 팀 소속의 방어라인 담당을 맡았던 짐 마샬은 10월 28일 미 프로축구 역사상 가장 기억에 남는 선수로 기록되었다. 마샬은 자기 진영으로 60야드를 뛰어 터치다운을 해 상대팀이었던 샌프란시스코 포티라이너에게 점수를 내주었기 때문이다. 그러나 다행히도 미네소타는 27 대 22로 샌프란시스코 팀과의 경기에서 승리했다.

럭비의 기원

1823년 럭비 학교에서 축구경기를 하고 있던 학생들 중의 하나인 윌리엄 웹 엘리스는 날아오는 공을 받아 차지 못한 것에 화가 난 나머지 갑자기 공을 잡아서 뛰기 시작했다.

엘리스의 이런 반칙에 대해 많은 사람들이 비난을 하였으나 그의 행동에 대한 소문이 영국 전체에 널리 퍼지게 되었고 다른 선수들도 시험삼아 이 새로운 규칙으로 경기를 하기 시작하였다.

1838년 케임브리지의 선수들은 '럭비 학교에서의 경기'를 해보기로 결정하였고 10년 안에 이 경기는 영국의 거의 모든 학교에서 실시하기에 이르렀다. 서서히 축구와 럭비가 갈라져서 축구는 단지 발만 쓰는 경기로, 럭비는 손과 발을 함께 쓰는 경기로 발전하였다.

히틀러와 악수를 한 최초의 한국인

1936년 8월 9일 독일 베를린에서 열린 마라톤 경기에서 일장기를 달고 금메달을 땄던 손기정 선수에게 히틀러는 악수를 청하며 '장한 청년이여!' 라고 치하했다.

손기정 선수 ― 비록 일제치하에서 ▶
일장기를 달고 우승했지만 우리나
라 마라톤 역사에 첫 획을 그었다.

천하 장사 밀로

● 씨름판의 괴력가

고대 그리스 역사 중 가장 힘이 센 인물은 밀로라는 레슬링 선수였다. 당시 그리스의 통치하에 있던 이탈리아의 남부 도시 크로톤에서 출생한 밀로는 씨름판에서 괴력을 자랑하며 그리스 전국에 명성을 날리고 있었다. 또한 그는 무술에 능했고 노래에도 흥미가 있었으며 당대의 최고 철학자이자 수학자이던 피타고라스를 흠모하여 자연과학 역사를 다룬 「피시카(Physica)」라는 저서를 몸소 쓸 만큼 높은 지성을 소유하기도 했다.

● 챔피언 자리에 있었던 24년

밀로를 가장 유명하게 만든 것은 단연 그의 괴력이었다. 기원전 540년부터 기원전 514년까지 연속으로 레슬링 챔피언 자리에 올라 고대 그리스 올림픽 사상 모든 경기 종목을 망라하여 최다 승리를 한 인물로 꼽혔다. 특히 거대한 체격을 요구하는 레슬링 경기에서 24년 동안 챔피언 자리를 지켰다는 것을 감안하면 더욱 놀라움을 금할 수 없다.
밀로의 괴력은 파우사니아스나 플루타르크 또는 스트라본과 같은 당대의 가장 권위 있던 역사가들의 기록에도 등장하고 있다.

"파우사니아스(Pausanias) ─ 2세기경의 고대 그리스 지리학자. 생존연도 불명. 그의 저서인 「그리스 안내기」는 고대 그리스의 유적 연구에 없어서는 안 될 자료 중의 하나로 꼽히고 있다.

플루타르크(Plutarch, 46?~120?) ─ 고대 그리스 사상가. 철학, 수사학, 자연과학 등의 넓은 분야에 걸친 저작활동을 함. 저서에 「영웅전」, 「윤리론집」 등이 있으며 그리스어명은 플루타르코스이다.

스트라본(Strabon, BC 64~AD 21) ─ 로마시대의 그리스계 지리학자, 역사학자. 지중해 연안의 각지를 여행하고 얻은 지식과 자료를 정리하여 지리서 「지리지(地理誌)」를 썼다. "

● 손가락 하나에 장정 여러 명

한 기록을 보면, 밀로의 손가락 힘이 어찌나 셌던지 곧게 편 그의 손가락을 구부릴 수 있는 자가 없었다.

한때 밀로의 손아귀에 든 석류 열매를 빼앗아 보려고 여러 장정들이 달려들었으나 그의 손가락 하나를 펴지 못해 실패한 것은 물론, 손가락을 편 밀로의 손에는 아무 상처도 나지 않은 완전한 상태의 석류 열매가 들려 있었다고 한다.

밀로 ─ 고대 그리스 레슬링 선수로서 24년간 챔피언 자리를 지킨 괴력의 사나이

● 황소 한 마리를 걸머지고

어쨌든 밀로가 가장 무서운 괴력을 보인 것은 한 올림픽 경기의 개막식에서였다. 수많은 관중들의 환호를 받으며 등장한 밀로는 1톤이 족히 넘을 만한 커다란 황소를 어깨에 걸머지고 경기장을 가로질러 유유히 걸어갔다.

이 놀라운 광경은 사람들의 입에서 입으로 전해져 황소를 내려놓은 밀로가 단 한 주먹에 황소를 때려 죽인 다음 그 자리에서 황소 고기를 모두 먹어 치웠다는 소문으로까지 번지게 되었다.

● 힘센 장수의 불운
불행히도 밀로의 괴력은 결국 자신의 죽음을 초래하게 되었다. 하루는 숲을 걷던 밀로가 가지가 찢겨져 벌어진 나무를 발견하였는데 장난기가 동한 밀로가 두 팔을 벌려 가지를 찢으려고 덤벼들었으나 오히려 자신의 두 손만 가지 사이에 끼여 꼼짝 못하는 신세가 되고 말았다. 인적을 찾을 수 없는 산길에서 날이 어두워지도록 혼자 씨름하던 밀로는 결국 늑대의 밥이 되었다.

시끄러웠던 올림픽의 사건들
현대 올림픽 경기 역사는 마치 시끄러운 논쟁 속에서 성장한 듯 크고 작았던 사건들이 끝없이 이어져 왔다. 다음은 올림픽 때 일어났던 사건에 관한 기록이다.

● 1900년, 파리
주최국인 프랑스 정부가 토요일에 거행하기로 했던 폐막식을 그 날이 바로 '바스티유 날'이라는 이유로 일요일로 옮기자, 이번에는 미국 선수 팀이 일요일은 주일이라는 이유로 폐막식에 불참했다.

● 1936년, 베를린
올림픽 선수촌과 경기장 화장실에 '개와 유대인 출입 금지'라는 팻말이 나붙었다. 올림픽 위원장 발리에 라토오르가 팻말을 즉시 철거해 줄 것을 요구하자 히틀러는 '당신은 초대받아 간 주인집 살림마저 참견하느냐?'라고 퉁명스럽게 응수했다.
라토오르는 "총통 각하, 일단 5색기가 경기장에 올라간 지금 이곳은 더 이상 독일이 아니라 올림피아이며 올림피아에서는 우리들이 주인입니다"라고 반격하자 할 말을 잃은 히틀러는 즉시 팻말을 치우라고 명령했다.

이렇게 인종차별주의자였던 히틀러는 5개의 종목에서 우승한 흑인 제시 오웬에게 두 번이나 직접 금메달을 수여해야 하는 난처한 입장에 빠지게 되었다.

● 1968년, 멕시코
올림픽 예산과 관련된 정부의 부정에 항의하는 학생들의 데모 군중과 이를 진압하던 군인들의 충돌로 학생 260명이 사망하고 1,200명이 부상하는 불상사가 개막전에서 발생했다.
한편 경기가 진행되는 동안에는 200m 육상 경기에서 1위와 3위를 차지한 미국의 흑인 선수 타미 스미스와 존 칼로스가 수상식 단상에서 미국 국가가 울려 퍼지는 때를 같이 하여 '블랙 파워' 를 상징하며 주먹을 높이 쳐들어 세계인들의 관심을 끌었다. 그러나 그들은 올림픽 선수단에서 추방당하는 처벌을 받았다.

● 1972년, 뮌헨
올림픽 역사상 가장 잔인한 테러가 발생했다. '검은 9월의 아랍 게릴라' 라고 자칭하는 8명의 테러범들이 선수촌 본부를 점거하여 12명의 이스라엘 선수들을 살해했다.
또한 이 올림픽에서는 20개국의 대표들이 유럽의 분쟁을 주도하는 로데시아 국가의 정치적 태도에 항의하여 경기 참가를 거부하자 결국 로데시아가 경기에서 제외되고 말았다.

달리는 기관차 아베베
1960년 로마 올림픽 마라톤 경기에서 맨발로 달려 우승함으로써 '맨발의 왕자' 로 불려지기도 했던 아베베(Bikila Abebe, 1932~1973)는 1964년 동경 올림픽에서도 2시간 12분 11초라는 당시 최고기록으로 올림픽 사상 최초로 마라톤 2연패를 이룩하였다. 그러나 아베베는 교통사고로 반신불수가 되었고, 뇌출혈로 41세의 젊은 나이에 사망하였다.

스모 선수들의 수명

스모 선수들은 은퇴시기가 되면 단 몇 달 동안의 체중 조절로 원래의 정상적인 몸매를 되찾는다. 그러나 거의 평생 육중한 몸무게를 유지하면서 살았던 탓에 그들은 빨리 죽는다. 그들의 평균 수명은 64세이다.

스모 선수

서핑은 왕족의 스포츠

밀려와서 부서지는 파도를 타고 노는 서핑은 스릴 만점의 수상 스포츠이다. 하와이 와이키키 해변은 기후가 좋고 밀려오는 파도의 폭이 크며 속도가 빠르고 강하기 때문에 서핑의 낙원으로 각광을 받고 있다. 1810년 하와이 5개 섬을 통일한 카미하미하 왕은 '서핑은 오직 왕족만이 즐기는 스포츠' 라는 법령을 만들어 신분차별을 두기도 했었다.

카미하미하 왕

나체 육상 선수의 우승

고대 올림픽 선수들은 완전히 벌거벗은 채 뛰고 달리고 씨름하였다. 처음에 그들은 허리에 두르는 간단한 속옷을 입었다. 그러나 기원전 720년에 개최된 15차 올림픽 경기에서 우연히 옷을 잃어버린 달리기 주자가 경주

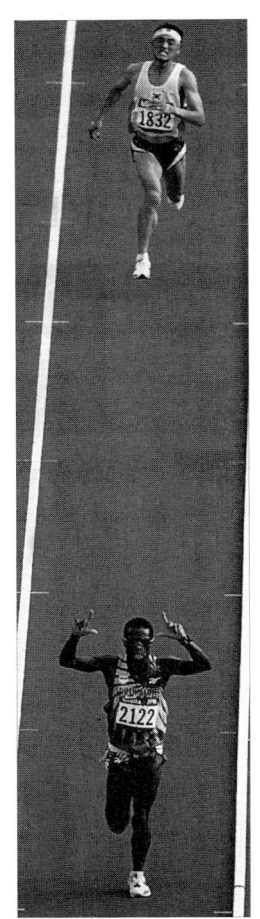

혼신의 힘을 다하고 있는
이봉주 선수

에 우승하면서 옷을 벗는 것이 전통이 되었다.

정숙함을 지키기 위하여 여자들은 선수와 관중에서 제외되었다. 경기를 훔쳐보는 여자들은 절벽에서 던져버린다고 협박하였기에 여자들은 경기장에 얼씬도 하지 않았다.

금보다 가치 있는 은

한국의 이봉주 선수는 1996년 애틀랜타 올림픽 마라톤 경기에서 3초 차이로 아깝게 은메달에 머물렀지만, 이는 금메달보다 더욱 가치 있는 것으로 평가되었다.

오웬이 세운 하루 만의 신기록

● 검은 주자, 니그로 스피드스터

제시 오웬이 오하이오 주 클리블랜드 시의 이스트 기술고등학교를 졸업할 당시, 그는 이미 국내 고교 육상선수 신기록을 3개나 보유하고 있었다. 오하이오 국립대학에 진학한 후 그의 기록은 점차 향상되어 1936년 베를린 올림픽에서 4개의 금메달을 획득하여 '니그로 스피드스터' (Negro speedster : 검은 주자)라는 획기적인 명성을 얻게 된다.

● Big Ten 육상경기

오웬의 실력이 가장 눈부시게 나타났던 경기는 1935년 5월 25일, 미시건 주의 안 아보르에서 개최되었던 빅 텐(Big Ten) 육상경기였다.

그 당시 병에서 막 회복되었던 오웬은 첫 번째 경기였던 100야드 달리기에서 세계 신기록과 같은 9.4초를 수립하였으며 10분 후에 벌어진 넓이뛰기에서는 단 한 번의 시도로 7.8m라는 세계 신기록을, 그리고 곧이어 9분 후에 벌어진 220야드 달리기에서도 20.3초를 기록하여 또다시 세계 신기록을 수립하였으며, 경기 개막 후 45분 후에 벌어진 220야드 장애물 경기에서도 22.6초라는 세계 신기록을 수립하였다.

● 하루 4개의 세계 신기록

제시 오웬은 이로써 하루 동안 그것도 45분 만에 4개의 세계 신기록을 수립하게 된 것이다. 지금까지 그 어떤 선수도 오웬의 이 신기록을 깬 인물은 없다.

제시 오웬

제10장
영화 · 연예

영화배우들의 트리비어

• '스칼렛 오하라' 를 찾아라
영화 '바람과 함께 사라지다' 의 스칼렛 오하라 역을 찾기 위해
비비안 리가 나타날 때까지 1,400명이나 면접을 봤다.

• 주유소에서 일했던 영화 배우들
딘 마틴, 알란 라드, 진 켈리, 제임스 가너, 다나 앤드류, 클린트
이스트우드.

• 이발소에서 일했던 영화 배우들
그레타 가르보, 찰리 채플린, 헨리 아멜다,
페티 고모.

• 웨이터로 일했던 영화 배우들
진 헤크만, 커크 더글라스, 마이클
케인, 제임스 케그니, 루돌프 발
렌티노, 제임스 코코, 더스틴 호
프만, 이브 몽땅.

• 웨이트리스로 일했던 영화 배우들
메리 데이비스, 페이 더너웨
이, 존 폰테인, 라쿠엘 웰치,
제인 위먼.

비비안 리. 1400 대 1의 경쟁률을 뚫고 배역을 맡았다.

- 8번 결혼한 배우들

엘리자베스 테일러, 미키 루니, 자자 가보, 라나 터너.

만들어진 세기의 연인

- 할리우드에서의 실패작들

스웨덴에서 미국으로 옮겨간 그레타 가르보(1905~ 1990)는 지적인 이미지로 뭇 남성들에게 사랑을 받으며 '세기의 연인'으로 기억되고 있다. '안나카레니나', '춘희'에 나오는 그녀를 중년의 영화팬들은 기억하고 있을 것이다.

하지만 가르보가 할리우드에서 찍은 처음 두 편의 영화는 별달리 인기를 얻지 못했다. 그런데 이 무렵 미국의 영화사 MGM은 그레타 가르보를 미남 스타 존 길버트와 콤비를 이루게 하여 철저한 선전 공세를 펴기 시작했는데, 이것이 바로 '육체와 악마'였다.

커크 더글라스. 그의 아들 마이클 더글라스도 유명한 배우이다.

- 그녀는 영화사가 만든 상품

남자를 유혹하는 미모의 귀부인이 마침내 악마의 정체를 폭로하여 자멸한다는 내용의 영화, '육체와 악마'에서 가르보는 악마의 화신이 되어 정확한 캐릭터도 분석하지 못한 채, 그저 열심히 연기에 임했을 뿐이다.

'육체와 악마'에 이어 길버트와 공연한 것이 '안나 카레니나'이다. 철저한 상술로 이루어진 이 두 작품의 성공으로 인해 미국에서 가르보의 위치는 확고해졌다.

스웨덴 스톡홀름의 가난한 집에서 태어난 20살의 그레타 가르보는 MGM의 상혼에 편승하여 일약 세계적인 대 스타덤에 올라섰던 것이다.

그레타 가르보(위)와 가르보의
그 유명한 '침실 키스신' (아래)

● 공전의 히트, 침실 키스신

'안나카레니나'에서의 밀도 높은 러브
신과 '육체와 악마'에서 보여준 침실
키스신은 공전의 히트를 치며 당시 그
레타 가르보의 관능미를 극치에 이끌
어 올렸다.

그 누구와도 비교할 수 없는 아름다움
으로 반세기 동안 뭇 남성들의 마음을
사로잡았던 그레타 가르보도 스웨덴에
있던 시절은 둥그런 얼굴에 툭 튀어나
온 이빨로 화면에 Close-up하기엔 무
리가 많았다고 한다.

● 조각 같았던 얼굴의 비밀

이런 그녀를 할리우드는 치아 교정을
하여 곱고 바르게 하였고 텁수룩한 헤
어스타일을 가장 세련된 헤어스타일로
바꾸어 놓았으며 식이요법을 통해 그
녀의 얼굴을 세계 최고의 미모로 변모
시켜 놓았다. 이리 하여 가르보는 마치 대리석 조각으로 빚어 놓
은 얼굴과도 같았다고 한다.

이런 그녀를 세계의 유명인사들은 다음과 같은 말로 극찬을 아
끼지 않았다. "가르보가 웃을 때는 금속성 물질에도 영혼이 있다
는 것을 증명하는 것 같다." 혹은 "그녀의 웃음은 철학적 의미를
포함한 듯하며 모나리자의 웃음과 하모니를 이룬다." 등.

● 여배우의 미적 기준이 되다

이런 가르보의 얼굴은 1940년대의 잉그리드 버그만('누구를 위

하여 좋은 울리나')에서 1970
년대 카트린느 드뇌브('쉘브
루의 우산')에 이르기까지 하
나의 미적인 규범으로서 이어
져 내려왔다.

아코스타(좌)와 가르보(우)

Tip
그레타 가르보의 불안
그레타 가르보는 비밀
스런 동성애 때문에 한
때 협박에 시달렸다고
한다. 가르보는 메르세
데스 드 아코스타(1968
년 사망)와 연애 편지를
주고받으며 열정적인
사랑을 나눴다. 아코스
타는 재정적으로 허덕
였고, 이를 안 영국 사진
작가 세실 비튼이 가르
보에게 찾아가 "레즈비
언이란 사실을 폭로하
지 않을 테니 후원금을
내놓으라"고 요구했다
고 가르보의 측근, 샘 그
린이 폭로했다.

욕설로 버무려진 영화

가장 많은 욕설이 등장한 영화는 1990년 마피아 영화인 '좋은 친
구들'인데 146분 상영 시간 중에 246번의 욕설이 나왔다.

최초의 영화

할리우드에서 만든 최초의 영화는 1896년 6월 26일에 개봉된
'웨이브 오브 도버'이다.

최악의 손실을 본 영화

케빈 코스트너가 제작하고 주연한 '워터 월드'(1995)는 2억 달러
를 투자하여 1억 2천만 달러의 수익을 올려 8천만 달러의 적자를
보았다.

영화의 나라 인도

세계 모든 나라 중에서 인도가 가장 많은 영화를 제작한다. 인도
에서는 최근 매년 평균 980편의 영화가 제작되는데 1913년부터
지금까지 만들어진 영화는 총 2만 6천 편 이상이다.
미국에서는 1995년 한 해 동안 420편의 영화가 제작되었으며
1968년도 이래 가장 많은 영화가 제작된 해는 1988년으로서 491
편의 영화가 제작되었다.

92세의 주연배우

릴리언 기쉬는 1988년 92세의 노장으로 '8월의 고래' 라는 영화에 출연하였다. 그녀가 처음 출연한 영화는 1915년에 나온 D.W. 그리피스의 고전 '국가의 탄생' 이었다. 73년간의 영화 경력 중 그녀가 출연한 영화는 총 150여 편이다.

영화배우 2세들의 수입

영화 제작자이기도 한 마이클 더글라스는 영화 '뻐꾸기 둥지 위로 날아간 새' 단 한편의 히트로 아버지 커크 더글라스가 일생동안 번 돈보다 더 많은 돈을 벌었다. 이때 1억 달러 이상을 벌었고, 1992년에 일생의 명예를 걸고 만든 영화 '원초적 본능' 으로 또 한번 히트하여 역시 1억 달러 이상을 벌었다.

알란 라드의 아들, 조지 루카스 감독은 1978년 전 세계를 감동시킨 '스타워즈' 단 한편으로 194,438,492달러를 벌어 아버지가 평생 번 돈보다 더 많은 돈을 한 해 동안 벌었다.

'스타워즈' . 조지 루카스 감독의 역작이다.

죽은 후에도 넘치는 인기

1926년, 여성들의 영원한 우상으로 기억되는 루돌프 발렌티노가 31세의 나이에 위궤양으로 요절하자 그의 무덤을 찾는 여성들이 하루에도 1,000명이 넘었다.

할리우드 스타들의 출연료

1963년 엘리자베스 테일러는 클레오파트라 역으로 출연하여 1백만 달러를 받은 최초의 스타가 되었다. 1979년에 말론 브란도는 '슈퍼맨'에서 12일 동안의 짧은 연기로도 370만 달러를 받아냈다.

해리슨 포드.

1987년에는 실베스타 스탤론이 '록키 4'에서 1,600만 달러를 받았다. 2000년대 들어서면서 할리우드 특 A급 스타들의 출연료는 2,000만 달러에 육박한다. 이 그룹에 속해있는 스타들은 멜 깁슨, 톰 크루즈, 톰 행크스, 짐 캐리, 해리슨 포드, 아담 샌들러, 로빈 윌리암스, 존 트라볼타, 니콜라스 케이지, 브루스 윌리스, 케빈 코스트너 등 열두 명 정도다.

멜 깁슨과 아담 샌들러는 2,500만 달러를 받아내 최근의 몸값을 과시했다. 한편 여배우 중에서는 '내 친구의 결혼식'에서 1,400만 달러를 받고 '노팅힐'에서 1,500만 달러를 받은 줄리아 로버츠, 지성이 넘치는 조디 포스터가 자기들의 몸값으로 2,000만 달러를 요구하고 있다.

머지않아 A급 스타들의 몸값은 3,000만 달러가 넘을 것이라는 전망이다.

멜 깁슨. 'The Patriot' (2000)의 한 장면.

스타들의 전직

산드라 블록은 아이스크림 가게의 종업원이었고 우피 골드버그는 영안실 화장사였으며 잭 니콜슨은 팬 레터에 답장을 써주는 잡일을 했다. 또한 브래드 피트는 햄버거 가게의 종업원이었으며 톰 행크스는 호텔 벨 보이였다.

로널드 레이건, 전 미국 대통령은 캘리포니아에 있는 USC 미술대학에서 누드 모델로 시간당 1달러 50센트를

톰 크루즈

'왕자와 거지'의 포스터.

찰톤 헤스톤. 영화 '십계'에서 모세로 분한 모습.

받았다. 그리고 '왕자와 거지', '벤허'로 유명한 찰톤 헤스톤도 뉴욕 미술대학에서 시간당 1달러 25센트를 받고 누드 모델을 했다 한다.

레이건은 대통령의 얼굴이 아니다

미국의 유나이티드 아티스트사가 1964년 'The best Man'에서 대통령 역을 할 사람을 찾고 있었다. 이때 영화배우였던 로널드 레이건이 추천되었지만 감독과 운영진들에 의해 거절당했다. 그의 얼굴이 대통령의 얼굴이 아니라는 이유 때문이었다.

영화 '블레어 윗치' 포스터.

340배의 수익을 올린 '블레어 윗치'

이 영화는 두 젊은이들이 5일만에 만들었으며 불과 35,000달러를 지불한 공포영화이다. 영화가 개봉되자마자 순식간에 2주일치 표가 매진, 서울에서처럼 암표상이 생겨날 정도였다. 1999년 12월까지 7,000만 달러를 벌어들이는 대 히트를 기록했다. 철저하게 네티즌을 겨냥하여 홍보에 성공한 이 영화는 다큐멘터리를 모방한 극영화이다.

가창력 하나로 스타덤에 오른 바브라 스트라이샌드

● 노래 한 번에 1,470만 달러
여가수 바브라 스트라이샌드가 라스베가스 MGA 그랜드 호텔 콘서트에서 올린 수익은 총 1,470만 달러로 , 1996년 7월 뉴욕의 자이언트 경기장에서 도밍고, 파바로티, 카레라스 세 사람이 가진 콘서트에서 올린 총수입보다 훨씬 초과된 액수였다.

● 잘 생긴 남자가 좋아
할리우드 영화 배우 중에 그다지 미인이라고 할 수 없는 바브라 스트라이샌드는 자신의 책 속에서 "세상에서 가장 잘생긴 남자 24명을 홀렸다" 면서 자신의 남성 편력을 고백했다.
이들 중에는 '쉰들러 리스트' 에서 가장 좋은 연기를 보여 주었던 주인공 리암 니슨을 비롯해 안드레 애거시, 돈 존스 등이 있다.

바브라 스트라이샌드.

최다 엑스트라를 동원한 영화
1982년, 리차드 어텐보로 경이 감독한 영화 '간디' 의 장례식에는 30만 명 이상의 엑스트라가 동원되었다.

영화 소재 제공의 일인자
가장 많은 영화소재를 제공했던 작가는 윌리암 세익스피어로 그의 작품이 무려 307편이나 영화로 만들어지는 기록을 세웠다. 이 중에 '햄릿' 이 74회나 된다.

영화 속 단골 인물은 나폴레옹

영화 속에서 자주 등장하는 역사적인 인물은 나폴레옹 보나파르트인데 그에 관한 영화가 2000년 현재까지 195편이나 된다. 예수에 관한 영화는 153편, 클레오파트라에 관한 영화는 40편 정도 된다. 아브라함 링컨에 관한 영화는 137편이나 된다.

로드 스테이거. 그가 주연한 영화 '나폴레옹'의 한 장면.

삭발 보상비

영화 '허리케인'에서 댄젤 워싱턴은 삭발 보상비로 1천만 달러를 받았고 '삼손과 데릴라'에서 빅터 맞추어는 3백만 달러를 받았으며, 연극배우 김갑수는 '찬란한 여행'에서 스님 역을 맡아 3천만 원을 받았다.

The Bone Collector.

원래 제목은 평범

스티븐 스필버그 감독의 1982년도 SF 명작인 영화 'E.T'의 원래 제목은 '소년의 삶'이었다.

영화 'E.T'의 한 장면.

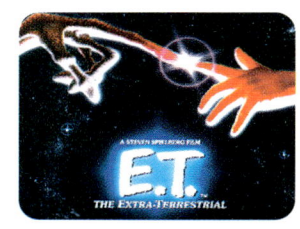

엘리자베스 테일러와 리차드 버튼.

같은 사람과 두 번 결혼한 스타

엘리자베스 테일러와 리차드 버튼, 나탈리 우드와 로버트 와그너.

스크린 테스트에 실패했다구요

클라크 케이블, 쉐리 템플, 브리짓 바르도, 로렌스 올리비에, 베티 데이비스는 모두 스크린 테스트에서 불합격했었다.

클라크 케이블.

로마 교황조차 좋아했던 마릴린 몬로

• 아인슈타인과의 사랑

1950년대 미국을 대표하는 육체파 여배우 마릴린 몬로(1926~1962)는 1954년 야구계의 전설 조 디마지오와 결혼했지만 그해 안에 이혼하고 말았다. 또 1956년에 유명한 극작

마릴린 먼로.

가 아서 밀러와 결혼했지만 역시 1년도 못 되어 다시 이혼했다. 그 뒤 여러 유명인사들과 관계를 가졌다. 특히 영화배우 프랭크 시나트라뿐 아니라 존 F. 케네디 대통령, 그의 동생 로버트 케네디 의원 등과도 사랑을 나눈 것으로 알려져 있고, 더욱 놀라운 것은 그녀가 20세기 최고의 과학자 아인슈타인과도 사랑을 나누었다는 것이다.

•화려한 남성 편력의 끝

1944년 방위 산업체에서 페인트 분무기 뿌리는 일을 하다가 군 부대에서 사진을 찍던 사진작가의 눈에 띄어 핀업 걸로 발탁되었고 그후 모델을 거쳐 화려한 할리우드 스타로 유명해졌다. 하지만 마릴린 몬로는 이렇게 화려한 남성 편력에도 불구하고 참된 사랑을 찾지 못해 괴로워하다가 결국 36세 때 빈방에서 바으비투르산염을 물에 타 마시고 자살했다.

Tip

마릴린 몬로는 총 29편의 영화에 출연했으며 '나이아가라', '신사는 금발을 좋아한다', '7년만의 외출', '뜨거운 것이 좋아' 등의 작품으로 잘 알려졌다.

•외모에 뒤지는 연기력

마릴린 몬로는 '뜨거운 것이 좋아' (1959)에서 "버번 위스키 어디 있어요?"라는 단순한 대사를 자그마치 59번이나 반복해 그녀의 외모만큼 두뇌는 따라오지 못한다는 수군거림을 듣기도 했다. 또 그녀는 할리우드의 베테랑 감독인 데니스 호퍼도 헨리 하사웨이 감독의 '지옥에서 텍사스까지' (1957)에 배우로 출연할 때 대사 발성 미흡으로 자그마치 85번의 NG를 내는 고충을 겪었다.

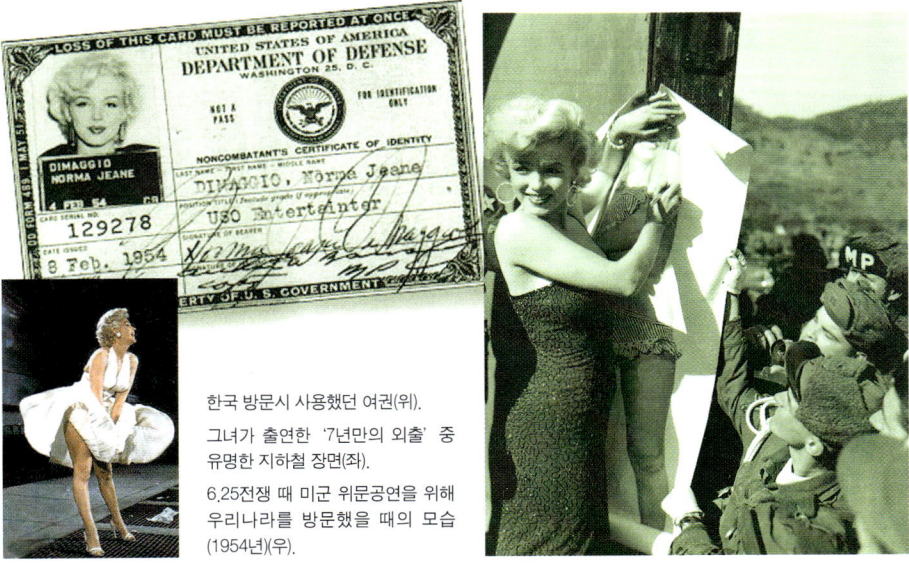

한국 방문시 사용했던 여권(위).
그녀가 출연한 '7년만의 외출' 중 유명한 지하철 장면(좌).
6.25전쟁 때 미군 위문공연을 위해 우리나라를 방문했을 때의 모습 (1954년)(우).

부모와 자식이 모두 아카데미상 수상

다음 네 명의 유명 배우들은 각기 아카데미상을 수상한 자녀들을 두었다. 주디 갈란드의 딸 리사 미넬리는 '카바레'로 아카데미 여우주연상을 수상했다. 헨리 폰다의 무남독녀 제인 폰다는 '집으로 돌아오면서(Coming Home)'로 역시 아카데미 여우주연상을 수상했다.

커크 더글라스의 아들이며 우리에게 '원초적 본능'으로 더 잘 알려진 마이클 더글라스는 '월 스트리트'로 아카데미 남우주연상을 거머쥐었다. 라이언 오닐의 딸 테이텀 오닐은 '페이퍼 문(Paper Moon)'으로 아카데미 여우조연상을 받았다.

가장 긴 영화

일본에서 베스트셀러였던 준페이 고미카와의 「닌젠 노 조겐」(총 6권)을 원작으로 하여 만들어진 '닌젠 노 조겐'의 상영시간은 자그마치 9시간 29분이나 된다.

쇼키쿠 영화사가 야망을 품고 제작한 이 영화는 1958년에서 1961년 사이에 상영되었다. 이 영화는 세계 2차 대전 당시 징병되어 신병들을 위한 군대환경을 개선하고자 노력했던 일본의 젊은 이상주의자에 관한 이야기를 다루고 있다. 주인공은 후반부에서 러시아인들에게 붙잡힌 후 탈출을 시도하지만 고향을 보지 못하고 끝내 죽고 만다.

총 3부작 중 제1부(상영시간 138분)는 1959년 미국에서도 상영되었다.

대통령과 영화배우

로널드 레이건은 사실상 최초의 영화배우 출신 대통령은 아니다. 테오도르 루스벨트 대통령은 1908년, 코미디 영화에 출연한 적이 있으며 우드로우 윌슨 대통령도 1917년, 애국심을 고양하는 영화 '여성, 미국의 영광' 이란 영화에서 특별 출연한 적이 있다. 이 외에도 프랭클린 델라노 루스벨트는 1936년의 스릴러 영화 '대통령의 미스테리'에 잠깐 모습을 비춘 적이 있다.

영화 촬영 중의 사고

· 1930년, '위험한 남자'에서 공중 추격 장면을 찍다가 촬영 비행기 두 대가 충돌하는 바람에 스탭 열 명이 횡사(橫死)하여 할리우드 최악의 참사로 기록됐다.
· 할리우드에서 '벤허'(1959)의 하이라이트 장면인 로마 원형 경기장에서의 전차 장면을 찍는 도중 수십 마리의 말이 골절상을 입었다.
· 1928년, '트레일 오브 나인티 에잇(The Trail of `98)'에서 스턴트맨 세 명이 홍수 장면을 촬영하다가 익사했고, 같은 해 '노아의 방주'에서 물난리 장면을 촬영하다가 역시 세 명의

영화 '벤허'.

엑스트라 배우가 물에 빠져 숨지는 불행을 당했다.

· 1930년, '지옥의 천사'에서도 스턴트맨 세 명이 목숨을 잃어 스턴트맨 수난 시대가 이어졌다.

· 1941년, '데이 다이드 위드 데어 부츠(They Died with Their Boots)'에서는 주인공 에롤 프린의 말 타는 장면을 지도하던 조련사가 말에 깔려 압사당했다.

· 1982년, 존 랜디스, 스티븐 스필버그, 조 단테 등 재능 있는 3인의 연출자가 옴니버스로 진행하던 '트와일라이트 존(Twai-light Zone)'의 촬영 중 헬리콥터가 공중에서 폭발해 '전투'로 유명세를 탔던 빅 모로우와 두 명의 아역배우가 숨지는 사고가 발생했다.

· 1989년 인도 TMV사가 '티푸 술탄의 검(The Sword of Tipu Sultan)' 촬영 중에 세트장이 원인모를 화재에 휩싸여 엑스트라 40여 명이 희생됐다.

늦깎이 영화감독의 열정

알랑 쿠니는 1992년 '라농스 페트 나 마리'를 데뷔작으로 발표해 호평을 얻었는데 이때 그의 나이는 무려 83세였다.

사고로 사망한 영화 배우들

월 로저스 :	비행기 사고(1935년)
톰 믹스 :	자동차 사고(1940년)
켈롤 롬바드 :	비행기 사고(1942년)
레슬리 하워드 :	비행기 사고(1943년)
제임스 딘 :	자동차 사고(1955년)
제인 맨스필드 :	자동차 사고(1967년)
프랑수아즈 돌레악 :	자동차 사고(1967년)

에디 머피 :
비행기 사고(1971년)
브랜든 디 와일드 :
자동차 사고(1972년)
그레이스 켈리 :
자동차 사고(1982년)

제임스 딘.

제임스 딘의 매력

24세의 꽃다운 청춘을 자동차 사고로 날려버린 제임스 딘은 많은 영화팬들의 우상이 되었다. 특히 '에덴의 동쪽 '과 '이유 없는 반항' 에서 그의 곁눈질하는 모습은 반항아의 상징적인 모습이 되었다. 그러나 그의 곁눈질이 시력장애 때문이었음을 알고 있는 사람은 별로 많지 않다.

'이유없는 반항' 에서 나탈리 우드와 함께.

팬 레터의 왕, 존 웨인

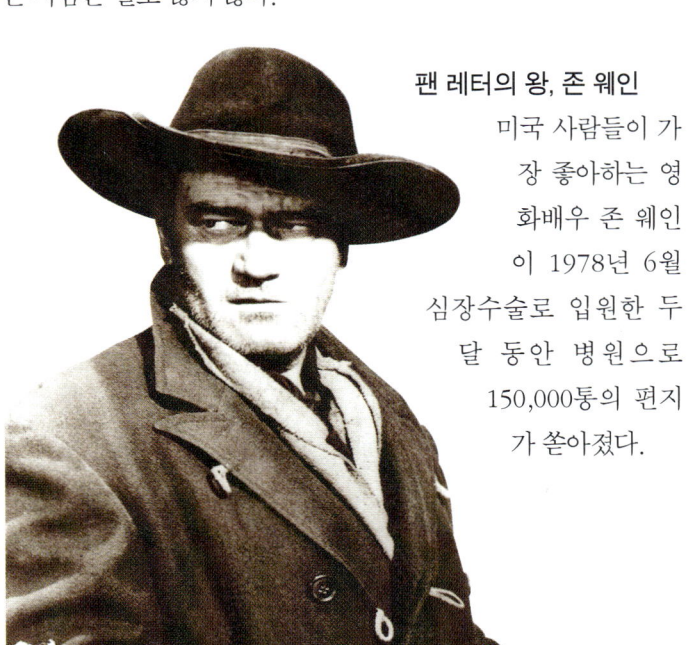

미국 사람들이 가장 좋아하는 영화배우 존 웨인이 1978년 6월 심장수술로 입원한 두 달 동안 병원으로 150,000통의 편지가 쏟아졌다.

존 웨인.

Tip
영원한 청춘의 우상
제임스 딘은 청순미로 각광받았던 여배우 나탈리 우드와 함께 주연했던 '이유 없는 반항' (1955)과 명감독 엘리아 카잔 감독이 지휘한 '에덴의 동쪽' 에서 강한 인상을 남기며 당시의 청춘 스타로서 젊은이들에게 우상이자 반항의 상징이 되었다.

매춘부 역을 맡았던 여주인공

비비안 리 :	'애수' (1940)
멜리나 메르쿠리 :	'일요일은 참으세요' (1959)
낸시 콴 :	'수지 웡의 세계' (1960)
셜리 맥클레인 :	'이르마 라 돌세' (1963)
캐롤 베이커 :	'실비아' (1964)
소피아 로렌 :	'레이디 L' (1965)
제인 폰다 :	'클루트' (1971)
조디 포스터 :	'택시 드라이버' (1975)
제니퍼 제이슨 리 :	'브루클린으로 가는 마지막 비상구' (1989)
줄리아 로버츠 :	'귀여운 여인' (1990)
엘리자베스 슈 :	'라스베가스를 떠나며' (1995)

제인 폰다.

D학점의 영화 제작자
루카스는 고등학교 시절부터 이미 영화를 만들기 시작하여 '스타워즈' '제다이의 귀환' '제국은 다시 산다' 등을 제작하여 세

게 최고의 제작자가 되었다. 하지만 그의 학교 성적은 D
였다.

조지 루카스 감독.
그의 아버지는 영화배우였다.

할리우드의 마이더스, 스필버그

● 27세의 흥행작 '조스'

스필버그는 아버지의 8mm 코닥 카메라를 빌려 동생들
을 배우로 출연시키며 8세 때부터 영화를 만들기 시작
했다. 27세 때는 '조스'를 만들어 예상을 완전히 깨고
개봉 한 달 만에 미국에서만 65,000,000달러를 벌어 들
였다. 영화가 생긴 이래로 최고의 흥행을 올린 20편 가
운데 7편이 그의 작품이라는 사실이 모든 것을 말해준다. 최고의
흥행작 1위가 그의 작품인 '쥬라기 공원'과 'E.T'다.

● 쉰들러 리스트

1994년 작품상과 감독상을 포함한 7개 부문에서 아카데미상을
수상한 '쉰들러 리스트'는 스티븐 스필버그가 10년에 걸쳐서 만
든 그의 대표적 작품이다.

스티븐 스필버그 감독. 그의 아내 케이트 캡쇼우와 함께.

영화 '쉰들러 리스트' 포스터.

노익장 과시

설리번 하트는 70세에 세익스피어의 '로미오와 줄리엣'에서 줄리엣 역을 해냈으며 눈물의 여왕으로 불리는 한국의 전옥은 50세에 '바람과 함께 사라지다'의 스칼렛 오하라 역을 해냈다.

영화 속 실수 장면들

● 은행에서 털린 돈이 틀려요

영화 '토마스 크라운 사건'(1968)에서 은행이 털리는데 경찰이 조사를 나와 피해액이 2,660,527달러라고 집계한다. 잠시 후 은행원이 분실된 금액을 경찰에게 다시 한번 알려 주는데 이때 여행원은 20달러 16,240장, 10달러 19,871장, 5달러 짜리 34,645장, 1달러짜리 129,000장이 분실됐다고 말한다. 그러나 이 금액은 모두 합쳐도 825,735달러에 불과하다.

● 불을 지피지 못하는 안경이었죠

해리 후크 감독이 1990년에 리바이벌한 '파리 대왕'에선 랄프 역의 발타자르 게티가 근시 안경을 이용해 불을 지피는 장면이 등장한다. 그러나 이 안경은 태양열을 응집할 수 있는 능력이 없기 때문에 이같은 묘사는 과학적 오류였다. 하지만 윌리암 골딩의 원작 소설에 이미 이같은 비과학적 묘사가 버젓이 쓰여져 있기 때문에 영화만 탓할 일이 아니다.

● 나라 이름을 틀리게 불러

'바운티(The Bounty)'(1984)는 1780년대를 무대로 펼쳐지는 해상 모험극으로 로저 도날드슨이 감독을 맡았으며 안소니 홉킨스와 멜깁슨 주연에 여주인공은 로렌스 올리비에였다.

이 영화에서 브라이 선장 역의 안소니 홉킨스는 오스트레일리아를 통해 세계 일주에 나서자고 제의한다. 하지만 이 당시 호주가 있던 남부 대륙은 뉴 홀랜드로 불렸고 오늘날의 호주로 명명된 것은 1814년 이후이다.

영화 '바운티' 의 포스터.

● '인디아나 존스 3' 의 3대 실수

'최후의 성배' 라는 부제목을 달고 상영되었던 '인디아나 존스 3' (1989)은 숀 코넬리, 해리슨 포드 주연에 스티븐 스필버그 감독의 명작이다. 그런데 오락물의 대작답게 무더기 실수가 드러났던 영화 중의 하나이다.

그 중 주인공 인디(해리슨 포드)가 정기 여객선을 타고 대서양을 건너는 장면이 있는데 대서양에 정기 운항선이 취항한 것은 이 영화 배경인 1938년보다 1년 후이다.

또한 공항 라운지에서 두 명의 여행자가 같은 제호의 독일 신문을 읽고 있는데 그 신문 발행 날짜가 영화 배경보다 20년 전인 1918년도의 것이다.

그리고 인디가 독일에서 히틀러를 만나 사인을 부탁하여 사인하는 모습이 수초간 보여진다. 이 장면에서 히틀러는 이름을 오른손으로 'Adolpy' 라고 쓰는데, 실제 히틀러는 왼손잡이였고 독일 철자법으로 'Adolpy' 가 아니라 'Adolf' 이다.

191번의 키스 장면이 들어 있는 영화

1926년 워너브라더스 사가 제작한 영화 '돈 후안(Don Juan)' 으로 존 배리모어는 일약 스타덤에 올라섰다.

2시간 47분의 상영 시간 동안 배리모어는 수많은

영화 '인디아나 존스 3' 의 포스터.

아름다운 여인들과 총 191번의 키스를 나누었고 메리 에스터와
는 무려 127번의 입맞춤을 시도하여 정신없이 입술 대사를 나눈
찰떡(?)커플이 됐다. 이 영화에서 주연인 배리모어는 53초마다
한번씩 키스한 셈이다.

프랭클린 루스벨트 대통령.

대통령이 시나리오 작가
미국의 제3대 대통령인 프랭클린 루스벨트
(재임기간 1933~1945)의 시나리오인 '대통
령의 신비'(1936)는 야망을 위해 자신을 죽
은 것처럼 위장하는 변호사의 행각을 그려
강도 높은 추리극을 선사했다.

교황도 시나리오 작가
교황 요한 바오로 2세의 시나리오인 '보석가
게'는 1960년 폴란드에선 연극무대로 올려
졌고 1987년 버트 랭커스터, 올리비아 핫세,
벤 크로스 등이 주연을 맡아 영화가의 흥행
작으로 떠오르기도 했다.

유명 스타들이 숨기고 싶어하는 첫 배역

· 클린트 이스트우드 : 1955년 '리벤지 오브 더 크리에이처
  (Revenge of the Creature)'(1955)에서 화학 실험실 기술자로
  영화계에 데뷔.
· 해리슨 포드 : '데드 히트 온 어 메리 고 라운드(Dead heat on
  a Merry-Go-Round)'(1966)에서 벨보이 역.
· 제인 폰다 : '톨 스토리(Tall Story)'에서 치어 리더 역.
· 로버트 본 : '10대 혈거인'(1960)에서 원시인 대장 역.

· 잭 니콜슨 : '리틀 숍 호러(The Little Shop Horrors)' (1961)에서 피학대 음란증을 가진 치과 환자 역.

· 숀 코넬리 : '타잔의 위대한 모험' (1959)에서 다이아몬드 청소부 역.

· 도널드 서덜랜드 : '캐슬 오브 더 리빙 데드(Castle of the Living Dead)' (1964)에서 병사와 마녀 두 역할을 맡음.

· 데보라 윙거 : TV 시리즈 '원더 우먼' (1976)에서 린다 카터의 여동생으로 등장.

· 찰슨 브론슨 : '하우스 오브 왁스(House of Wax)' (1953)에서 기괴한 외모를 가진 농아로 등장.

· 멜 깁슨 : '섬머 시티(Summer City)' (1977)에서 파도타기 선수 역.

잭 니콜슨.

찰슨 브론슨.

로버트 드니로.

철저한 직업 의식

로버트 드 니로는 자기 역을 철저히 연구하기를 좋아했다. '대부 2'에서 나오는 비르 코를레온 역을 하기 위해 직접 시실리에 가서 방언을 연구했다. 또 '택시 드라이버'에 출연하기 전에는 택시 운전면허를 따서 직접 택시를 몰기도 했

다. 또 '성난 코뿔소'에 출연하기 위해 몸무게를 22.6kg이나 늘리고 영화의 모델인 제이크 라오타와 복싱 연습을 하기도 했다.

◀흥행에 성공한 '택시 드라이버'의 포스터.

히치콕 감독의 카메오 출연

알프레드 히치콕은 50여 편의 영화를 감독했는데 그 중 30개 이상의 영화에서 자기 자신이 나타나는 장면(카메오)을 보여주었다. 1969년 영화 '토파즈'에서는 공항에서 휠체어를 타고 있는 사나이, 1966년 영화 '찢어진 커튼'에서는 아기를 안고 호텔 로비에 앉아 있는 사나이, 1963년의 영화 '새'에서는 흰 복슬강아지 두 마리를 데리고 애완동물 가게를 떠나는 사나이 등이 그것이다.

알프레드 히치콕.

로버트 밋첨의 별난 이력

그는 문제아로 초등학교에서 퇴학당했고 세 번이나 교도소에 간 적이 있으며 술주정뱅이로 큰 소리를 잘 쳤다. 또 옷을 가장 못 입는 사람 중 한 명으로 뽑혔고 84편의 영화에 출연했다. 하지만 스스로 작사, 작곡한 영화 주제가가 히트하기도 했고 영화 'Thunder Road'에 출연한 배우이다. 이 사람은 누구일까요? 해답은 로버트 밋첨.

로버트 밋첨.

한국의 밥 호프

"못생겨서 죄송합니다"를 연발하면서 브라운관을 활보하던 이주일은 무명 시절에 '샛별 악극단' 등의 유랑극단을 전전하던 보조 코미디언이었다. 그는 1971년 이리역 폭발 사고 때 천정이 무너져 내리는 극장에서 인기 정상의 가수 하춘화를 업고 뛰어나와 구출하였는데 이 사실이 매스컴을 타면서 유명해지기 시작했다. 1992년 이주일은 국회의원이 되기도 했다.

고학력 영화배우

율브린너는 할리우드 배우들 중 유일하게 법학 박사학위를 지니고 있었다.

또한 '양들의 침묵' (1992년)으로 아카데미 여우 주연상을 받은 조디 포스터는 하버드 대학을 졸업했고 준 아리슨은 석사학위를 받은 유일한 여우이다.

16,000대 1의 경쟁

월남전을 다룬 영화 '플래툰' 으로 유명한 올리버 스톤 감독의 '천국과 지상' 에서 주인공으로 뽑힌 베트남 태

율브린너. '왕과 나', '아나스타샤', '십계' 등이 대표작이다.

조디 포스터. 1962년생인 그녀는 열두 살이던 1975년, 로버트 드니로 주연의 '택시 드라이버' 에서 매춘부 역할을 했었다.

생의 힙 타이 리(22세)는 16,000대 1의 경쟁률을 뚫고 1994년도 미국 영화계에서 신데렐라가 되었다.

실베스타 스탤론.

출연료는 티셔츠 25벌

실베스타 스탤론은 1987년, 스스로 제작, 감독, 주연한 영화 '록키' 에서 1,600만 달러를 벌었다. 하지만 그의 첫 주연 작품인 '플랫부시의 주' 에서는 출연료로 단지 티셔츠 25벌을 받았다고 한다.

2백만 달러 + 0

'에린 브로코 비취' 에서 줄리아 로버츠는 고등학교까지만 졸업한, 아이가 셋이나 딸린 여자로 나온다. 그런 그녀가 280억 달러나 되는 자산을 가진 회사의 비리를 캐내면서 한 변호사와 협력하여 결국 승소한다. 에린 역으로 분한 줄리아 로버츠는 승소의 대가로 보너스 2백만 달러를 받는다.

그런데 실제로 줄리아 로버츠는 이 영화의 출연료로 여자로서는 최고액수인 2천만 달러(2백만 달러에 0이 하나 더 붙은 금액)를 받았다. 이 영화는 2000년 4월, 당시 1억 달러 이상의 순이익을 올렸다.

줄리아 로버츠. 리차드 기어와 짝을 이룬 영화 '귀여운 여인' 에서도 그녀는 신데렐라의 꿈을 이루는 가난한 매춘부 역할을 했다.

벼락 부자가 된 아역배우들

1994년 미국의 아역 배우 맥컬리 컬킨(13세)은 '나 홀로 집에' 라는 한 편의 영화에 출연하면서 900만 달러를 받았다.

또한 11세 소년이 주인공인 '식스 센스(Sixth Sense ; 육감)' 라는 영화는 제작비가 2백만 달러 들었지만 6개월 만에 2억 달러를 벌어들였다.

할리 조엘 오스먼트. '식스 센스'에서 죽은 사람을 볼 수 있는 초능력을 지닌 소년으로 출연했다.

미국 중산층의 몰락을 드러낸 영화

'아메리칸 뷰티(American beauty)'는 미국 중산층 가정이 순식간에 몰락하는 과정을 신랄하게 묘사한 블랙 코미디이다. 미국에서는 물론 전세계적으로 대히트해서 2천만 달러를 벌어들였으며 2000년 3월 25일에 있었던 아카데미 시상식에서 5개 부문 오스카상을 휩쓸었다.

'아메리칸 뷰티'의 한 장면.

화마에 무너져버린 무대와 극장

가스등과 불에 잘 타기 쉬운 목재 위주의 무대장치로 19세기에 지어진 뉴욕의 극장들은 걸핏하면 불에 타 무너져 내렸다. 적어도 4개 중 하나 꼴로 그 시대의 극장들은 지어진 지 4년만에 불길 속에 파묻혀 버렸다.

1826년에 문을 연 보워리 극장은 4번이나 무너져 재공사에 들어갔으며 P.T. 바르넘은 3년 동안 두 번이나 극장이 불타는 바람에 구사일생으로 목숨을 건진 적이 있다. 그리고 그 두 번 다 그의 애완동물들이 불에 타죽거나 그나마 살아남은 동물들은 미쳐 거리로 뛰어나갔다.

그러나 뭐니뭐니해도 19세기 뉴욕에서 일어난 최대의 화재사건은 1876년 '두 명의 고아들'이 공연되던 중에 일어난 브루클린 극장의 화재를 들 수 있다. 그 당시 소방대원들은 289명의 시체를 찾아냈는데 그들은 탈출 전에 질식하여 전원 사망한 것으로 추정되었다. 그러나 다른 극장의 경우, 공연이 없을 때 화재가 발생하여 다행히 인명피해는 없었다.

영화 관람료가 비싸다구요?

오늘날 영화 관람료가 비싸다고 생각하는 사람들은 1854년에 일어났던 극장표 파동사건을 알게 되면 그나마 위안이 될 것이다. 1854년은 유명한 '뮤직 아카데미'가 뉴욕의 14번가에 문을 열었던 해인데 그때 관람료는 좌석당 3달러에서 40달러나 되었다.

스탠리 큐브릭 감독.

최장기 촬영 영화

스탠리 큐브릭 감독의 'Eyes wide shut(눈을 질끈 감고)'은 촬영기간만 4년이 걸렸다. 가장 노골적인 그룹섹스 장면이 들어 있어서 화제가 되었는데 뉴욕 상류층 부부의 성적인 일탈과 혼음을 통해 일상의 권태로움과 존재 의미를 탐색하는 영화로 비평가들이나 영화팬에게 주목을 받았다.

톰 크루즈와 니콜 키드먼. 영화 '아이즈 와이드 셧' 포스터.
그들은 '아이즈 와이드 셧' 에서 부부로 나오는데 실제로도 부부.

노래를 즐겨 찾은 셰익스피어

「실수의 코메디(The Comedy of Errors)」를 제외하고 모든 셰익
스피어의 작품에는 노래들이 실려있다. 「실수의 코메디」는 1938
년 퓰리처상을 수상한 리차드 로저스와 헤리 하트의 '시라쿠스
에서의 소년들' 이라는 브로드웨이 뮤지컬의 모태가 되었다.

한 달도 안 되어 이혼한 영화배우들

● 캐서린 헵번과 러드로우 오든 스미스

1928년 10월 12일, 필라델피아의 사교계 명사였던 러드로우 오
든 스미스와 결혼한 여배우 캐서린 헵번은 결혼한 지 3주 만인
1929년 1월 2일, 보금자리를 박차고 영화계로 복귀했다. 지루한
전원생활을 견딜 수 없었기 때문이었다. 그러나 그녀는 전남편
인 루디(러드로우의 애칭)와 평생 좋은 친구 관계를 유지했다.

루돌프 발렌티노.

●루돌프 발렌티노와 진 엑커

1919년 11월 5일 결혼한 할리우드의 유명한 영화배우 커플인 루돌프 발렌티노와 진 엑커는 결혼한 첫날밤에 이혼했다. 그들이 결혼해 부부로 있었던 시간은 6시간도 채 되지 않는다. 루돌프 발렌티노는 뭇 여성들의 인기를 한몸에 받았던 미남배우로서 31세에 요절했다.

●랭카스터와 진 언스트

서커스 순회공연에서 만나 1935년에 결혼한 배우 버트 랭카스터와 진 언스트(서커스 공중 곡예사)는 결혼한 지 며칠 만에 헤어졌다. 훗날 랭카스터는 그의 짧았던 결혼생활의 동반자였던 진 언스트를 "남을 속이고도 아무 일도 없었던 듯이 행동하는 최고의 사기꾼 기질을 가진 여성" 이라고 평했다.

다이애나의 남자들

영국의 찰스 황태자비였던 다이애나는 뒤쫓아오는 파파라치를 피하기 위해 과속으로 달리다가 동승했던 애인인 도리와 함께 참변을 당했다. 도리와는 지중해에서 밀애를 즐기곤 했다.

다이애나는 81년 찰스 왕세자와 결혼 후 교통사고로 사망하는 순간까지 군인, 운동선수, 은행원에서 세계적인 갑부에 이르기까지 그녀를 둘러싼 화려한 남성들로 인해 끊임없이 세계 언론의 주목을 받아왔다.

첫 구설수는 지난 92년말 자신의 전(前) 경호원 제임스 길베이와의 '노골적인 사랑' 을 담은 전화통화 테이프가 공개돼 영국 사회를 발칵 뒤집었던 사건이다. 다이애나는 다시 미국의 억만장자이자 신흥종교 교주인 앤서니 로빈슨과의 열애설로 세인의 관심

춤추는 다이애나.

을 모았고 그와의 짧은 관계에 이어 94년 은행원 윌리엄 밴 스트
로 벤지와의 포옹 장면이 일반에 공개되기도 했다.

그녀와 찰스를 이혼으로 몰고간 결정적인 계기는 육군소령 제임
스 휴이트와의 관계였다. 1994년 10월, 다이애나의 승마교관을
지냈던 제임스 휴이트 소령은 그녀가 '사랑이 없는 메마른 결혼
생활에서 위안을 찾기 위해' 자신과 깊은 관계를 맺었다고 공개
하고 다이애나도 1995년 그와의 관계를 인정, 엘리자베스 여왕
등 왕실의 분노를 샀다.

엘리자베스 여왕이 두 사람의 이혼을 종용하여 1996년 공식 이
혼한 뒤 그녀는 "재혼해 딸을 낳고 싶다"며 본격적인 '남성탐험'
에 나섰다.

그 후로 다이애나는 영국의 유명한 럭비선수 윌 칼링거와 구설
수에 올랐고, 케네디 대통령의 아들 케네디 주니어와도 한때 가
까운 사이인 것으로 알려지기도 했다. 또 세계적인 영화배우 톰
행크스에게 다이애나가 열렬한 구애를 펼친 것이 언론을 장식하
기도 했다.

위자료 톱 10

스티븐 스필버그

케빈 코스트너

마이클 더글러스

클린트 이스트우드

1	애드난 카쇼기	1970년대 무기판매 중개업으로 부를 축적한 사우디의 부호. 1980년 첫 부인 소라야와 이혼, 6억달러의 위자료를 지급했다.
2	닐 다이아몬드	팝가수. 전 부인 마르시아와 25년의 결혼생활을 청산하며 재산의 절반인 1억 6,500만 달러를 바쳤다.
3	스티븐 스필버그	흥행의 귀재, 영화감독. 1985년 에이미 어빙과 결별하며 건네준 위자료가 1억 1,900만 달러였다.
4	로잰	'톱10' 가운데 유일한 여성 코미디언. 남편 톰 아널드와 갈라서며 5,400만 달러의 재산을 잃었다.
5	아가 칸	회교지도자. 전 부인 샐리와 이혼하며 현금과 보석 등 5,000만 달러를 위자료로 내놓았다.
6	마이클 더글러스	영화배우. 그는 영화 못지 않게 험한 이혼과정을 거쳐 한때 사랑했던 아내 디안드라와 갈라섰다. 위자료는 4,600만 달러.
7	케빈 코스트너	스타덤에 오른 뒤 첫부인과 헤어진 배우 겸 영화감독. 그가 전처 신디에게 지급한 위자료는 4,300만 달러였다.
8	필 콜린스	팝스타 . 4,100만 달러의 위자료를 전 부인 질에게 지급했다.
9	찰스 왕세자	유일한 왕족. 이제는 고인이 된 다이애나와 세기의 이혼을 하며 2,800만 달러의 위자료를 지급했다.
10	클린트 이스트우드	영화배우. 76년 첫 부인 매기에게 2,500만 달러의 위자료를 물었다.

제11장
여성 상위시대

[여성]

섹스의 늪으로 빠져든 여성들

●샨 인(성 왕조시대의 중국 공주)
그녀는 성적쾌락을 위해 수십 명의 남자들이 한꺼번에 누울 수 있는 침대를 특별 주문해 보통 한 번에 30명의 남자들을 침대 위에 눕혀놓고 섹스를 즐겼다.

넘치는 성욕을 만족시킬 만한
남자가 없었던 테레사 여왕

●마리아 테레사 여왕
　(오스트리아의 여왕, 1717~1780)
마리아 테레사 여왕은 남편인 로레인 공작과 무려 16명의 자식을 낳았으면서도 그녀의 잘생긴 주치의에게 남편과의 부부관계가 만족스럽지 못하다는 고민을 털어놓은 적이 있었다. 그녀의 성적 만족도를 익히 알고 있었던 주치의는 그녀의 왕성한 성욕을 충족시킬 남자는 없을 것으로 판단했기 때문에 그녀에게 오르가슴을 느낄 만큼 충분히 흥분한 상태에 도달한 후에만 섹스할 것을 권유했다.

●폴린 보나파르트(나폴레옹의 여동생, 1780~1825)
색정증의 화신이라 불리웠던 폴린 보나파르트는 불행하게도 섹스를 못하는 남자와 결혼을 했다. 남편과의 섹스에 만족할 수 없었던 그녀는 정부를 만나 성욕을 충족시킬 수 있었다. 이 사실을 안 그녀의 주치의들은 건강을 생각한다면 당장 그와의 관계를 끝낼 것을 조언했다. 당시 그녀의 주치의는 폴린 보나파르트에게 그녀의 자궁이 늘어날 대로 늘어난 것은 자유로운 섹스를 즐겼기 때문이라면서 만일 이 상태가 지속된다면 앞으로 어떤 일이 일어날지 장담할 수 없다고 조언했다.

● 비운의 마타하리
아마도 딜저 이후 가장 악명 높은 스파이이자, 라 퐁파도르 이후 뭇 남성들로부터 제일 많은 사랑을 받은 마타하리는 독일의 스파이로서 파리에 들어가 스트립 쇼의 댄서로 일했다. 그의 애인들 중에는 프랑스 장관 줄르 캄브론, 독일의 황태자, 네덜란드 수상, 브론스위크 백작 등이 있었으며(약 5천 명이나 되는 연합군들의 목숨이 그녀의 손에 달려있었다고 한다) 간혹 공무와 별개로 돈을 벌기 위해 성 관계를 가지기도 했다. 마타하리는 첫 남편 때문에 남자를 증오하게 됐다고 하지만 섹스 그 자체를 즐겼고 일이 끝난 후에는 남창들과 곧잘 어울렸다. 독일이 그녀를 배신했을 때 그녀를 사랑했던 많은 사람들이 마타하리를 프랑스로부터 구해내려는 작전을 세우기도 했지만 결국 그녀는 형장의 이슬로 사라졌다.

마타하리는 최고 권력가들을 애인으로 삼았지만 결국 형장의 이슬로 사라졌다.

● 황제가 사랑한 테오도라
콘스탄티노플에서 유년기를 보낸 테오도라는 원래 여배우였다. 귀족들이나 관직에 있는 사람들이 배우와 결혼하는 것을 금지했던 로마법이 바뀌자마자 로마의 황제 저스티니언 1세는 테오도라와 결혼을 했다. 아름답고 이지적이었던 그녀는 로마 시를 위한 도덕적 개혁을 절대적으로 지지했다. 하지만 이것이 그녀의 실체는 아니었다. 사실상 가장 도덕적으로 타락한 여자가 바로 그녀였다. 로마 밖을 나서면, 그녀는 하룻밤 동안 적어도 10명의 남자들과 관계를 가졌으며, 그 다음날에도 비너스의 문을 온갖 남자들에게 활짝 열어주었다.

● 불면증에 시달린 황후 카트린

　　　성욕이 강했던 러시아 황후 카트린은 하루에 여섯 번의 성 관계를 가졌다. 공식적으로 밝혀진 연인들은 21명이라고 하지만 실제로는 80명이 넘는다고 한다. 심한 불면증에 시달렸던 그녀에게는 섹스야말로 최상의 수면제라 할 수 있었다.

카트린 황후의 수면 제는 '섹스'였다.

● 글라디에이터를 선호한 징가 여왕

앙골라의 징가 여왕은 가장 잔인한 음란광이었다. 불구자가 섹스 테크닉이 뛰어나다는 이유로 남자 노예들을 잡아들인 후 절뚝거릴 만큼 매질시켜서 관계를 가졌다는 전설적인 인물 아마존과 거의 같은 수준이었다.

징가 여왕은 남자 노예들을 싸우게 하여 그들이 벌이는 혈투를 즐긴 후 싸움에서 승리한 노예와 잠자리에 들었다. 그리고 하룻밤을 함께 보낸 남자를 아침에는 죽여버린다는 말도 있었다. 또한 질투심이 너무 강했던 나머지 임신 중인 여자들을 모조리 죽였다. 이러한 광적인 섹스 생활은 그녀가 77세에 카톨릭으로 개종할 때까지 계속 이어졌다.

● 욕망의 화신 드보아

"그녀는 쾌락을 끊임없이 추구했다. 부를 향한 욕망처럼." 그 시대 연대 편찬업자가 한 말이었다. 프랑스 여배우였던 드보아는 20여 년 동안 관계했던 연인들을 세어본 적이 있었다. 무려 161,527명이었으며 적어도 하루에 3명의 남자와 성 관계를 가졌다는 통계가 나왔다. 심지어 매저퀴 드 사드까지도 이 숫자에 놀라 입을 다물지 못했다고 한다. 매저퀴의 소설「보드아의 철학」에 등장하는 주인공 샹-엥즈가 "지난 12년 동안 난 무려 10,000명에서 12,000명의 남자와 결혼했습니다"라고 고백하는 대사는 드 보아를 빗대어 표현한 것이었다.

● 아프로디테 여신의 모델이었던 창녀 메사레테

그리스의 고급 창녀 메사레테는 아마도 전세계, 전시대를 통틀어 제일 아름다운 여자일 것이다. 사람들은 그녀에게 phryno이란 별명을 붙여 주었는데, 그 이유는 비록 창녀라 할지라도 지조가 있고 우아했던 그녀가 보통 매춘부로 전락했기 때문이었다. 후에 메사레테는 여신들을 모독했다는 죄목으로 기소된 적이 있었다.

phryno :
보기 싫은 사람을 경멸적으로 일컫는 그리스어.

조각가 프락시텔레스는 그녀의 아름다운 몸매를 모델로 삼아 사랑의 여신 아프로디테의 전신상을 조각했고, 화가 아펠레스는 자신의 대작 아프로디테 아나디오멘트를 그렸기 때문이었다. 즉 신화 속의 아름다운 여신들이 더러운 창녀와 같은 취급을 받았다는 것이 주된 이유였다. 아름다운 몸매를 가진 죄로 부당한 대우를 받았다고 항변할 수 있겠지만 중요한 사실은 메사레테가 선정적인 장면을 연출하여 먼저 유혹했다는 것이다.

가령 사람들이 많이 모인 축제 때 메사레테는 머리를 길게 늘어뜨린 후 벌거벗은 몸으로 천천히 바다 속으로 들어간 적이 있었다. 이 광경을 목격한 아펠레스는 그녀를 모델로 삼아야겠다고 결정했다는 것이다. 그녀가 기소된 후 그녀의 사랑의 포로인 하이퍼리드(정치가이며 웅변가)는 그녀를 적극적으로 옹호했다. 메사레테가 유죄 판결을 받기 직전, 그는 법정으로 뛰어들어가 그녀의 옷을 찢고 그녀의 아름다운 가슴을 전 배심원들을 향해 노출시켰다. 결국 그녀는 무죄로 석방되었다.

브리짓드 바르도는 매일 밤 남자들을 침실로 끌어 들였다.

┌ Tip
클레오파트라의 자살

BC 48년 클레오파트라 는 자신의 남동생인 남편을 독살하고 로마의 명장 시저를 유혹했으며, BC 42년 시저가 부르투스 일당들에게 살해된 뒤에는 최고 실력자 안토니우스를 유혹했다. BC 31년 안토니우스가 실각한 뒤 옥타비아누스를 사로잡기에는 이미 클레오파트라도 39세로 너무 늙어 있었다. 그래서 40세의 클레오파트라는 asp라는 독사로 하여금 자신의 가슴을 물게 하여 자살하였다.

● 섹스 스타 브리짓드 바르도

그녀는 신문기자들과의 인터뷰에서 자신은 매일 밤 남자와 성행위를 갖지 않으면 잠을 잘 수 없다고 말했다. 그 말이 진실이라면 그녀가 20세 때부터 60세까지 가진 성교의 횟수는 11,560번이나 된다.

● Multiple Orgasm의 첫 경험자 클레오파트라

복식 오르가즘(Multiple orgasm)이란 말을 만들어낸 이집트의 여왕 클레오파트라는 알렉산드리아의 한 사원에서 성적인 훈련을 받았다. 그녀는 수많은 젊은 남성들과의 실습을 통해 어떻게 하면 남성들을 흥분시키며 자신도 최고의 쾌락에 이를 수 있는지 교육받았다. 그리하여 그녀는 넓적다리를 잘 단련시켰고 여성이 최고의 만족을 느끼는 Multiple orgasm을 경험한 최초의 여성이 되었다.

신(神)이 질투한 아름다움, 로자우라 몬탈바니

플로렌스에서 가장 매력적이었던 로자우라 몬탈바니는 나이 어린 귀족 부인이었다. 그녀는 너무나 아름다워 아침에 일어나 창가로 다가서면 사람들이 몰려들어 마차가 지나가지 못할 정도였다. 그녀가 상점에 가면 상인들은 물건값을 받지 않으려 하였다. 그녀가 교회에 들어서면 예배를 보던 사람들이 그녀를 처다보기 위해 제단에 등을 돌렸기 때문에 영원한 벌을 면치 못했다.

● 너무 아름답다는 이유로 고소당한 로자우라

매일 아침 어부들은 그녀에게 사랑을 갈구하다 죽음을 선택한 젊은이들의 시체를 아르노 강에서 건져내야 했다. 매일 밤 파수꾼들은 로자우라에게 퇴짜를 맞아 심장에 단검을 꽂고 죽은 기사들의 시체와 대면해야 했다. 자식들의 고통에 격분한 아버지

들에 의해 너무 아름답다는 이유로 고소를 당해 그녀는 세 번씩이나 법정에 서야 했다. 그러나 그때마다 판사들은 그녀의 아름다움에 압도당하여 그녀를 무죄로 풀어주었다.

한번은 플로렌스시 재무 담당관이었던 사람이 자기에게 신탁되어 있던 돈을 로자우라 때문에 다 낭비하게 되자 자살을 하였다. 그녀는 법정에 끌려와 형틀에 매달려야 된다는 선고를 받았으나 아무도 형을 집행하려 하지 않았다. 이번에도 그녀는 풀려났다.

● 성당 벽화를 모두 로자우라 초상으로 바꾼 공작

어느 날 한 젊은 공작이 기분이 우울해져서 그림을 그리려고 붓을 들고 성당으로 갔다. 그는 성당 문을 안에서 걸어 잠그고 들어앉아 식음을 전폐하고 그림만 그렸다. 그의 아버지가 달려가 성당의 문을 두드렸으나 아무런 대답이 없었다.

억지로 문을 열고 성당 안으로 들어간 아버지는 성당의 신성한 벽과 천정에 그려진 성자들, 미소짓는 천사들, 참회하는 막달라 마리아, 사랑스런 성모 마리아의 모습이 모두 로자우라의 모습으로 변해 있는 것을 보았다.

젊은 공작은 설교대에 죽은 듯이 앉아 있었다. 오직 그의 눈만이 살아 움직여 이 그림에서 저 그림으로 옮겨 다니고 있었다. 로자우라의 환영에 끌려 그는 정신이 돌아버린 것이었다.

● 검은 가면을 쓰고 독방으로

또다시 로자우라는 판사 앞에 불려갔다. 이번에는 죽음의 머리를 상징하는 가면으로 그녀의 눈, 코, 입을 가렸다. 그녀의 아름다움이 일을 망치지 않게 하기 위해서였다. 그녀는 형을 언도받고 독방에 갇혔다. 남은 생애 동안 그 가면을 벗어서는 안 된다는 선고를 받았다.

이로부터 39년 후, 코시모 대공이 즉위하면서 감옥에 갇혀 있는 죄수들이 모두 사면되었는데, 대공은 자유롭게 살기에는 너무 아름답다는 이유로 종신형을 선고받아 검은 가면을 쓰고 살아온 여인에 관한 문서를 우연히 접하게 되었다.

그는 그 여인을 자기 앞으로 소환하였다. 그녀가 가면을 벗자 그는 한참 동안 유심히 관찰하였다. 그는 이윽고 "이 여인이 아름답다고?"라며 신음하였다. 그의 눈앞에는 말라빠진 살결과 움푹 꺼진 눈이 있을 뿐이었다. 로자우라 몬탈바니의 아름다운 모습은 죽음의 가면 속으로 사라져 버리고 늙은 노파의 모습만이 남아 있었던 것이다.

Tip
여자와 남자
· 꽃을 살 때 여자들은 대부분 분홍색의 꽃을 사고 남자들은 빨간색 꽃을 산다.
· 자살을 할 때 여자는 주로 부엌에서, 남자는 침실에서 한다.
· 헨리 8세 때에는 뜨게질을 여자들이 하지 않고 남자들이 하였다.
· 아버지가 왼손잡이인 경우보다 어머니가 왼손잡이일 때 왼손잡이 자녀를 낳을 가능성이 더 많다.

여자는 대부분 분홍색의 꽃을 좋아한다.

바쿠타섬의 여성 상위

뉴기니아의 트로브리안트 제도(諸島) 중 바쿠타섬 여성들은 다른 섬에서 찾아온 낯선 남자들을 보면 집단적으로 덤벼들어 팔다리를 꼼짝 못하게 한 후 여러 사람이 보고 있는 가운데 페니스를 발기시켜 올라탄 자세로 성교한다. 남자가 사정하면 다음 차례의 여성이 번갈아 가며 같은 행동을 한다. 이렇게 차례차례 윤간하는 것까지는 현대 미국의 술집 방식과 거의 같다.

그러나 바쿠타섬 여성들은 성교만 하는 것이 아니라 남자의 얼굴 위에 웅크리고 앉아 대소변을 보는 등 그의 신체를 심하게 더럽혀 놓는다. 이것은 원숭이의 행동에서도 볼 수 있는데 소변에 의한 오손(汚損)은 소유권의 선언과 같은 의미를 갖는다고 한다.

여성의 자살

자살이나 자살 시도 방법에서도 남성들이 여성들보다 난폭한 경향을 보이고 있다. 남성들은 주로 총기나 목매달기 혹은 고층 건물에서 뛰어내리는 반면, 여성들은 수면제나 가스와 같은 덜 고통스러운 방법을 사용하고 있는데 한 가지 흥미로운 사실은 여성들은 일반적으로 성공적인 자살을 원하지 않는 경향이 있다는 것이다. 미국의 통계를 보면 여성들의 자살 시도는 동정과 이해를 절망적으로 갈구하는 극단적인 행동이라는 것을 알 수 있다.

음악은 여자보다 남자에게 더 감동적

사실 음악은 여자들보다 남자들에게 더 감동을 주는 것으로 알려졌다. 오페라를 듣고 눈물을 글썽거리는 것은 여자들이 아니라 남자들이다. 월남전 때 한 창녀의 슬픈 이야기를 담은 뮤지컬(미스 사이공)을 관람하고 울었던 사람은 대부분 남자였다.

음악은 여자들에게 큰 감동을 주지 못한다.

황소는 들어가도 여자는 들어갈 수 없다

그리스의 유명한 마운트 아토스 수도원에는 여자가 절대로 들어갈 수 없었다. 수탉은 들어갈 수 있어도 암탉은 들어갈 수 없었고, 황소는 들어가도 암소는 들어갈 수 없었다.

제인 구달 박사

1960년 여름, 제인 구달이라는 26세의 한 젊은 여성이 아프리카 탄자니아에 있는 탕가니카 호숫가에 도착했다. 누구도 가기 두려워한 곰베 강가에 텐트를 치고 침팬지를 관찰하기 시작한 그는 침팬지에게 가까이 접근하는데 약 1년이 걸렸다. 이후 36년간 아프리카 밀림에서 침팬지를 연구했다. 얼마전 제인 구달 박사는 한국을 방문해서 TV에 특별 출연한 적이 있다.

제인 구달 박사와 침팬지

왜 여자가 남자보다 오래 살까

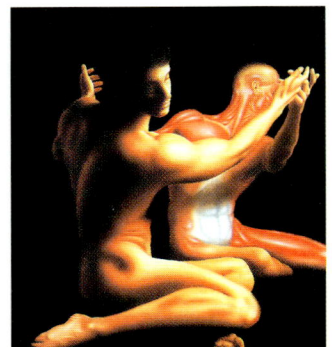

남자의 근육질은 여자의 지방질보다
에너지 효율이 낮다

● 남자는 근육질, 여자는 지방질

지방질은 근육질에 비해 에너지 효율이 높다.

일상 활동에 있어 시간당 에너지 소비량은 여자가 남자보다 10kcal 가량 낮다.

여자는 남자보다 적은 에너지를 소비해도 생명을 유지할 수 있다는 말이다.

매몰 사고나 설산(雪山)에서 조난과 같은 극한 상황을 만나도 여자는 에너지 낭비가 적어 남자보다 생존 가능성이 높은 것이다.

여자는 추위와 더위에 모두 강하다.

● 남자는 에너지 낭비형, 여자는 에너지 절약형

기후 변화에 대한 적응 능력은 장수와 밀접한 관련이 있다. 여자는 피하지방이 남자보다 두꺼워 체표면에서 열이 방출되는 것을 상당부분 억제할 수 있다.

남자는 에너지 낭비형인 반면 여자는 에너지 절약형이라고 볼 수 있는 것이다. 더위 또한 마찬가지다. 여성은 기온이 올라가도 체내에서 열의 발산을 억제하는 능력이 뛰어나다.

여성 호르몬은 혈관의 노폐물을 제거
하는데 도움이 된다.

● 여성 호르몬은 수명을 연장시킨다

남성 호르몬은 수명을 단축하지만 여성 호르몬은 수명을 늘리는 작용을 한다.

미국의 한 정신박약자 수용 시설을 조사한 결과 수용된 남성의 평균 수명이 55.7세인 반면, 거세된 남성은 69.3세로 수용시설의 여성들보다 더 오래 살았다. 여자가 남자에 비해 혈압이 쉽게 오르지 않고 심근경색증이나 협심증에 걸릴 위험이 적은 것도 여성호르몬이 혈관에 나쁜 콜레스테롤이나 노폐물이 쌓이지 않도록 돕기 때문이다.

● 여자는 스트레스 대처능력이 뛰어나다

남자는 일이라는 하나의 가치관에 집중한다. 일의 성패 여부에 따라 희로애락하는 단순함이 있다.

반면 여자는 항상 두세 가지의 가치관을 갖고 살아간다. 낮에는 일에 매달려도 밤이면 아내와 어머니로 돌아간다. 남자보다 다양한 스트레스에 노출돼 있지만 매월 찾아오는 '월경' 이라는 스트레스를 잘 조절하듯 대처능력이 뛰어난 것이다. 여자는 괴로우면 마음껏 운다. 남자는 괴로워도 참는 편이다. 남자의 스트레스는 이래저래 높아질 수밖에 없다.

Tip
여성은 남성보다
· 여성의 폐는 담배연기에 대해 남성보다 더욱 예민하다.
· 여성은 마취 후에 남성보다 훨씬 빨리 의식을 되찾는다.
· 여성은 남성보다 바이러스에 대한 저항력이 더 강하다. 체내 면역 글로블린(항체) 수치가 더 높기 때문이다.
· 완전히 성숙했을 때 여자는 남자보다 뼈 무게가 덜 나간다.

여자의 심장은 남자보다 더 빨리 뛴다

· 여성의 심장은 남자보다 더 빨리 뛴다. 잠자는 동안의 박동 수는 더욱 차이가 난다. 하지만 평균적인 크기는 남성의 3분의 2에 지나지 않는다.

· 관상동맥(심장에 산소와 양분을 공급하는 혈관)에 저밀도 콜레스테롤이 쌓이기 시작하는 연령은 남성이 여성보다 10년 정도 더 빠르다. 이 때문에 혈관이 막히지만 여성은 폐경기 이후 관상동맥 질환에 걸릴 확률이 폐경기 이전보다 4배로 높아진다.

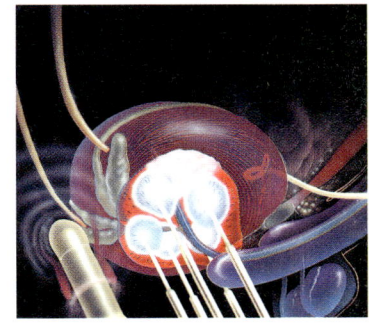

여성의 심장과 관상동맥

· 아스피린, 알콜, 리도카인(국소마취제), 아세트아미노펜(해열진통제), 벤조디아제핀(신경안정제) 등 몇 가지 약은 남자와 여자의 몸 안에서 각기 다르게 작용한다. 그 결과 약의 작용강도, 작용시간, 배설속도도 당연히 다르게 나타난다.

[여성 상위시대]

세계를 움직이는 여성 파워

· 2000년 3월 1일, 핀란드에서는 첫
여성 대통령이 탄생했다. 외무장
관이던 타리야 할로넨 여사가 제
11대 핀란드 대통령으로 취임식
을 가졌다. 아일랜드가 2대째 여
성 대통령을 배출했는가 하면 인
도의 네루, 이스라엘 골다 마이
어, 스리랑카의 반다라나이케, 노
르웨이의 브룬틀란트 등 총리를
역임한 여성의 수는 이루 헤아리기 어렵다.

아일랜드 대통령 매리 로빈슨

· 유엔 8차 총회는 인도의 비하야 락스미 판디트를 첫 여성 의장
으로 선출했다.

핀란드의 첫 여성 대통령 할로넨

· 1960년에 스리랑카의 수상에 시리마보 반다라 나이케
가 선임됨에 따라 그녀는 세계에서 동 직위에 임명된
최초의 여성이 되었다.

· 1969년 3월에 골다 메이어 여사가 이스라엘의 수상으
로 선임되었다.

· 1970년에 마리아 데 마가렛 핀타실고 여사가 포르투갈
의 수상에 임명되었다.

· 1979년에는 영국의 마가렛 대처 여사가 수상으로 선임
되어 1990년 11월까지 11년 6개월을 역임하였는데 이
는 20세기의 어느 전임 수상보다 긴 역임 기간이었다.

· 1980년에 리디아 구아일러 테하다 여사는 볼리비아 의회에서 대통령으로 선출되었다. 같은 해에 밀카 프라닌 여사는 유고슬라비아의 수상이 되었고 매리 유지니아 찰스 여사는 도미니카 공화국의 수상이 되었다.

· 1981년에 내과 의사이던 그로할렘 브란트랜드가 노르웨이에서 여성으로서는 처음으로 수상이 되었다.

· 1988년 파키스탄에서는 베르지르 부토 여사가 수상으로 선출되었으며, 1989년 리투아니아 공화국에서는 카지미에라 프룬스키엔이 수상으로 선출되었다.

· 1990년 3월에는 아이티에서 전 법무부 장관이었던 얼타 파스칼 트두이로트 여사가, 니카라과에서는 비오레타 바리오스 데 차모르 여사가 대통령으로 선출되었다.

· 1990년 11월, 매리 로빈슨은 아일랜드에서 대통령으로 선출된 최초의 여성이 되었다.

· 1991년 5월에는 에디스 크레슨이 프랑스의 수상 자리에 오르게 되었다.

에비타의 환생

1971년 마드리드에서는 아르헨티나의 전 대통령인 존 페론이 한 테이블에서 페론의 새 부인인 이사벨과 19년 전 죽은 두 번째 부인, 에비타와 함께 식사하는 기이한 광경이 목격되어 전 아르헨티나인들을 흥분시킨 사건이 일어났다.

●방부처리된 에비타의 시체
사건의 전말은 이렇게 시작된다. 1952년 에바 에비타 페론이 32세의 젊은 나이로 암에 걸려 죽었을 때 존 페론은 파드로 아라 박

전 아르헨티나 대통령, 존 페론이 죽어도 잊지 못하는 두 번째 부인 에바 페론. 배우에서 일약 국모의 자리에 앉았지만 32세에 암으로 요절했다.

사에게 에비타의 시체를 방부처리하도록 지시했다. 아라 박사는 그녀의 피를 알코올로 그리고 나서 글리세린으로 바꾸었다. 이 미라 작업에는 꼬박 1년이 소요되었으며 그 대가로 아라 박사는 100,000달러를 받았다. 에비타가 부에노스 아이레스에 정식으로 안치되었을 때 200여만 명의 국민들은 유해 앞에서 오열했다. 그러나 에비타가 묘지에 묻히기 전에 페론은 국왕 자리에서 쫓겨나 스페인에서 망명 생활을 했다.

●전 세계로 떠도는 에비타의 유해
새 아르헨티나 정부는 에비타의 유해를 부에노스아이레스에 위치한 노동 연합 본부의 63호에 안치시켰다. 그러나 몇 달만에 새 정부도 국민들의 반란으로 무너졌을 때 에비타의 유해는 감쪽같이 사라졌다. 나중에 밝혀진 사실에 의하면 에비타의 관은 반 페론주의자들에 의해 단단히 봉해져 몇 달 동안은 부에노스아이레스 주변의 창고 안에, 그 후에는 구 서독의 빈으로 운송되어 아르헨티나 대사관의 창고 안에 보관되어졌다고 한다. 그리고 다시 로마로, 밀라노로 옮겨졌다가 결국은 다른 사람의 이름으로 밀라노에 있는 무소코 공동묘지 86호에 묻혔다.

● "에비타는 단지 잠자고 있을 뿐이다."
1971년 한 스페인 정보요원에게서 에비타가 밀라노의 공동묘지에 묻혔다는 소식을 접한 페론은 당장 무덤을 파헤쳐 관을 마드리드로 보내도록 지시했다. 마드리드에 도착한 에비타의 관을 연 페론은 눈물을 흘리며 "에비타는 죽은 것이 아니라 단지 잠자고 있었을 뿐이다"라고 외쳤는데, 그도 그럴 것이 그녀는 19년 전처럼 여전히 아름다운 모습을 간직하고 있었기 때문이었다. 그리하여 페론이 종종 세 번째 부인인 이사벨과 두 번째 부인인 에비타와 함께 밤늦게 저녁식사를 했다는 소문이 생겨난 것이다.

일년 후 페론은 망명생활을 끝내고 조국 아르헨티나로 돌아가 권력을 잡았다. 2년 후인 1974년 페론이 죽은 후 이사벨은 아르헨티나의 대통령이 되었다.

이사벨은 마드리드에 두고 온 에비타의 영해를 아르헨티나로 옮겨와 이번에는 존 페론의 옆에 나란히 안치시켰다. 사후 22년만에 에비타는 영원히 숨쉴 곳을 찾은 것이다. 오늘날 그녀는 부에노스아이레스의 레코레타 공동묘지의 특별 구역인 지하 묘지에 묻혀 있다.

카미유 클로델-1883년
로댕의 전성기 작품들은 그녀의 두뇌에서 나왔다고 해도 과언이 아니다.

천재를 떠받친 천재, 카미유 클로델

가장 천재적인 재능을 보였던 여류 조각가로서는 프랑스의 카미유 클로델(1864~1943)을 들 수 있다. 어린 시절부터 진흙으로 만들기를 좋아했던 카미유는 그녀가 20세가 되던 해 로댕의 지도를 받기 시작하면서 조각가로서의 명성을 얻게 된다. 그 후 15년 동안 로댕의 문하생이자 연인 또는 동료로서 그와 함께 생활하던 카미유는 로댕을 도와 수많은 작품을 만들면서 동시에 독립된 조각가로서의 독특한 개성을 잃지 않는 창작 활동을 하였는데, 바로 그 시기에 로댕이 조각가로서의 전성기를 누리게 되었다.

로댕이 카미유와 사랑에 빠져 있을 때 카미유 자신이 모델로 포즈를 취해 주었다.
- 1885년 작품

●로댕의 뒤에는 카미유가 있었다

로댕과 친분을 나누고 있던 주위 사람들은 그 시기에 만들어진 로댕의 작품은 카미유의 영향을 받았고, 수많은 작품의 주제가 카미유의 두뇌에서 나왔다는 것을 일반적인 사실로 인정하고 있다. 어쨌든 카미유 자신의 작품을 평가할 때도 그녀의 천재성은 여지없이 드러나고 있으며, 요즘 들어 그녀의 조각품과 유품, 그리고 그녀를 주제로 쓰여진 서적들을 소개하는 전시회가 수 차례 열렸고, 1990년에는 그녀의 생애와 작품을 주제로 한 '카미유 클로델'이라는 영화가 소개되기도 했다.

●카미유의 천재성이 가려졌던 이유

로댕과 어깨를 나란히 견줄 수 있는 조각가의 천재성이 이제까지 그늘에 가려져 있던 이유는 무엇일까?

그것은 첫째로 그 천재성의 주인공이 여성이었기 때문이라는 간단한 이유도 있지만 그녀가 조각가로서 널리 알려지기 전에 그녀의 생명이 비참하게 끝을 맺게 되었기 때문이다. 로댕의 곁을 떠나지 않던 카미유는 그와 결혼하기를 열망했지만 로댕은 오래 전부터 자신을 돌보아 주고 있던 로즈 뷰에레트와의 끈끈한 애정의 줄을 끊지 못하고 그녀와 결혼했다. 결국 사랑의 실패가 가져온 우울증에 시달리던 카미유는 그녀의 나이 35세 때 로댕의 곁을 떠난 후 심한 정신병으로 성격이 황폐해지기 시작하는데 그 기간 동안 그녀의 거의 모든 작품이 그녀 자신에 의해 파괴되는 수난을 당했다. 1915년 3월 마침내, 그 당시 시인이자 극작가로서 명성을 얻고 있던 그녀의 오빠 폴클로드에 의하여 정신요양원으로 보내진 후 29년 동안 정신병과 싸우던 카미유는 그 후로 단 한 점의 작품도 남기지 못하고 비참한 최후를 맞게 된다.

어쨌든 그녀의 작품들은 그녀가 정신병으로 시달리고 있던 당시 그녀의 오빠 폴에 의해 정리되어 〈카미유〉라는 제목의 작품집으로 발간되기도 했지만 그녀의 천재성을 인쇄물로밖에 표현할 수 없다는 것이 안타까울 뿐이다.

영감을 불러일으킨 클라라 슈만

슈만의 낭만적 음악에 영감을 불어넣어 준 것은 당시 최고의 피아니스트인 그의 아내 클라라 슈만이었다.

문학 작품에서 넘쳐 흐르는 여성의 천재성

로버트 슈만과 클라라 슈만

· 문학 분야에서 여성들은 개혁자로서의 선구자적 역할을 많이 하고 있었다. 12세기 후반, 작품활동에 꽃을 피운 프랑스의 마리는 소위 '브레통(Breton) 기법'이라는 새로운 장르를 개척했고, 놀위치의 줄리아나 여사는 신비주의적 산문체로 된 자서전을 썼으며(1342년), 동명이인이며 소프웰 수도원의 원장이던 줄리아나 베르너는 〈성 알반스의 보크(The Boke of St. Alban)〉라는 낚시에 관한 영어 논문을 발표했다.

· 1655년에 자서전을 발표했던 뉴케슬의 마가렛 케벤디스 공작부인은 이듬해 영어 산문체 로맨스 소설인 「불타는 세계(The Blazing World)」를 발간했으며, 1667년에는 「실험적 철학에 관한 고찰」이라는 책을, 그리고 남편의 자서전을 부록으로 발표했다. 이 비범한 여성은 또한, 같은 장르에 속하는 리차드슨의 「파멜라(Pamela)」(1740년)보다 몇 년 앞선 삽화적 소설인 「211가지의 사교 편지」의 저자이기도 하다.

· 왕정 복고시대의 극작가인 아프라 벤 여사는 흑인들에 대한 동정적인 견해가 담긴 「오루노코의 충실한 노예(Oroonoko of Royal Slave」(1688년)라는 유명한 소설을 썼다. 「우돌로의 미스터리(The Mystery of Udoloro)」(1794년)라는 유명한 소설을 쓴 안 래드 클리프도 사실상 고딕체 공포소설의 개척자이며, 한 과학자가 만든 괴물이 그 과학자와 전 가족을 죽인다는 최

베니스의 상인에서는 여성의 지혜가 돋보인다.

초 공상과학소설인 「프랑켄슈타인(Frankenstein)」을 쓴 인물도 마리 쉘레이라는 여류 작가이다.

영웅은 없고 여주인공들만 있는

자신 스스로 가장 예민한 여성적인 면을 갖고 있었던 세익스피어는 여성을 가장 이해하고 찬양할 줄 알았던 인물이었는데, 이미 수년 전 영국의 러스킨도 그의 저서 「참깨와 백합(Sesame and Lilies)」에서 "세익스피어에게는 영웅들(Heores)이 없고 여주인공들(Heroins)만이 있다"라고 그의 여성 취향성을 표현했다. 세익스피어의 거의 모든 희곡의 끝 부분은 항상 남성의 결점 내지 어리석은 행동으로 인한 비극으로 끝나는데 만일 구제가 있다면 여성의 힘이나 지혜로 이루어지며 그렇지 못할 경우는 아무런 구제가 이루어지지 않는다.

IQ 테스트와 여자아이들

· 2~4세의 연령층을 상대로 한 쿨만-비네트(Kullman-Binnet)식의 IQ 테스트에서 여자아이들의 지능이 높게 나타났다.

· 취학 연령에서부터 성인층까지의 모든 연령층에서 여성들이 남성들보다 훨씬 높은 지능지수를 나타냈다.

· 제1차 세계대전 중 육군 입영병력의 지능을 테스트하기 위하여 고안된 미 육군의 알파테스트를 뉴잉글랜드 지방의 여성들을 상대로 실시한 결과 여성들이 입영 남성들보다 훨씬 높은 성적을 나타냈다.

· 유아기에서부터 성인기에 이르기까지 여성들이 어휘 구사력이나 언어기능에 지속적으로 우월한 입장을 보이고 있었다.

Tip
남자아이들이(1)
그림에 있는 벽돌 수를 세거나 방향 테스트, 탐색 계획, 짝 맞추어 형상 만들기, 조립하기, 미로 찾기, 기계적 구조에 대한 이해도, 산수문제 및 추리, 독창력, 귀납법에서는 남자아이들이 여자아이들보다 뛰어난 성적을 올렸다.

Tip
남자아이들이(2)
남자아이들은 역사, 지리와 같은 특수 지식 과목, 그리고 숫자 처리와 공간에 관련된 재질을 나타내는 과목에서 여자아이들보다 좋은 성적을 나타낸다.

- 취학 이전 연령의 여자아이들이 같은 연령층의 남자아이들보다 더 많은 어휘를 구사할 줄 안다.

- 여자아이들이 비교적 남자아이들보다 빨리 말을 시작한다.

- 여자아이들이 남자아이들보다 문장을 일찍 사용하기 시작하는 것은 물론, 문장에 더 많은 단어를 사용할 줄 안다.

- 여자아이들이 독해력을 빨리 터득하고 남자아이들보다 진전이 빠르다.

- 여자아이들의 읽는 속도, 연상법, 문자 완성하기, 이야기 완성하기 테스트에서 남자아이들보다 높은 성적을 나타냈다.

- 여자아이들이 암호 풀기 테스트에서 남자아이들보다 높은 성적을 나타냈다.

- 여자아이들이 모조 언어 만들기 테스트와 같은, 언어와 관련된 문제를 다루는데 상당히 뛰어난 능력을 나타냈다.

- 여자아이들이 남자아이들보다 외국어를 빨리, 그리고 정확히 배우며 그러한 차이는 평생 동안 지속되는 경향을 보인다.

- 여자아이들이 특정한 모양을 기억해 내고 그 기억에 의해 그대로 구술하는 테스트 같은, 대부분의 기억력 테스트에서 탁월한 능력을 보였다.

- 여자아이들은 특히 남녀 아무 쪽에도 유리하지 않은 내용을 암기하는 문제에 있어서 기계적인 암기보다는 논리적인 기억을 이용하는 경향을 보이고 있다.

- 여성들이 남성들보다 상상력이 뛰어나다는 것은 이미 알려진 사실이다.

- 전반적인 학업과정에 있어서도 여자아이들이 남자아이들보다 지각을 덜 하고 더 많은 표창장을 받으며 더욱 수월하게 상급

반 진학을 한다.

· 유치원을 거친 초등학교 취학 연령 이후부터는 주로 남자아이들이 공간 재창조와 기계적 재능 테스트에서 나은 성적을 보이는데 그것에는 사회 관습적 요건이 많은 영향을 미치는 것으로 추측된다. 남자아이들이 그러한 테스트를 치를 때는 주로 여자아이들에게는 기회가 주어지지 않거나 사회 관습적으로 고무적이지 못한 특정한 지식에 의존하는 경향이 있기 때문이다.

· 육군의 알파 테스트에서는 남자아이들이 오직 3가지 테스트에서 우위를 나타냈는데 그것은 산술적 추리, 숫자 연결 완성, 그리고 정보에 관한 분야였다. 산술계산에서는 여자아이들이 남자아이들보다 더 나은 성적을 올렸으나 남자아이들이 산술적 추리를 푸는데 보여준 성적만큼 좋지는 않았다.

노벨상을 빛낸 여성들

아직도 여성 차별 의식이 남아있음에도 불구하고, 현재 많은 여성들은 여러 부문에서 유감없이 그들의 능력을 발휘하고 있다.

● 여성 최초의 노벨 의학상
  테레사 코리는 여성으로서 최초로 노벨 의학상을 탔다.

여성 최초로 노벨 의학상을
수상한 테레사 코리 박사

● 노벨 문학상을 받은 여성들
  셀마 라게뢰프, 그라지아 데레다, 시그리드 운드세트, 펄벅, 가브리에라 미스트랄, 넬리 색스, 나딘 골디머 등이 노벨 문학상을 받았다.

● 노벨 물리학상을 받은 여성들
  1964년에는 도로시 호지킨이, 1963년에는 마리아 괴펠트 마이어 여사가 노벨 물리학상을 받았으며, 1977년 야로우와 1983년 발바라 맥크린톡이 노벨상을 받았을 때는 이미 과학분야도 남성들만의 전문분야가 아니었다. 이어 1986년에는 리타 레비 몬탈시니가, 1988년에는 걸트루드 엘리온이 노벨상의 영광을 안았다.

● 노벨 평화상을 받은 여성들

벌타 폰 수트너, 제인 아담스, 에미리 발크, 베티 윌리엄스, 테레사 수녀, 아웅산 수지 여사 등이 노벨 평화상을 받았다.

● 노벨상 2관왕(?)의 신화, 마리 퀴리

마리 퀴리가 1903년 물리학 부문에서, 그리고 1911년 화학 분야에서 노벨상을 받았을 때, 많은 사람들은 이 위대한 과학자를 일종의 희귀한 돌연변이로 취급하였다. 아울러 그녀의 딸인 이레네 졸리오 퀴리도 1935년 노벨 화학상을 받았다.

위대한 작품 뒤에는

제임스 조이스(James Joyce)에게 「율리시즈(Ulysess)」를 쓸 수 있는 용기를 불어넣어 준 인물은 실비아 비치(Sylvia Beach)라는 여성이었다.

법조계의 여성들

1966년 미국 대통령 선거와 함께 있었던 미시간 주의 대법관 선거에서 매릴린 켈리가 선출됨에 따라 기존의 엘리자베스 위버, 페트리샤 보일, 도로시 컴스탁 릴리와 함께 미시간 주 정부 안에 있는 총 7명의 대법관 중 4명이 여성으로 채워졌다.

제임스 조이스와 실비아 비치

우주인으로서의 여성

53세 여자 우주인인 새넌 루시드는 1996년 3월 22일 플로리다의 케이프 케네디를 출발하여 우주 정거장 미르 안에서 188일을 견뎌, 전세계 우주인 중 가장 오랫동안 진공 캡슐 안에서 견딘 기록을 세웠다.

달을 정복한 닐 암스트롱이 우주선에서 8일 3시간 9분 동안 있었고 최초로 우주선을 탄 여자 우주 비행사인 샐리 라이드가 6일 2시간 24분간 있었던 것과는 비교가 안 될 만큼 긴 시간을 그녀는 진공의 우주선 안에서 견디었다.

게다가 새넌 루시드는 우주선에서 188일을 지낸 후 밖으로 나오는 것을 돕는 NASA 직원을 뿌리치고 스스로 걸어나와 그들을 놀라게 했다.

직장에서의 여성 파워

23세부터 54세의 연령층에 있는 스웨덴 여성들의 90퍼센트(미국의 경우 70퍼센트)가 직장을 갖고 있다.

여성의 땀샘은 남성보다 더 골고루 분포되어 있어 체온 조절이 용이하다

여자가 남자보다 더위에 강하다

여성들의 체온은 땀을 흘리기 전 남성들보다 2~3℉ 가량 높아질 수 있으며 땀샘이 남성들의 경우보다 조직적으로 온몸에 골고루 분포되어 있기 때문에 더욱 효과적으로 체온을 조절할 수 있는 한편, 피부의 혈액순환이 비교적 활발하여 보다 신속하게 피부의 온도를 식힐 수 있다. 남성들이 땀을 더 빨리 흘리지만 여성들은 더욱 효과적으로 흘리고 있는 것이다.

모든 태아는 6주가 될 때까지 여성의 성을 갖고 있다

모든 태아는 6주가 지날 때까지 여성의 성을 갖고 있고 난자는 태아의 초기형성을 위한 영양분을 갖고 있기 때문에 정자의 85,000배가 넘는 크기를 갖고 있다.

생물학적 우월성

남성에게는 하나뿐인 X염색체를 여성은 두 개씩 갖고 있다는 점이 여성의 생물학적 우월성을 나타내는 중요한 요인이 되고 있다.

수산 부처의 투혼

여성들이 많이 참가하지는 않지만 여성들이 비교적 추위에 강하다는 것을 증명해 주는 경기가 또 하나 있다. 그것은 바로 강인한 체력과 끈기를 요하는 '장거리 개 썰매 경주'이다.

이 경기는 주로 세계에서 가장 혹독한 환경으로 알려진 알래스카의 앵커리지에서 놈까지 120마일에 걸친 얼음길에서 벌어지는데 1990년 3월 이 경기에 참가한 수산 부처는 알래스카 경주의 기록을 깨고 우승을 차지하는 개가를 올렸다. 험악한 지형과 기후 속에서 자신은 물론 개들의 음식, 또는 상처까지도 밤을 새우며 보살펴야 할 만큼 강인한 스태미너와 강인한 정신력이 필요한 경기였다.